EIDER RODRÍGUEZ
Un corazón demasiado grande

RANDOM HOUSE

Papel certificado por el Forest Stewardship Council®

MIXTO
Papel procedente de
fuentes responsables
FSC
www.fsc.org FSC® C117695

Penguin
Random House
Grupo Editorial

Primera edición: septiembre de 2019
Tercera reimpresión: febrero de 2023

Esta edición contiene su último libro de relatos, *Un corazón demasiado grande* (título original: *Bihotz handiegia*), seguido de una antología de sus mejores relatos publicados en los libros *Y poco después ahora* (título original: *Eta handik gutxira gaur*), *Carne* (título original: *Haragia*) y *Un montón de gatos* (título original: *Katu jendea*).

© 2019, Eider Rodríguez
Esta edición c/o SalmaiaLit, Agencia Literaria
© 2019, 2023, Penguin Random House Grupo Editorial, S. A. U.
Travessera de Gràcia, 47-49. 08021 Barcelona

© 2007, Eider Rodríguez, por la traducción de los relatos incluidos en *Y poco después ahora*: «Y poco después ahora», «Actualidad política» y «Viaje a la semilla»; ©2008, Eider Rodríguez y Zigor Garro, por la traducción de los relatos incluidos en *Carne*: «Carne», «Ojos de abeja», «Preferiría no tener que mentir», «Un poco loca», «El tercer regalo» y «Ceniza»; © 2012, Eider Rodríguez, por la traducción de los relatos incluidos en *Un montón de gatos*: «Gatos», «La muela», «El verano de Omar», «Louis Vuitton» y «La semilla»; © 2017, Eider Rodríguez y Lander Garro, por la traducción de *Bihotz handiegia*: «Un corazón demasiado grande», «Hierba recién cortada», «El cumpleaños», «Paisajes», «Lo que se esperaba de mí» y « ¿No notas nada raro?»

La traducción de este libro ha sido subvencionada por el Instituto Vasco Etxepare

Printed in Spain – Impreso en España

ISBN: 978-84-397-3573-1
Depósito legal: B-22.347-2022

Compuesto en La Nueva Edimac, S. L.
Impreso en Liberdúplex (Sant Llorenç d'Hortons, Barcelona)

R H 3 5 7 3 A

ÍNDICE

UN CORAZÓN DEMASIADO GRANDE

OTROS RELATOS

UN CORAZÓN DEMASIADO GRANDE

UN CORAZÓN DEMASIADO GRANDE

El silencio de una chocaba contra el silencio de la otra, al cerrarse el frigorífico, al poner los vasos sobre la mesa, cuando los tenedores golpeaban los platos.

—Sabes lo que voy a decirte, ¿verdad? —le preguntó Madalen a su madre.

—¿Que tienes problemas con las drogas?

Pocas veces se ponía nerviosa, pero cuando lo hacía decía cosas que ni siquiera sabía que podía llegar a pensar.

—Te estás escapando.

—No tengo ni la menor idea.

—Es sobre papá.

—Ah… ese hombre. ¿Ha empeorado?

—Cada día.

Ixabel chasqueó la lengua para dar por terminada la con versación. Pero Madalen no se dio por vencida:

—Ahora ya sabes lo que quiero decirte.

—Ni se te ocurra. Hablo en serio. ¡Ni se te ocurra! —Ixabel levantó las manos como un policía alejando a los curiosos en un accidente.

—No hay más remedio. Si lo hubiera, sabes que no te lo pediría.

Madalen pidió permiso a su madre para llevarse el pedazo de tortilla que había sobrado. Se había pintado las uñas de morado, de esa manera que solo les queda bien a las chicas jóvenes, con los bordes mal trazados, tenía la piel morena. Nunca en la vida le había pedido nada, y nunca había utilizado ese hecho como argumento a su favor.

Ixabel y Ramón se separaron cuando Madalen tenía dos años, y un año después, el nuevo novio de Ixabel se mudó a Hendaya con ellas. Desde entonces vivían en una casa unifamiliar azul y blanca construida en la década de los cincuenta, que en la parte trasera tenía un bonito jardín, y en la parte delantera el nombre «Ene kabia», «Mi nido», que había seducido a Ixabel desde el momento en que la vio por primera vez. Ramón se fue a vivir a San Sebastián, allí reorganizó su vida. Madalen aceptó sin quejas el ir y venir cada quince días entre los *papábados* (que llamó así hasta la adolescencia) y su vida cotidiana, convirtiendo la frontera administrativa en frontera emocional.

−Será de lunes a jueves. Empezando este mismo lunes. El viernes, en cuanto vuelva de Burdeos, cogeré yo el testigo, hasta el domingo.

Ixabel se imaginó a sí misma vestida de chándal, con una cinta de felpa en la cabeza, llevando penosamente el testigo entregado por su hija en la estación de tren.

−No me siento capaz.

−No creo que llegue a Navidades. En serio.

Ixabel contó para sus adentros los meses que quedaban: tres y medio.

−Tengo que hablar con Iñaki.

−Ya lo sabe.

−Ah, ¡muy bien! −exclamó Ixabel.

Ixabel se preguntó hasta qué punto era consciente Iñaki de ser una especie de escudo humano, y hasta qué punto lo querían por eso.

−¿Y tu padre está de acuerdo?

−No tiene otra opción. Todavía no le he dicho nada… quería preguntártelo antes a ti.

Madalen llevaba el pelo recogido en una tupida cola de caballo, como hacía muchos años lo había llevado su madre.

−Qué es esto, ¿una emboscada?

−Iñaki está dispuesto a ayudar.

La lealtad casi maniática de Iñaki acabaría por volverla loca. Pero ¿qué podía esperarse de un tipo que jamás le había quitado el coscorro al pan de camino a casa? Lo peor era que era cierto, que estaría verdaderamente dispuesto, como cuando consultó tutoriales en internet para aprender a hacer la trenza espiga que había pedido Madalen.

—Y no te lleves los plátanos, son para cuando Iñaki vuelva de correr —le dijo a la hija, queriendo subrayar de quién era aquella casa y las cosas que había en ella—. Y las peras tampoco.

Sin que nadie dijera nada a nadie, aquel verano habían comprado más fruta de la que necesitaban en casa, para facilitarle la vida a Madalen. Madalen sacó la fruta magullada de la bolsa. Ixabel se avergonzó al ver el estado en que estaba, pero como después de desbarrar le parecía importante mostrar algún aspecto grotesco de sí misma, peló una pera que le dejó los dedos pegajosos y la engulló manchándose la cara.

—No sé si me entiendes: no te estoy pidiendo que ayudes a papá, te estoy pidiendo que me ayudes a mí —insistió la hija.

Madalen era una mezcla entre la perseverancia del padre y el buen talante del padrastro, y, más allá del parecido físico, a Ixabel le costaba encontrar en su hija sus propias huellas. Llevaba todo el verano ocupándose de las comidas y cenas de Ramón, además de las visitas al médico y otros cuidados que ella no podía ni tan siquiera imaginar, pero no le había escuchado el menor lamento; a pesar de que todos los que conocían aquel trajín la miraban con admiración, ella temía que le hubiera tomado gusto al sometimiento.

—Estoy muy confusa —dijo Ixabel.

Madalen le dio un abrazo, o más bien se lo pidió. Hacía años que olía a mujer adulta, y a pesar de ello Ixabel besó con sorpresa aquella cabeza que un día había olido a colonia inofensiva.

Iñaki se tumbó en la cama tras hacer algunos estiramientos. A Ixabel siempre le resultaba un poco chocante ver con ropa tan colorida y ajustada a aquel hombre que en lo cotidiano la tenía acostumbrada a una vestimenta discreta, pero le gustaba.

Puso dos dedos en su cuello con la mano en forma de pistola.

—Parece que a partir del lunes va a cambiar nuestra vida, ¿no? —dijo Ixabel.

—¿Ya te lo ha dicho? —dijo él, incorporándose y dejando una huella de sudor en el edredón—. Nos arreglaremos.

Ixabel hubiera deseado una prohibición más allá de su capacidad de decidir, un ruego, una amenaza, cualquier cosa, pero estaba con el hombre equivocado para ello. Era difícil enfadarse con él, y aún más difícil verlo enfadado. Ella nunca hubiera adivinado que, después de alguien salvaje como era Ramón, hubiese podido amar a un hombre como Iñaki. De hecho, la idea de que Iñaki pudiera ser homosexual como el resto de hombres que había en su clase de yoga, había sido lo que la hizo acercarse a él después del divorcio. Fue pan comido.

Al poco de haberse ido a vivir juntos intentaron tener un bebé, sin obcecarse, ya que Iñaki le había avisado desde el principio: pensaba que las paperas que tuvo de niño lo habían dejado estéril. Y aunque las relaciones sexuales durante aquella época habían perdido sentido, olvidarse del bebé las dotó de una nueva dimensión.

Cuando Ixabel se tumbó a su lado, él se apartó.

—Apesto.

—No apestas, hueles a cazador.

—A yogur caducado —dijo acercándose la camiseta a la nariz.

—No soy tan buena persona como vosotros.

—Tienes tus cosas buenas —respondió Iñaki—, ¡a tu lado parecemos mejores!

—«He cambiado hoy el edredón.» Pienso cosas como esta continuamente. «He cambiado hoy el edredón, ¡he cambiado hoy el edredón!»

—A veces no hay otra salida.

—¿Por qué me divorcié? No me acuerdo.

–Nunca me lo has contado, al menos no con detalles. No hemos hablado mucho sobre eso, ¿no?

Desde que se divorciaron Ramón y ella no se habían encontrado más que en tres o cuatro ocasiones, y casi hacía diez años desde la última vez, en las escaleras del cine Príncipe: Ixabel había ido a ver *Zodiac* con Iñaki, Ramón con Madalen a ver *Ratatouille*. En mitad de la película ex marido y mujer sintieron ganas de orinar al mismo tiempo y tropezaron al salir del baño: ella se fijó en que llevaba americana y zapatos caros. «No sé nada de ti», le dijo, lo que más que un reproche quería ser una promesa, «¿Qué tal te va?»; «Yo tampoco sé nada de tu vida», le respondió él con los dientes amarilleados por el tabaco. «Estás igual que siempre», le dijo. No era verdad. Y dicho esto empezaron a subir las escaleras como si de un simulacro de incendio se tratase, pidiéndose mutuamente que se cuidaran, de una manera que a los dos les pareció sincera. Cada cual volvió a su película, sin dar cuenta del encuentro que acababan de tener, picoteando palomitas de sus respectivos acompañantes.

Una vez cumplidos los nueve años Madalen empezó a hacer sola el trayecto en tren entre Hendaya y San Sebastián, pero ya antes Ixabel se las había arreglado para que padre e hija se juntaran sin su mediación, ya fuera utilizando a Iñaki a modo de lanzadera o aprovechándose de la solidaridad que las madres y los padres que no se atrevieron a separarse sienten hacia las madres y los padres que sí lo hicieron, «Este fin de semana le toca con su padre, pero yo estaré trabajando para cuando él venga a recogerla, ¿os podríais encargar vosotros?». Gracias a esto y a que en años no había mencionado a Ramón para nada, la relación no se había deteriorado, sino disuelto; tanto era así, que a veces le costaba creer que hubieran tenido una niña juntos. Como medida profiláctica, pidió a sus padres, a sus hermanos y a sus amigos que cortaran toda relación con él, utilizando el recurso del «Nunca os he pedido nada, o sea que por favor». Iñaki no había sobrepasado el límite de lo que era conveniente preguntar ni una sola vez, y así, año tras año, la existencia de aquel que solo había sobrevivido como una constelación de fotos en la habitación de Madalen se volvió más y más virtual: Ramón con unos siete años bebiendo de una bota, Ramón con diez años enfrente del Café Concord donde trabajaba su padre, un Ramón adolescente dispuesto a disparar con una escopeta al lado de unos amigos, la pequeña Madalen peinando a Ramón en una foto que la propia Ixabel había sacado, Ramón y una Madalen adolescente en La Habana sentados al lado de la escultura de John Lennon.

De joven había sido un tipo esbelto, y no percatarse de ello lo hacía aún más atractivo. También había sido más cosas: flacucho, barrigón, torpe, enérgico, resignado, camarero, empresario, incapacitado crónico, hijo *working class* de inmigrantes, padre de una hija *middle class*, desahuciado e inmediatamente rescatado por una herencia que lo dejó sin allegados, de izquierda, de centro-izquierda, de izquierda-derecha, casado, divorciado, conocedor bíblico de algunas mujeres, amante agnóstico de otras cuantas, admirado, marginado, ganador y perdedor. Cuando Ixabel lo conoció acababa de llegar de Toulouse al País Vasco en busca de una nueva vida, tras enterrar en Francia a sus padres, que habían huido de Pasajes durante la guerra. Tenía otra forma de vestir, otro peinado, otra manera de hablar, otra perspectiva del mundo, otra educación. Lo que más maravillaba a Ixabel era que comiera verduras crudas, y esa habilidad de saltar del castellano al francés como el que salta de una piedra a otra y, a veces, espantada, se preguntaba si la razón de haber llegado tan lejos con él no serían los rabanitos y aquellas erres.

Ahora era un hombre enfermo que había agotado todo lo *otro*, y aquello sería, seguramente, la antesala de lo último.

Ixabel ni siquiera tenía una cicatriz en la que hurgar en busca de todo lo que había sucedido. Recordaba frases que se habían dicho el uno al otro («¿Hasta cuándo vas a estar con esa cara de pedo?», «Aparta o vas a tener un accidente de tráfico», «¡Terrorista! ¡Eres un puto terrorista!», «Tienes la cabeza llena de mierda»), pero no se acuerda de por qué se dijeron todo aquello, y hoy le cuesta identificarse con aquella que fue. Lo poco que recuerda es que aquella relación era una especie de yincana en la que había que encontrar las pistas que te dejaba el otro, interpretarlas y seguir adelante mientras el premio de chocolate iba derritiéndose. Quizá tuviera algo que ver, trata de recordar, el nacimiento de Madalen: compensar el caos que conlleva el nacimiento de un bebé con la necesidad de ampliar el espacio de confort. Quizá la combinación de un-hombre-más-moderado fue un eslabón más de la cadena un-coche-más-grande-una-casa-más-limpia-una-vida-más-sana. La época en que Ramón estaba poniendo en marcha la empresa de papel siliconado que lo iba a enriquecer y echar a perder, podía pasarse días ausente, en cuerpo y alma. Las pocas veces que se dejaba ver por casa, Ixabel chocaba con él con la esperanza de arrancarle alguna palabra, y cuando no estaba le hablaba con la dulzura que nunca hubiera empleado si hubiera estado, del baño a la sala de estar («Menos mal que has llegado, *amore*, he pasado el día hablando con onomatopeyas, creía que iba a volverme loca»), de la cocina a la habitación («¡Gggamón!»). Que se sentía sola, que volvió a tomar los estudios de Administración y Finanzas, que turnaba los cuidados de la niña con los estudios. Y nada más.

Desde que Madalen le pidió que la ayudara con el cuidado de Ramón, intentó desandar el camino que la había llevado a dejar aquel matrimonio, como hacía cuando perdía las llaves del coche; pero ya había pasado demasiado tiempo y solo era capaz de distinguir dónde no debía buscar: en la cómoda no, en la caja de los recibos tampoco, detrás de la jabonera del baño tampoco… ¿acaso en la oficina de correos? No. Puesto que el coche estaba frente a la casa: la llave estaba obligatoriamente dentro. Puro detritus emocional.

Hasta que no dejó a Madalen en la estación de tren aquel domingo, no la informó sobre la decisión que había tomado:

—Iré los martes y los jueves, y le llevaré comida para toda la semana. Lo de las visitas al médico, depende de a qué hora sean. ¿Cuándo y a qué hora tiene la próxima?

Sacó la agenda para evitar la mirada de su hija, no se sentía lo suficientemente honrada como para encajar su alegría y su alivio.

–Dentro de unos diez días, no sé la hora, bastante temprano. Tendrás que preguntarle a él. Pero hay que ir todos los días para sacar al perro.

–¿Todos los días?, ¿te has vuelto loca?

–Iñaki está dispuesto a ayudar.

En la estación se les unieron los compañeros de universidad, e Ixabel se quedó fuera de lugar, pasando a ser una madre de serie entre aullidos, saltos, y secretos aparentemente importantes pero que en realidad se reducían a un puñado de candidiasis. En medio de aquella parodia leyó la nota que Madalen le había dado: el teléfono de casa de Ramón, la dirección, la lista de medicamentos y sus correspondientes dosis, un «¡Gracias!» mayúsculo, un corazón. Volvió al coche, enfadada por no saber con quién enfadarse.

Vivía en una casa antigua de un barrio bien, en el cuarto piso. Luego descubriría que una tía lejana se la había dejado en herencia, y que la dividió nada más recibirla, para vendérsela a los vecinos y saldar deudas. En cuanto sacó el llavero que le había dado su hija oyó ladridos al otro lado de la puerta. Pensó que tendría que hacer copias. Cuando abrió la puerta apareció el hocico de un perro enorme, y tras él los gritos de un hombre ordenándole que se callara. Cruzó el pasillo mientras el perro olisqueaba la bolsa de comida. Aunque las cortinas estaban abiertas apenas entraba luz, pero no había en el ambiente la acritud que esperaba.

–¡Buenos días! –dijo–. Dejaré las cosas en el frigorífico.

La cocina y la sala de estar estaban unidas: un pequeño televisor, un sofá para dos y una butaca, una lámina que podría ser de Chagall, el *Gernika* de Zumeta, una mesa cuadrada rodeada de tres sillas, una barra americana sobre la que había numerosas cajas de medicamentos, en la puerta del frigorífico recetas, además de notas y corazones de su hija: «Fracasarás cuando lo intentes. Vuelve a intentarlo. Vuelve a fracasar. Fracasa mejor», «Carpe diem», «El vinagre es para la ensalada».

Cuando abrió el frigorífico el perro empezó a ladrar de nuevo, y oyó por segunda vez la voz de Ramón que venía desde la habitación. «Al menos todavía es capaz de hablar», pensó Ixabel con cierto ánimo, armando lo más rápido posible el puzzle de lo que habría de encontrarse. Solo había un paquete de café a medio empezar y un limón.

«Estará hambriento, ¡debajo del fregadero!» entendió al fin. En el armario que estaba encima del fregadero, un calendario para recaudar fondos que también ellos tenían en casa: Madalen haciendo el mono junto a más estudiantes de Psicomotricidad.

La bandeja del perro estaba vacía y al lado del cuenco para el agua había un pequeño charco. No tenía escapatoria.

Debajo del fregadero, una décima parte de los productos de limpieza que ella tenía: limpiacristales, detergente para el suelo, jabón para la ropa. A un lado, el saco de croquetas para el perro. Ixabel tuvo dificultades para llenar la bandeja sin tirar ninguna croqueta ya que el perro empujaba el saco con el hocico. Vació el cuenco de agua en un instante. Luego se adentró en el pasillo agitando el rabo.

Ixabel lo siguió.

Encontró a Ramón como apuntalado sobre almohadones blancos. Golpeó la puerta con los nudillos, intentando hacer aún mas visible lo que ya era evidente.

—No vives en mal sitio.

—No, no lo es.

Podía ver en la cara de Ramón el niño que fue, solo había que eliminar el sobrante de aquel rostro que le había quedado grande para descubrir la mirada aguda del niño flacucho que fue.

El perro comenzó a olisquearla, empujando con el morro su entrepierna.

—¡Oso! —gritó Ramón, con una fuerza que sorprendió a Ixabel—. ¡Me cago en Dios! Abre las persianas, por favor.

Ella desplegó las hojas de madera con estruendo; el perro salió al balcón y colocó las patas delanteras en la barandilla, jadeante y con la lengua colgando.

—Tiene que salir, si no va a echar ahí mismo el pastel —dijo Ramón. La nueva luz hacía más patente la quebradiza piel de su cara y de su cuello.

—¿Preparo antes tu desayuno?, café solo, ¿verdad?

—No, lo primero es el perro, si no va a ser peor. Aquí al lado hay un parque, llévalo ahí y ya se arreglará él, está bien educado. En el colgador de la entrada están la correa y las bolsas para recoger las cacas. —Hablaba como alguien acostumbrado a que le obedezcan—. Suéltalo según llegues, si no te tirará al suelo.

—Parece un oso, la verdad.

—Lo del nombre no es por eso.

Ixabel esperó a que continuara con la explicación, pero no lo hizo. Sacó las manos de debajo de las sábanas con dificultad, luego giró la cabeza hacia la ventana, como una planta en busca de luz.

La ira contenida hizo que a Ixabel se le enrojecieran las mejillas y las orejas, y una vez en la calle, trató de enfriarse posando la palma de la mano una y otra vez sobre su rostro. Llevaba la correa enroscada en la muñeca, debía ir muy alerta para no salir mal parada de los tirones que le daba Oso. El perro empezó a correr en cuanto vio hierba, y ella, tras pelearse con el mosquetón, lo dejó ir con la correa a rastras. Tenía la muñeca dolorida. No le gustaban los animales, según ella a las personas que les gustaban los animales no les gustaban las personas, y su amor por los animales era una coartada para sobrellevar el odio por su especie, nada más. Y allí estaba ahora, observando a aquel perro: su rostro como una vela derritiéndose, con la lengua fuera, haciendo caca.

Mientras planeaba cómo atrapar a Oso, atravesó el césped con la mano metida en la bolsa de papel, en busca del excremento: allí estaba, húmedo y humeante entre las flores. Lo recogió y partió en busca de una papelera; más adelante recordaría aquel momento como una epifanía. Oso recorría babeante el perímetro del jardín. Preveía la humillación que supondría capturar al perro, por lo que decidió no alargar el momento, y lo llamó dando palmas sobre sus rodillas, gritando cada vez más alto, en vano. Luego lo persiguió susurrando su nombre, y cuando lo tuvo cerca pisó la correa de un salto, con una habilidad que le sorprendió. Tuvo que invocar la imagen de Madalen de vuelta a casa, pensando que la razón de que estuviera allí era ella y nadie más, y nadie más, y nadie más.

—¿Bien? —gritó Ramón desde la habitación, y, de pronto, a Ixabel todo le pareció demasiado familiar.

Mientras recorría el pasillo descubrió que las juntas del papel no coincidían exactamente, que había un desajuste de un par de milímetros, y como si aquella distorsión la hubiera llenado de valentía, dijo sin pensar:

—Llevaré al perro a Hendaya. Tenemos un poco de hierba en la parte trasera de la casa, e Iñaki lo cansará en la playa con mucho gusto. Yo no puedo venir todos los días. No puedo, tengo trabajo. Los fines de semana te lo podrá traer Madalen de visita.

La primera vez que Madalen durmió fuera de casa tenía año y medio, y lo hizo en casa de los abuelos. Las chicas que habían estado con Ixabel de *au-pair* en Cork la llamaban todos los años para ir a las fiestas de San Fermín, y año tras año encontraba alguna excusa para no acompañarlas, porque tampoco a ella le gustaba mucho la gente, aunque sí más que los animales. Aquella vez sin embargo dijo que sí, así Ramón y ella podían hacer algo juntos. Fue su última trifulca, vestidos de rojo y blanco: Ramón le acusó de haber pasado demasiado tiempo preparando la bolsa de su hija, y ella le respondió que él había pasado demasiado poco, argumentando y contraargumentando de quién iba a ser la culpa si perdían el autobús. Aun y todo llegaron puntuales al autobús que los llevaría a Pamplona, se sentaron juntos y cada uno se refugió en su propio silencio. Ya era mediodía cuando llegaron. Nada más pisar el asfalto cada uno se fue por su lado. Ixabel se juntó con sus amigas y no volvió a ver a Ramón hasta bien entrada la noche. Fue en un bar alargado de luces azules, llevaba un sombrero de paja y la ropa que en algún momento había sido blanca manchada de vino. Intentaban atravesar un pasillo de gente, él salía, ella entraba, y cuando se cruzaron siguieron adelante sin mirarse. Se divorciaron a las pocas semanas, sin haber roto el voto de silencio.

—¿También han jubilado al Iñaki ese tuyo, o qué?

—Es profesor, sale pronto del trabajo. ¿Cómo quieres el café, bien de azúcar o con poco?

Sin dejar de hacer la fotosíntesis, Ramón resopló por la nariz.

—Parece que no hay más remedio.

—No hay más remedio.

—Pobre Oso.

Ixabel le echó un par de cucharaditas, a pesar de que recordaba que él tomaba el café sin azúcar. No le diría que una vez Iñaki había traído a casa un perro ratonero al que le faltaban una pata y un ojo, y que cuando murió, al poco tiempo de acogerlo, había llorado sonoramente. No le diría que celebraría la parte buena de llevarse a Oso a casa frotándose las manos una y otra vez.

Ramón llevaba un bonito pijama granate de paisley. Tuvo que agarrarse al cabezal para poder sacar los pies de la cama, en una demostración de fuerza que dejó perpleja a Ixabel. Ella le tendió la mano para que pudiera sentarse en la cama, pero él fingió no ver el gesto. Tenía un cuerpo anciano, los tobillos hinchados cubiertos de una membrana casi transparente, pero seguía teniendo aquellos ojos crepitantes. Bebió el café como si no estuviera hirviendo, y cada una de las pastillas le hicieron temblar la nuez.

—Tienes que ayudarme con las zapatillas.

Se trataba de unas zapatillas azules con dos tiras anchas de velcro y una suela gruesa de caucho, compradas en alguna ortopedia.

—¿No crees que habría que cortarlas? —Le señaló las uñas de los pies, que parecían de avestruz.

—Ahora no.

—Te he traído lentejas y pencas rebozadas como para dos días, están en el frigorífico; para cenar pisto y ensalada de pasta; queso de postre. Para que lo comas en el orden que te apetezca, claro.

—¿Lo has preparado tú?

—El pisto Iñaki, regalo de la casa. El resto yo.

—Eras buena cocinera…

—Depende de gustos.

Le pareció ver un esbozo de sonrisa en Ramón. En cuanto consiguió afianzar los pies en el suelo y ponerse de pie, empezó a jadear. Ixabel lo sujetó por el codo, y Oso, que observaba la escena desde la puerta, empezó a gruñir. Ramón se zafó agitando el brazo. Recorrió el camino hasta la sala de estar como si fuera sobre esquíes, y allí se sentó en la butaca abatible que estaba frente al televisor y se tapó las piernas con una manta escocesa. El perro se echó a sus pies, con la lengua fuera. Al lado de Ramón, él también parecía moribundo.

—Toma tú también un poco de café.

—No, ya me voy. Tengo que ir a trabajar.

Ixabel no le preguntó qué haría él. No quería oír la respuesta.

—¿Quieres que luego te traiga una revista o algo? ¿Algún libro? Antes te gustaban.

—No tengo ganas. —Comenzó a doblar el cuerpo para tratar de coger el mando que estaba en el resquicio del cojín—. También hay infusiones, son de Madalen. Yo no tomo nada de eso, pero esta chavala…

Antes de que ella dijera que no, él encendió el televisor y lo miró absorto, anticipándose al final de la visita. Ixabel oyó el llanto de Oso antes de cerrar la puerta.

En la empresa en que trabajaba, Ixabel intentó en vano quitarse de encima las huellas de aquel alud de intimidad, y como el que va a comer a casa de la familia política tras haber estado con el amante, inspeccionó su ropa y sus manos en busca de algún olor prohibido mientras preparaba las nóminas.

Cuando llegó a casa agradeció que Iñaki no estuviera. Se metió directamente en el baño y, por primera vez en mucho tiempo, se sentó en la bañera. Le gustaba sentir el chorro de agua caliente estando sentada sobre la porcelana con la bañera vacía. Oyó llegar a Iñaki. Preguntó a gritos cómo había ido, y ella le contó lo del perro.

—¿De qué raza es?

—¡Oligofrénico! Y muy grande.

Estaba al otro lado de la puerta del baño, no alcanzaban a oírse bien. Se puso de pie, por si acaso.

—¿Qué? ¿Grande grande? ¿Un san bernardo? ¿Un dogo? ¿O del estilo de un perro de agua?

—¡No lo sé!

—¿Es peludo? Si está en forma lo podría llevar a correr conmigo, ¿por qué no? Cuando acabes pasamos a buscarlo. Es una buena idea, en serio. Tendremos que ponerle una caseta, ¿no?

—¿Qué?

Mientras ella se frotaba el brazo con el guante exfoliante, su mente se llenaba de palabras como *nenaza, marica, maricón, maricona*. Sentía el deseo de un cuerpo que la hiciera rendirse contra las baldosas de la pared, que le procuraría un poco de dolor, justo el que necesitaba, no más.

—¡Una caseta, digo!

—¡Muy bien! —*Lameculos, lerdo, bobo*.

También sintió el deseo de recibir un golpetazo en la cabeza, alguien que saliera de la nada con la cara tapada y se lo diera con un bate, haciéndola despertarse al cabo de una semana en el hospital, rodeada de gente desenfocada que la miraría con compasión y amor, pero también con sed de venganza hacia el agresor. Su vida era como una película que conseguía ver con la ilusión de no haberla visto mientras la trama la abducía, pero que se iba al garete cada vez que en los momentos álgidos se soltaba de la trama, tomaba distancia y se acordaba de la continuación.

Llegaron a casa de Ramón al atardecer, después de haber comprado en Leroy Merlin lo *indispensable* para el perro; Ixabel le había repetido una y otra vez esa palabra a Iñaki, cada vez que este se le acercaba con un cojín o un champú. Ramón seguía en la butaca, y Oso a sus pies, viendo un programa en el que los concursantes llevaban sus nombres escritos en el pecho; a ella le pareció que tenía peor aspecto que por la mañana. Quizá por la barba, siempre había sido de barba tupida, se le ocurrió que la próxima vez le propondría afeitársela, pero acto seguido ahuyentó el pensamiento agitando la cabeza.

Sobre la mesita de al lado del sillón, los blísters de las pastillas, un vaso, un tupper vacío y un tenedor.

Pensó que preguntarle qué tal estaba sería de mal gusto, así que le dijo directamente que habían vuelto a por el perro.

—¿Ahora?

—Te he dicho a la mañana que pasaría hoy.

—No me has dicho que vendrías hoy, me has dicho que pasarías, pero no cuándo.

—Te lo he dicho, quizá no hayas querido registrarlo, pero te lo he dicho.

A Ramón se le atragantaron las palabras de Ixabel.

—Iñaki se encargará de esto, creo que eso también te lo he dicho.

Los dos hombres se estrecharon la mano.

—¿Tiene algún capricho? ¿De comer o a la hora de dormir? —preguntó Iñaki—. Para ablandarlo un poco los primeros días, hasta que se habitúe a nosotros, digo.

—Dale la cartilla, Ixabel, está en el cajón junto al frigorífico; ahí no, en el pequeño.

Ramón movió levemente la mano y Oso se levantó. Le dio unos golpecitos en la cabeza, y el perro puso las pezuñas en el brazo de la butaca, a la espera de más caricias.

—Siempre duerme a mis pies. Y el jamón de York. Del bueno, no cualquiera. Tiene que ser recién cortado, verás cómo se pone, tendrás que apartarlo para que no te tire al suelo. Y solomillo. Se lo cojo de vez en cuando, es un sibarita, como el dueño. —Le dijo algo al oído, y el perro le respondió lloriqueando—. Y la playa. Vosotros tenéis buena playa allí, muy buena, ¿me oyes, Oso?

No era fácil para Ixabel sentir piedad por Ramón, y en cuanto este sentimiento la atrapaba lo convertía en patetismo, así era más fácil de domar. Ató la correa a Oso, y le dio el asa a Iñaki.

—Llevaos las botellas que están en el aparador; yo ya no voy a poder aprovecharlas. Y marchaos ya. Por favor.

Dos días más tarde el olor se había vuelto agrio. Al pasar por la sala de estar vio algunos macarrones y migas de pan alrededor del sillón, el fregadero estaba desbordado por los tuppers y las tazas, y había pelos en el charquito de al lado del cuenco de Oso. Ramón gritó su nombre desde la cama: «¡Isabelle!», una especie de «Izabelll» que la sobresaltó. Tendría que tener en cuenta más cosas que las previstas para encontrar aquella casa como la primera vez, y también para protegerse a sí misma.

—¿Quién anda ahí?

—¡El lobo! —respondió, y se arrepintió de inmediato, pues no quería hacerlo reír.

—Quería saber si eras tú.

De palabra a palabra el volumen descendía.

Ixabel guardó la comida en el frigorífico. Fregó a mano y puso en marcha la cafetera. Limpió la encimera, quitó las salpicaduras de tomate del microondas. Abrió y cerró los armarios con más violencia de la necesaria en busca de la escoba. Barrió con prisa, dobló la manta, ahuecó el cojín de la butaca.

Pensó que para recoger la suciedad de la alfombra necesitaría un aspirador, y le disgustó imaginar a Madalen llevando a cabo esas tareas para las que era tan descuidada.

—¿Hay aspirador en esta casa?

No quería ver su cara, no quería estar cerca de él, no quería hablar con él.

—¡Ven! —gritó Ramón entre toses.

No quería tocarlo, no quería oírlo, no quería olerlo.

—¿Dónde está el aspirador?

No quería limpiar, no quería ayudar, no quería alimentar.

—Aquí, en el armario.

Lo encontró en la cama, de espaldas, empujando el colchón con los puños para poder levantarse. Ixabel corrió las cortinas y abrió la ventana. Tenía un pijama nuevo, la versión azul del anterior. Tenía barba de borracho; con esa edad hay que ducharse todos los días, pensó ella, hay que afeitarse todos los días.

—Isabela, bela, bela —le dijo sin girarse—. Está en el armario de la ropa.

Tenía organizada la ropa en función de la largura y el tipo, empezando desde los abrigos hasta los cinturones, formando una flecha que señalaba la puerta del dormitorio. Era ropa de buen gusto que nunca volvería a ponerse; imaginó a Ramón mirando el precio de las chaquetas y soltando la etiqueta al ver acercarse a la dependienta.

Salió de la habitación con el aspirador, y a los diez minutos volvió con dos tazas llenas de café.

No quería pensar en él, no quería imaginar su pasado, no quería tomar café con él.

—Quema, cuidado.

Los ruidosos sorbidos sobrecogieron a Ixabel.

No quería sentirlo, no quería odiarlo, no quería quererlo.

Le puso las zapatillas de velcro. Tenía los pies a punto de reventar.

—Tengo que irme, tienes la comida en el frigorífico. Pasado mañana vendrá Madalen, o sea que hasta la próxima semana. Te dejo mi teléfono, por si necesitas algo.

—¿Qué tal está el perro?

—No voy a mentirte, se ha pasado las dos noches llorando. He dormido poco, la verdad, hemos dormido poco, esperemos que los vecinos no se quejen. Antes de ir a trabajar Iñaki lo ha llevado a dar una vuelta. A mí no me gustan los perros.

—¿En qué trabajas?

No podía creer que en todos aquellos años él no se lo hubiera preguntado a nadie, pero lo consideraba capaz, más capaz de eso que de utilizar la pregunta como estratagema para empezar una conversación.

—En una empresa de logística de transporte, en Irún.

No se quería dejar querer, no se quería dejar odiar.

—Hay un par de pijamas en el baño, si quieres —dijo él.

—¿Si quiero?

—Olvídalo. Ya me las arreglaré.

Se le escurrieron una gotas de café por la comisura de la boca, y la barbilla le tembló levemente. El café siguió su camino hacia el pecho, y ella contempló el oscuro riachuelo, descubriendo de sopetón que quizá fuera posible establecer una relación honesta, honesta en sentido filosófico.

También el baño olía mal. En el cesto de mimbre había pijamas y calzoncillos. Los sacó del cesto poniendo los dedos como pinzas y los metió en una bolsa de basura. También metió la toalla de manos y la de baño.

—Tengo que irme. Hasta la próxima semana. Llego tarde.

A Ixabel le pareció que él andaba más ágil y suelto, y sin querer se alegró. Cuando llegó a la sala de estar se agarró a la espalda del sillón. De pie tenía mejor aspecto. Se atusó el pelo con ambas manos.

—El lunes por la mañana tendría que ir al hospital —dijo Ramón.

—¿Te las arreglarás con un taxi? —Abrió el bolso y sacó un billete de veinte y lo puso sobre el mueble del televisor—. ¿Una revisión?

—Sí. Coge tu dinero, no soy tan miserable, cógelo o me enfado.

Ella cogió el billete, comprobó que la casa estaba medianamente ordenada, y volvió rápido al coche. Hizo un nudo en la bolsa y la arrojó al asiento trasero. Sintió amor, sintió amor por Madalen, amor por Iñaki y por la familia que formaban los tres, y recorrió el camino hasta el trabajo con la ventanilla bajada, sin prisa, con la alegría que le causaba, tras veinte años de puntualidad, llegar veinte minutos tarde al trabajo por segunda vez en una semana. Sin embargo en el primer semáforo se le debilitó el humor. Le sobrevino el impulso de acelerar y de estrellarse contra la pared.

Solo Madalen podía rescatarla de aquel desorden, y con esa esperanza se quedó a la espera de la discusión que surgiría aquel mismo fin de semana sin necesidad de que nadie la provocara.

Así fue. Durante la trifulca Iñaki se dedicó a aspirar los pelos que Oso había dejado en el sofá y en la alfombra de la sala.

—Si no vas tú se lo pediré a Iñaki, te lo advierto.

—A Iñaki ni lo menciones. No tienes vergüenza.

—Eres un fracaso. Total. No solo como madre, como persona también eres un fracaso.

—Cuidado con lo que dices, te vas a arrepentir. Vas de adulta responsable y no eres más que una niñata caprichosa, ¿qué sabrás tú de la vida? Aparte de lo que lees en los libros no sabes nada.

—Estoy dispuesta a dejar la carrera. Si no me ayudas la dejaré. Será una vez al mes, ¡como mucho dos! ¿Ni siquiera eres capaz de hacer algo por alguien una vez al mes?

Ixabel se quitó una chancleta y la arrojó contra la pared. Madalen cogió la llave del coche de Iñaki que estaba aparcado frente a la casa, se sentó en el asiento del conductor y cerró las puertas.

Ixabel se preguntó si enfadarse lleva a la gente a mentir o si solamente lleva a decir las verdades que de otra manera no se dicen. De todas maneras, no esperaba más de sí misma, se sentía por encima de sus expectativas morales, y encajaría con deportividad lo que la hija le había dicho, es más, lo guardaría entre algodones, para restregárselo a sí misma en momentos de debilidad y recordar quién era realmente.

—¿Por qué no quieres acompañarlo al hospital? —preguntó Iñaki mientras desgranaba una granada con el dedo meñique estirado, gesto que exasperaba a Ixabel.

—Lo haces aposta.

—¿El qué?

—Hablo del dedo, pero también de lo otro. ¿Quién es ese tipo? Quién es ese tipo, ¡dímelo!

—El padre de tu hija.

—¿Y crees que por eso estoy en deuda con él, con ese hombre con el que no tengo ninguna relación desde hace veinte años y al que queréis, sí, queréis, encadenarme por haber intercambiado algunos flujos con él?; y sí, hablo de ti, porque a fin de cuentas piensas que eres mejor que yo, y que si estuvieras en mi lugar el lunes lo dejarías todo para empujar por los pasillos del hospital la silla de ruedas de una mujer moribunda y calva y con olor a ajo con la que en cierta época intercambiaste fluidos…

Iñaki hizo como que cerraba la cremallera de su boca y se fue de la cocina caminando de espaldas.

—Y no metas al perro en casa, ya te lo he dicho.

Iñaki salió con Oso y golpeó la ventanilla del coche con la llave. Ixabel miró por la ventana, orgullosa, porque de algún modo era la causante de aquella relación. Madalen bajó la ventanilla e Iñaki se inclinó para hablar con ella. Oso escurrió el hocico en busca de caricias. Del interior salía una dulce melodía de hip-hop, ya que a Iñaki le gustaba llevar en el coche música de Madalen, y hasta le gustaba escucharla, cosa que a Ixabel le parecía tierno o impostado según el día, y según el día le resultaba adorable o repulsivo oírle canturrear los temas. De cualquier modo, el movimiento rítmico de las piernas desnudas de su hija le pareció buena señal, y también que el brazo de él siguiera dentro del coche. Esperó a que viniera cualquiera de los dos mientras arrancaba las malas hierbas del jardín, pero ninguno de los dos lo hizo. Cuando vio entre sus ropas tendidas el pijama de Ramón, se le escapó la risa.

Cuando Iñaki se acostó con olor a cerveza Ixabel dedujo que habría llevado a Madalen y al perro a donde Ramón, y lo creyó capaz de haberse quedado cocinando la cena para Ramón mientras padre e hija estaban en el parque con el perro, pero también lo creyó capaz de hacer de chófer y desaparecer hasta que Madalen le llamara para pasar a recogerla. A veces desaparecía, e Ixabel sentía placer, solo porque quizá y de vez en cuando él tuviera un pedacito de vida no tan transparente. Cuando se acostó se apretó contra él y le hizo el amor, contra Ramón, y de una manera incierta, también a favor de Iñaki.

Se le iban los domingos preparando la comida de los días siguientes, ensayando platos que nunca había hecho: boquerones en vinagre, hamburguesas de mijo, marmitako, ensalada de garbanzos... los hacía para Ramón y para que Madalen los llevara a Burdeos, y los guardaba en tuppers. Mientras cocinaba, Iñaki ponía algo de música y la comentaba, con la esperanza intacta después de tantos años de que Ixabel se aficionara.

El martes al abrir la puerta no fue recibida por el saludo de Ramón. Dejó la comida en el frigorífico, fregó los platos y recogió la sala de estar, mientras esperaba que desde la habitación llegara alguna señal de vida. Atravesó el pasillo con la ropa limpia y planchada de Ramón en los brazos como si fuera una tarta nupcial. La puerta del baño estaba abierta, las toallas en el suelo y las zapatillas de velcro alineadas frente al lavabo. Al contrario que la vez anterior, la puerta de la habitación estaba cerrada, y en cuanto abrió comprobó que no había nadie. Abrió las ventanas y vio todos los defectos de la habitación como se ven los granos a la luz del día: las quemaduras de cigarro de la mesilla, el techo agrietado, el enchufe ligeramente desencajado de la pared, las sábanas amarillentas. Llamó al hospital, confundida. Le dijo a la persona que la atendió que el hombre al que cuidaba sufría una miocardiopatía hipertrófica, y que ella había ido a llevarle la comida pues-él-no-se-valía-por-sí-mismo-y-que-al-no-encontrar-en-casa-a-ese-hombre-que-mira-tú-era-el-padre-de-su-hija-y-que-fíjate-lo-que-son-las-cosas-había-pasado-veinte-años-sin-hablar-con-él-y-aun-así-le-preparaba-el-menú-del-día-de-lunes-a-viernes-y-llamaba-al-hospital-precisamente-para-saber-qué-hacer-con-el-servicio-de-catering. La mujer desvió la llamada y, tras mantener una breve conversación con la nueva telefonista («¿Ramón Pérez Lasa está ingresado ahí?», «¿De parte de quién?», «La cuidadora», «Sí, está en cardiología, en la habitación 213»), dudó, por un instante, de si había sido ella la fanática que había llamado un minuto antes. Pidió que pasaran la llamada a la habitación, pero nadie contestó. Llamó al trabajo y pidió que le pasaran con el jefe:

–Hoy no iré a trabajar, mi exmarido está en el hospital. –Su sumisión en el trabajo era inversamente proporcional a lo que era en casa, y sintió placer cuando el patrón titubeó–. Serán semanas extrañas; lo siento, mientras no se arreglen las cosas no voy a poder aparecer por allí. En la bandeja verde de mi escritorio tienes algunos currículums por si necesitas ayuda.

Arreglar, quizá aquella fuera la palabra. Un arreglo.

Reanimada por la decisión que había tomado, echó las sábanas a la lavadora, en un ciclo corto, para así tener tiempo de colgarlas antes de ir al hospital. No quiso reparar en el colchón, y buscó ropa de cama nueva en el armario. Escogió las de percal. Buscando una funda para la almohada dio con una que tenía las iniciales de ellos bordadas, esta también de percal, que una tía de Ramón les había regalado el día de la boda. Como le hizo gracia, eligió esa. Mientras esperaba a que la lavadora acabase ordenó un poco la habitación y abrió los cajones de la mesilla sin morbo alguno: una invitación de boda de una pareja que parecía latinoamericana, miniaturas del roscón de Reyes (Madalen siempre celebraba Reyes con él), unos cogollos de marihuana seca en un bote de carrete, un puro Cohiba en un estuche metálico, un mechero Dupont, fotografías viejas de la familia de Toulouse en un sobre, y una caja de preservativos empezada.

Lo encontró con la mascarilla puesta, las manos sobre la sábana, a los costados del cuerpo, en una habitación doble. En la otra cama un anciano con dos mujeres más jóvenes a su lado, los tres con los ojos puestos en la televisión. Ramón la miró sin mover apenas la cabeza, y trató de quitarse la mascarilla. Ixabel lo detuvo, poniendo la mano sobre su muñeca con delicadeza; era la primera vez que lo tocaba de aquella manera y, sin pensarlo dos veces, se dio a sí misma permiso para desear acariciar la mano de aquel hombre.

—He visto al médico, estate tranquilo; será cuestión de tres o cuatro días, en cuanto se te pase la fatiga volverás a casa.

Intentó hablar sin quitarse la mascarilla. Al percatarse de lo absurdo de la situación, se la apartó con fuerza.

—Si voy a estar el fin de semana en casa, no le digas nada a Madalen.

Volvió a poner la mano sobre la cama, con la palma hacia arriba, luego cerró las pestañas con timidez y movió levemente los dedos. Ixabel se rindió y puso su mano sobre la de él. Estuvieron así sin mirarse, acariciándose con los pulgares que quedaron libres, estrechándose fuerte las manos y soltándolas después, cerrándolas y soltándolas, como bombeando algo. Se sintió más segura en aquel espacio sin intimidad. Descubrió que quería verlo morir, que no le deseaba sufrimiento alguno. Le ordenó el pelo de la frente y le acarició las cejas para que la mirara.

Los ojos de Ramón se movían con rapidez, pero a los pulmones les costaba llenarse y vaciarse.

—Estate tranquilo —le susurró.

Durante el ingreso de Ramón Ixabel fue al hospital todos los días. Compraba en el quiosco el *Berria* que ella acostumbraba y el *Gara* que solía ver en casa de él, y le leía las noticias más llamativas en voz alta. Todas las mañanas y todas las tardes le masajeó los pies y los tobillos con la Nivea que llevaba en el bolso, tarareando una ranchera que solo se sabía a medias con el placer que le daba hacerlo a espaldas de Madalen e Iñaki. El segundo día Ramón consiguió levantarse y llegar hasta la máquina de café, casi sin hablar, porque se ahogaba. El tercer día pasearon por el pasillo, arriba y abajo, con el palo del gotero entre ambos.

Ixabel compartió las recaídas y recuperaciones con los enfermos y los familiares que conoció en los pasillos, como si de golpe aquella fuera su vida, y de golpe estuviera feliz en ella. A Ramón le volvió la voz, y así supo que había pasado más de quince años comiendo y cenando fuera de casa, en bares y restaurantes, que había montado una empresa de exportación de txakolí, que pasó tres días borracho cuando murió su amigo Genaro, que vivió con la mujer del bar donde tomaba el café todos los días cuando Madalen tenía cinco o seis años («¿Y Madalen no lo sabía?», «Yo nunca le he ocultado nada»), que desde que tenía el perro se sentía más pleno y que de ahí le venía el nombre,* que en algún momento de la historia Venecia se había alumbrado gracias a la grasa de ballena cazada por los arponeros vascos, que había estado a punto de casarse con una mexicana que conoció en un viaje de trabajo, antes de empezar con el «problema» («¿Mexicana?», «Una chica guapísima de Oaxaca»).

A cambio Ixabel hizo alguna incursión en los pasajes más emocionantes de su vida plana, pero Ramón no quiso aden-

---

* Juego de palabras castellano-euskera. Además de al plantígrado, el nombre del perro hace referencia a una de las acepciones del término «oso» en euskera, en este caso a la de «entero, íntegro».

trarse en ellos: tenía los ramalazos narcisistas de las personas solitarias, quizá porque no tenía a mano nadie más a quien querer más que a sí mismo.

—Al menos no te has aburrido. Has hecho cosas. Te has divertido. Has dado trabajo a unos cuantos. Has traído al mundo una hija maravillosa. —Para asombro de Ixabel: Ramón casi nunca mencionaba a Madalen.

—Hemos. Ella sí que es buena, no como nosotros.

Sonrieron cansinamente, y en esa sonrisa cabía la culpa y el perdón de ambos, o eso le pareció a Ixabel en aquel momento. Tras un silencio largo, él añadió:

—Ya no puedo recordar qué era lo que deseaba.

La médica que le dio el alta era de pocas palabras: tenía los conductos atascados, el corazón no podía hacer gran cosa. Agarrándose los pendientes de perla, dijo al fin:

—Aproveche este extraño alargamiento del verano.

Él la escuchó hierático, y al final sonrió como si un buen recuerdo se hubiera adueñado de él.

Era tan digno como salvaje, y ella sabía que también había que ser así para estar a su lado, por lo que no preguntó nada, ni a la médica ni a él.

Sentado en la silla, con la bata hospitalaria quitada, le estaba ayudando a ponerse la ropa de calle cuando Ramón la agarró de la cintura. A Ixabel le pareció que lo hizo para poder ponerse de pie, pero cuando intentó ayudarlo, él la atrajo hacia sí y se quedó mirando sus pechos opulentos. Ixabel respiró profundamente y le puso las manos sobre la nuca, balanceando el cuerpo, rozando con cada movimiento la nariz de Ramón con sus pechos.

Ramón, con los ojos cerrados, abría y cerraba los labios.

Pararon cuando los de al lado cambiaron de canal. Ixabel le ayudó a atarse la camisa y a ponerse el calzado. Pero como les sucede a las plantas de floristería, lo que estaba tieso y vigoroso, decayó y perdió brío en cuanto llegó a casa.

Ixabel pasaba su jornada laboral en casa de Ramón. Quitó las botellas vacías y las plantas secas del balcón, regó el limonero y colocó allí la mesa pequeña de la sala de estar y dos sillas, para cuando saliera el sol. Desde aquel lugar la ciudad parecía una colmena, con sus baldosas hexagonales incluidas. Limpió todos los cristales de la casa. Cocinó para ambos el menú de enfermo que acordaban juntos. Trajo de vuelta las mejores botellas de vino que se había llevado de casa de Ramón, pero solo abrieron una. Arregló la fuga del lavabo.

—Quién iba a decirme a mí —dijo entrando en la habitación con la llave inglesa en la mano.

Él no le devolvió la mirada; lo hacía a menudo, y aunque estaba acostumbrada, cada vez le estremecía comprobar lo quebradizo que era el equilibrio que habían conseguido.

Ramón se quedaba en la cama hasta el mediodía, escuchando la radio. Ixabel tenía que azuzarlo para que se levantara. Cada día se le hacía más penoso el camino entre la habitación y la sala. Según iba necesitando más a Ixabel, se iba volviendo más desagradecido, pero ella se sentía demasiado superior como para no poder apechugar con aquel desprecio. Lo acompañaba hasta el sillón, encendía el televisor, comían el uno junto al otro. En aquellos momentos, a veces, recibía mensajes de Madalen preguntando por su padre y contándole cosas de su día a día. Ixabel le informaba a Ramón y trataba de establecer un diálogo a tres:

—Madalen pregunta que qué tal has desayunado hoy; ya le he dicho que bien; ella dice que le sigue doliendo la muela, le voy a coger vez con el dentista. Pregunta a ver si estás viendo *Saber y ganar*. Que el domingo veréis el partido, que a ver si te acuerdas.

Ramón siguió mirando el televisor con la tranquilidad de que Ixabel respondía por él las preguntas. Durante todas esas semanas no se le ocurrió nada que decir. Nunca.

La morfina le provocaba vómitos. Tras un estertor palidecía y las manos se le ponían rígidas. Ella le posaba la mano sobre la frente, y él se lo agradecía. Para aliviarle la sequedad dc la boca le daba bastoncillos con sabor a limón; Ramón los chupaba durante unos instantes, luego los escupía e Ixabel los recogía del suelo sin remilgos.

Ixabel se acostumbró a despertarse sin Iñaki cada mañana. Volvía de pasear al perro a la hora del desayuno, así que tuvieron que empezar a hacer solos lo que hasta entonces habían hecho acompañados. Empezaron a comer comida baja en grasa y sin sal, pavo y conejo en vez de ternera y pollo, cocinaban como para tres, de manera que al día siguiente le llevaba a Ramón la cena hecha.

—Hoy apenas ha comido. Cualquier día abriré la puerta y me lo encontraré seco, me da miedo.

La mitad del carro de la compra era pienso para el perro. Cuando iban a pasear a la playa, era Oso quien los guiaba, y se acostumbraron a arreglar los desperfectos que iba causando, fuera jugando con otro perro o porque había descubierto el placer de mordisquear el relleno de algún cojín. Aunque durante el día lo dejaban fuera de casa, de noche lo dejaban entrar y se acurrucaba a los pies de Iñaki, en el sofá. Poco después, logró que lo dejaran dormir a los pies de la cama. Cuando la respiración ronca del perro le impedía dormir, Ixabel se levantaba y se iba a la habitación de Madalen. Desde que se llevaron al perro a vivir con ellos dejaron de ir al cine y recuperaron la vieja costumbre de ir al monte.

De un día para otro, Ramón empezó a morir más deprisa. Primero perdió el apetito. Luego la fuerza para levantarse de la cama. Ixabel lo obligaba a ducharse con el pretexto de que mejoraba la circulación, y para cuando Ramón salía de la ducha ella lo esperaba con la toalla preparada. A veces se conmovía consigo misma al verse capaz de hacer aquellas cosas, nunca lo hubiera imaginado, pero cuidándolo a él aprendía a quererse a sí misma. No era más que pellejo, pero su cuerpo aún conservaba el recuerdo de antaño, aquella belleza que la enfermedad no había podido vencer, un buen miembro y una mata de pelo como epicentro del conjunto.

Una vez, al salir de la ducha, lo sentó en una banqueta y le cortó las uñas y el pelo. Aunque ya había entrado en la cincuentena, apenas tenía canas, pero tampoco quedaba rastro del pelo negro y brillante que había lucido de joven. Para aquel entonces había dejado de hablar, durante el día no balbuceaba más que tres o cuatro palabras, y todas eran para maldecir. Sin embargo aquel día dijo una frase larga, justo cuando Ixabel encendió el secador. Cuando lo apagó para oír qué decía ya había terminado. A Ixabel le pareció haber podido rescatar un «gracias», pero reprimió la tentación de preguntar qué había dicho, no fuera que le respondiera de malas maneras; volvió a encender el secador, sintiéndose en paz con la presunta muestra de gratitud.

Murió el día que lo volvieron a hospitalizar. Ixabel había pedido una ambulancia e hicieron el trayecto agarrados de la mano. Madalen llegó de Burdeos a tiempo para despedirse. Volvían a estar juntos al cabo de veinte años, pero uno de ellos ya era cadáver. Madalen introdujo las manos por el cuello de la bata hasta el ombligo de él entre llantos, y quedó tendida encima mientras Ixabel le acariciaba el cabello:

—Papá —dijo Madalen—. Papá —siguió, una y otra vez, consciente de que era una palabra a punto de caducar, saboreándola por última vez.

Las enfermeras hicieron desaparecer sigilosamente toda la ingeniería que habían dispuesto para salvar la vida del hombre. Cuando lo desvistieron de metales, tubos y agujas, Ixabel lo miró por última vez: parecía alguien del bando bueno, un hombre muerto demasiado joven por la guerra. Le ahuecó el flequillo y plegó la sábana a la altura de su pecho.

Iñaki las esperaba en el pasillo. La médica se les acercó mientras él abrazaba a Madalen:

—Ha luchado hasta el final –dijo–. Pero no tenía remedio. Lo habéis cuidado hasta el último aliento, no se puede pedir más.

Esparcieron las cenizas una mañana lluviosa de otoño. Lo hicieron entre ellos tres y Oso, más algún excompañero de trabajo de Ramón. Uno de los compañeros le dio las gracias porque en el peor momento de su vida, cuando todo estaba perdido, cuando todos lo daban todo por perdido, Ramón había estado ahí. Otro ensalzó su carácter canalla y su generosidad. «Has sido un gran tipo», dijo al final. Madalen leyó un texto en el que le daba las gracias: «Porque has sido el mejor padre y el más valiente de todos los padres posibles», y porque «sin habértelo propuesto me enseñaste las cosas más importantes».

De camino al coche Ixabel tuvo ganas de pedirle explicaciones, pero en vez de eso la agarró del brazo y así hicieron el trayecto, entre matas de árgomas y bierzo, Madalen cabizbaja e Ixabel extasiada por aquel embate de la naturaleza.

Aquella noche Iñaki estuvo hasta bien entrada la madrugada hablando con Madalen en su habitación.

—¿Está bien? –preguntaría Ixabel más tarde.

—Todo lo bien que podría estar, y un poco mejor –la tranquilizó Iñaki.

La vida cotidiana volvió como un tanque con sus horarios, obligaciones, estaciones y facturas. Ixabel volvió al trabajo y su primera labor fue la de firmar el finiquito de la chica que la había reemplazado. Madalen fue con una compañera de clase a Port–au-Prince a colaborar durante tres meses con una ONG, y después recorrer Haití y la República Dominicana. Iñaki siguió paseando al perro, y fue él quien no quiso abandonar la costumbre de ir al monte los fines de semana, incluso hicieron noches en algún albergue. Le decía a Ixabel que saciaba su sed de cine con las películas que veían en casa, cuando ella le proponía ir a pasar la tarde a «la civilización», a

San Sebastián, «a por opio». En Semana Santa, mientras Iñaki estaba contemplando el paisaje a orillas del Bachimaña y ella mirando las botas de monte que él le había regalado en Navidades, descubrió, de repente, que había vuelto a ser la misma de siempre. Hay viajes que cambian a una, y hay viajes que consiguen lo contrario, pensó.

En mayo Iñaki se fue de viaje de fin de curso a Salou con sus alumnos, para una semana. A Ixabel no le gustaba pasar la noche sola en aquella casa, oía ruidos de animales que no reconocía y se quedaba hasta más tarde que de costumbre en el sofá delante de la tele sin poder conciliar el sueño. Oso se empeñó en tumbarse sobre sus pies, y su respiración la despertó en mitad de la noche. Luego la siguió hasta la habitación y se echó sobre la alfombra, como tenía por costumbre. Ixabel estaba desvelada, se escapó a la habitación de Madalen, pero Oso la siguió. Lo encerró en la cocina, y arañó la puerta, aullando. A pesar de que ya eran las tres llamó a Iñaki para saber qué hacer, pero tenía el móvil apagado. Al final volvió a la habitación, leyó hasta caer vencida por el sueño, y amaneció con el perro acostado junto a ella. Lo llevó hasta la rotonda de la esquina para que hiciera sus necesidades, y lo volvió a traer a casa sin alargar el paseo, dejando claro que ella no era Iñaki.

Pasó días rabiosa con aquella herencia de Ramón. Al volver del trabajo compraría plantas de tomate en la cooperativa y pasaría algunas horas en la huerta. La tierra la serenaba. Oyó los ladridos en cuanto aparcó el coche frente a la casa. Llevó al perro hasta la rotonda y volvió por un camino más largo, para que caminara un poco. Entonces se acordó del limonero que había traído de casa de Ramón. Estaba abandonado al lado de la caseta, para cuando se había dado cuenta estaba lleno de brotes. Lo sacaría del tiesto y lo plantaría.

Cuando llegó a casa se cambió y se puso la ropa que utilizaba para la huerta. Comenzó con los tomates. Plantó dos filas. Tendría que cavar al menos cincuenta centímetros de diámetro y otros tantos de profundidad para trasplantar el limonero. Oso estaba pegado a ella, con la lengua colgando. Empezó con la azada pequeña, pero cambió de idea, y fue a la caseta a por la grande, mientras Oso la seguía. Se puso los guantes. Cuando volvió al agujero Oso estaba escarbando, jadeante. Primero en el agujero que había empezado a cavar, después alrededor de las tomateras que acababa de plantar. Lo empujó fuerte con la punta de la azada y Oso se puso a ladrar. Ixabel cogió entonces una pelota y se la lanzó lo más lejos posible, pero él se la traía de vuelta cada vez, y con mirada amorosa, la dejaba a su lado. Le puso la correa y lo ató a la barandilla de la terraza. Como seguía gimiendo y lamentándose, Ixabel le arrojó los pedruscos que encontraba a medida que cavaba:

—¡Estúpido! ¡Maldito estúpido!

Cuando la azada no fue suficiente volvió a la caseta a por la pala. Entre sudores, ladridos y llantos, hizo un agujero como para que cupiera.

HIERBA RECIÉN CORTADA

Mi vecina Arantza me llamó mientras yo estaba en el trabajo para preguntarme si podía ir inmediatamente a su casa. Su suegro la había llamado para decirle que se había mareado mientras cuidaba de Amets. A pesar de lo que me estaba contando Arantza no parecía preocupada.

—Ahora estoy ocupada —le dije—, pero podría llegar en hora y media.

—Tranquila. Era por si estabas en casa.

—Llegaré en hora y media —le repetí—, ahora enseguida me toca hacer una visita guiada.

—No, no vengas. Ya me arreglaré. Qué te iba a decir... ah, sí: te he preparado unos esquejes, un día de estos te los llevo.

Cuando Bixente estaba de viaje era el suegro de Arantza, que vivía en Sare, quien se encargaba de recoger al niño de la guardería y de llevarlo a casa. Me inquieté, podía pasarle cualquier cosa. Para una vez que me pedía algo yo no podía dárselo. Aquella vez era yo quien podía echar una mano a Arantza y estaba dejando pasar la ocasión. Casi todas las tardes trabajaba de guía en el museo, por horas, y aquel día me había tocado un grupo de profesores. Arantza se mostraba sorprendida cada vez que le decía que estaba trabajando, no me gustaba. Los profesores me estaban enseñando sus carnés para que les fuera aplicado el descuento cuando le rogué a mi compañera que me cambiase el turno; era una emergencia, ya me encargaría yo de explicárselo al director si hiciese falta. Cogí el coche. Llegaría en un cuarto de hora a casa de Arantza, una hora y cuarto antes de lo que le había dicho, setenta y cinco minutos capaces de condicionar toda una vida. Llamé a Arantza para decirle que estaba de camino, pero no contestó. Imaginé a su suegro en el suelo, con la boca abierta, las manitas de Amets jugando con sus gafas o chapoteando en el charquito, ya que cuando suceden este tipo de cosas suelen orinarse encima.

Yo nunca había hablado con el suegro, era un hombre del interior y a ninguno de los dos se nos había ocurrido nada que decirnos, a pesar de que él pasaba a menudo con el nieto por enfrente de nuestra casa y yo siempre hacía caso a Amets. Parece uno de esos tipos que espera a que se hagan las presentaciones oficiales para hablar y yo soy alguien que no tiene problemas para plegarme a ese tipo de normas. Tiene remolinos en la cabeza, el pelo muy blanco y muy recio, un hombre musculoso al que he solido ver salir de su furgoneta y entrar a casa de Bixente y Arantza cargado con cajas de frutas y verduras de la huerta. Un verano Arantza nos trajo una bolsa de cerezas, también de nueces, que todavía hoy deben de andar por ahí, ya que nosotros no tenemos la suficiente paciencia para pelar cosas tan pequeñas. Pero intercambiar palabras, eso nunca. A pesar de que parece un hombre agradable. Bixente a la fuerza ha de parecerse a su madre, ya que es calvo y más bien fofo.

Pisé el acelerador pero los paneles de la carretera advertían del atasco, un tapón hecho de cuerpos de playistas y palos de sombrilla. «La playa iguala a los mortales, es la manera de llegar a ella la que los diferencia», solía decir Igor antes de empezar a despotricar.

Volví a llamar a Arantza, pero no contestó. Me acordé de los esquejes, me pregunté de qué serían. No importaba demasiado, pero ya había empezado a inquietarme. Desde que éramos vecinas me había dado más de cincuenta, sin embargo no había conseguido sacar adelante ninguno. Una vez me dio un esqueje de la planta del dinero, una de las más resistentes que hay para interiores, según me dijo. Igor y yo llevábamos una temporada sin trabajo y podía servirnos de amuleto, me sugirió. Arantza soltaba gallitos al reírse, era bonito. Pero aquella vez no sé de qué se rio, si fue porque se avergonzó de la tontería del amuleto o bien porque era una tontería pensar que tanto con amuleto como sin él era poco posible que ninguno de los dos encontrásemos trabajo.

Retenciones de tres kilómetros. Amets sentado sobre el cuello del abuelo, ahogando su último aliento. Me sudaban las manos.

Llegué a la casa una hora después de que me llamase Arantza, con la pequeña esperanza de poder hacerme cargo aún de la situación. Llamé a la puerta pero nadie abrió. Entré. La casa de Arantza y Bixente siempre estaba recogida y olía bien. Era tan diferente entrar en la suya o en la nuestra. En la nuestra a veces parecía que hubiesen entrado a robar. En la suya, sin embargo, todo era comedido, hasta el mismo orden. Así estaba aquel día, a pesar de que la televisión estuviese más alta que de costumbre, dibujos animados en francés. ¡Hola!, grité nada más adentrarme en el pasillo con paso cauto, ¡Buenas tardes!

Encontré al pequeño Amets en el salón, estaba golpeando la televisión con un triángulo de música. ¿Dónde está el abuelo?, le pregunté, y él entornó los ojos mostrándome sus húmedas encías de un solo diente. ¿Dónde está el abuelito?, y el niño rio deleitándome con unas pedorretas y golpeando la televisión con ímpetu. Me angustié imaginando lo que podría encontrar tras las puertas cerradas. Recorrí mentalmente la casa y llegué a la conclusión de que probablemente estaba en la cocina, la gente bebe agua cuando se siente mal. Sobre la mesa, junto a la batidora metida en una jarra de cristal, las mondaduras de manzana y de pera daban cierta alegría a la pulcra cocina. De repente me acordé de que en el jardín, tras un árbol cuyo nombre Arantza me menciona cada vez y cada vez se me olvida, había un banco comprado en un mercadillo y posteriormente restaurado, y me dirigí hacia allí visualizando las escenas posibles: quizá se hubiese caído del banco y estaría en el suelo boca abajo; quizá seguía sentado con el cuello colgando hacia atrás, la boca abierta, sin tono muscular. Pero no, allí tampoco había huella alguna de aquel viejo chocho, solo un par de revistas de decoración con una piedra pintada como pisapapeles.

Fui directa a la habitación de Amets. Tampoco: sobre la cama impecablemente estirada y alumbrada por el sol, un gran oso de peluche azul.

La habitación contigua era la de Arantza y Bixente. Nunca antes la había visto y sentía curiosidad. Golpeé la puerta, dos, tres veces. Silencio. Abrí y la oscuridad se me atragantó: las ventanas y contraventanas estaban cerradas, el ambiente allí no era el del resto de la casa, olía amargo, a no ventilado, a húmedo. Sentí un ligero desengaño. Pero había algo más. Había alguien. En la cama. Fue un golpe de carne. Respiraba regularmente. Me acerqué. Vi al viejo desnudo sobre la cama deshecha. Su piel iluminaba la oscuridad. Era la primera vez que veía tan de cerca un cuerpo de aquella edad desnudo: ancho de pecho, tenía el abdomen hinchado y la piel sin vello; un cuerpo que de no ser por el pene podía pertenecer a una mujer. Suave, limpio, brillante.

Empecé a cogerle gusto al olor, me sucedía a menudo. La respiración lo balanceaba dulcemente y sentí cosas muy especiales observándolo. En aquel instante no tuve la necesidad de entender lo que estaba viendo, se trataba únicamente de mirar, de seguir mirando. Entonces me di cuenta de que estaba pisando las ropas que había en el suelo, algo se me había enganchado a la sandalia, y fue al agacharme cuando toqué el sujetador mezclado con el calzoncillo de algodón y la camisa de tergal.

Me entró prisa por salir de allí. Sin querer pegué una patada al pantalón y la hebilla del cinturón hizo ruido. La respiración se detuvo y cambió de ritmo, pero no se despertó. Cerré la puerta suavemente. Amets estaba hablando con los dibujos de la televisión. Fue entonces cuando escuché el chirrido de las tuberías. El sonido de la casa cambió de golpe, aquel chirrido marcó un antes y un después. Antes, aunque yo no me hubiese percatado, había un sonido de ducha; después, faltaba el sonido de la ducha. Un sonido de ducha que solo conseguí escuchar cuando dejé de escucharlo.

Aún me faltaba atravesar el pasillo. El parqué se lamentaba a cada paso. La puerta del baño continuaba cerrada, y al pasar por delante, pude escuchar el sonido de los botes al dejarlos sobre alguna repisa de cristal. Arantza era muy coqueta. Podía salir en cualquier momento. Al atravesar el salón Amets me hizo algunas gracietas, con una maraca golpeaba la mesa de cristal invitándome a su fiesta. Le envié unos besos aéreos y conseguí cerrar la puerta de la entrada sin hacer ruido. Crucé el terreno por la mitad y corrí hasta mi casa. Me tumbé en la cama, temblando. No podía quitarme de encima aquel cuerpo.

Me llamó al día siguiente:

—Acabo de ver las llamadas perdidas de ayer, con el susto me olvidé el móvil en la tienda y no lo he recuperado hasta hoy.

Trabajaba en una tienda de ropa que yo jamás compraría. Tenía la misma voz de siempre, clara y cantarina.

—¿Qué tal tu suegro? —No tuve más remedio que hacerle la pregunta.

—¿El abuelo? Está como un toro. Hoy por la tarde pasaré por vuestra casa con los esquejes, si te parece.

Condujo el tema como si se tratase de algo que ya estaba superado. A mí me dio la excusa para ordenar la casa, y así lo hice durante un par de horas, pero en cuanto oí que abría la verja me acordé de todos los recovecos que había dejado sin limpiar. Arantza vino vestida de blanco nuclear, con Amets en brazos y un montón de esquejes en una bolsa de papel. Hacía calor y le ofrecí algo de beber, pensando en las cervezas.

—¿Tienes agua con gas? —me preguntó, con la gravedad de quien está pidiendo un favor impagable, a pesar de que nosotros no tomábamos eso, debería saberlo–. Le van a hacer un escáner, por si acaso, pero no parece que haya motivos de alarma. Además, si en un momento dado se siente mal, la hermana de Bixente vive a su lado, es solterona.

–Ayer hizo mucho calor, quizá solo fuera eso.

–Sí, es lo más posible. De cualquier manera no vamos a decirle nada a Bixente hasta que vuelva de Nantes, tiene la sensación de que abusamos de su padre, ya sabes cómo es, y no queremos preocuparle en balde. Y eso que él viene encantado a cuidar de Amets. Desde que murió su mujer solo tiene ojos para la huerta y para su nieto.

Me pidió agua del grifo, con hielo. No podía olvidar ni el brillo del pene ni el encaje del sujetador. Al final me atreví a tomarme una cerveza, vertí la mitad en un vaso y la otra mitad la guardé en el frigorífico, para cocinar, le dije.

Amets estaba sentado sobre la mesa y al mirarle guiñaba los ojos, agitaba los brazos, soltaba carcajadas. Me costó contestarle con el mismo ímpetu. Arantza bajó al niño de la mesa mientras me explicaba lo de los esquejes, y este desapareció de la cocina reptando.

–¿Tienes un destornillador largo? –me preguntó Arantza.

Me dirigí al cuartito en el que Igor guardaba las herramientas, estaba muy desordenado y no quería que ella lo viese. Arantza me seguía mientras me daba instrucciones:

–Son de hortensia, es una planta muy resistente que aquí crece muy bien. Entonces, mantén los esquejes en agua hasta que los plantes, corta las hojas por la mitad, mete el destornillador en el suelo, lo más hondo que puedas, y luego introduces un esqueje, dejando una distancia de treinta centímetros entre uno y otro. –Mientras hablaba tenía la costumbre de enroscarse la cadena de oro en el dedo índice–. Es muy fácil, de verdad. Dentro de dos años para llegar a casa tendréis que atravesar un corredor de hortensias, ya verás.

Me gustó imaginar aquel futuro.

Para cuando me di cuenta me estaba apremiando para poner los esquejes en una jarra llena de agua. Hice amago de buscar una aun sabiendo que no tenía ninguna. Finalmente corté por la mitad una botella de plástico y los metí allí. Los coloqué en mitad de la mesa. Arantza parecía satisfecha.

—¿Dónde anda Igor? Hace tiempo que no coincido con él. ¿Le va bien? —me preguntó, esperando mi respuesta con atención.

—Está trabajando. Ahora trabaja como cámara. Y algunos fines de semana de camarero en el bar de un amigo. Muchas horas y poco dinero, ya sabes cómo es. Se marcha muy temprano y vuelve a las mil.

—Bueno, quizá no sean los trabajos de vuestras vidas, pero hoy en día algo es algo. Estaréis contentos. Deberías darte algún capricho, te lo mereces. —Se acercó para repetírmelo—: Te lo mereces.

Me estremecí. No sé qué vio en mí para decirme tal cosa.

Sentí un deseo muy fuerte de que Arantza saliese de mi casa, mientras ella estaba allí veía todo mucho más sucio, aunque hablar con ella me hacía bien, me tranquilizaba, escuchándola y observándola aprendía cómo hacer y cómo tomarme las cosas.

Amets reptó hasta nuestros pies. Se agarró a las patas de una silla para poder ponerse de pie. Arantza le sacudió la ropa y le agarró del brazo regordete obligándole a decirme adiós. En cuanto se marcharon me puse a limpiar el suelo.

A la mañana siguiente, durante el desayuno, Igor me preguntó por los esquejes que estaban sobre la mesa, me dijo que formaban un centro muy sofisticado dentro de la botella de Coca-Cola. Nos reímos. Era por la mañana cuando mejor nos arreglábamos, cuando más fe teníamos en nosotros. Me trajo un destornillador más largo que el que había sobre la mesa.

—Si hoy pudieses venir antes… Cenamos en la playa —le pedí.

—Lo intentaré, pero no sé si podré.

—¿Hago bocadillos de pollo?

Después follamos en el sofá.

No volvería a verlo hasta la mañana siguiente, estaba segura.

Aunque más de una vez tuve la tentación, no le conté la historia del viejo y de Arantza, me hacía sentir fuerte y la quería guardar para mí solita, virgen; era como tener una cría de animal entre las manos: protegiéndola me protegía a mí misma.

Aquella misma mañana me dispuse a plantar los esquejes tal y como me dijo Arantza. Hay un camino de grava de unos cinco metros que va desde la carretera hasta nuestra entrada, a ambos lados del camino crece la hierba. Al lado de la entrada tres contenedores para reciclar vidrio, plástico y papel, que por lo general suelen estar a rebosar. Quizá ordenar aquel rincón podría ser el siguiente paso: adecentarlo tal y como lo tenían los vecinos, los tres contenedores ocultos en un arcón de madera, de paso silenciaríamos las habladurías de la gente. O bien lijar y barnizar los bancos y la mesa, comprar una sombrilla, volver a llenar las jardineras vacías.

Los planté a unos quince centímetros de distancia del caminito de grava, bordeándolo, entre la hierba crecida. El destornillador penetraba en la tierra sin dificultad, el esqueje entraba sin necesidad de hacer fuerza.

Me sentaba bien caminar descalza sobre la hierba y llenarme las manos de tierra. Las arañas habían tejido un telar en el asa de la regadera, el sol le había ajado el color. Al limpiarla en el grifo, recuperó algo de su antiguo verde. Regué las dos filas de esquejes. En media hora había terminado el trabajo. También podríamos plantar algún frutal, tener por fin una entrada como Dios manda. Aquel verano podía ser diferente, estaba más al alcance que nunca.

A primera vista no parecía que hubiese hecho gran cosa, pero yo era consciente de la importancia que tenía aquello: en dos o tres años, para llegar a nuestra casa habría que atravesar un camino de hortensias gigantes, cuyo color se me había olvidado preguntar. Resultaba difícil de creer.

Recreaba aquel día a cada rato, como una viciosa. Me fascinaba revivir aquel espectáculo, me ayudaba a sentirme viva y era por ello que debía mantenerlo con vida. En el trabajo, lo empecé a hacer entre una visita y otra, ausentándome durante unos pocos minutos; también lo solía invocar mientras hacía la compra. Pero mi momento preferido venía cuando fumaba el último cigarro en la ventana: rememorar los matices del olor, aquella desnudez, aquella desnudez extraña y hermosa, el tacto del encaje y el posterior sonido de la ducha, el asco y la fascinación.

A veces me costaba creer que hubiese estado allí, que hubiese sucedido; en esas ocasiones me divertía reconstruyendo aquel día de la noche a la mañana, con calma, para que el instante en que entrase en casa de Arantza me sorprendiese una vez más, con excitación renovada: aquel cuerpo, la evidencia de la ropa de ambos, el ruido del agua. Era un secreto que me hacía compañía.

Durante aquella época vi a menudo al suegro de Arantza paseando con Amets. Cierta vez los encontré frente a mi casa. Yo iba al museo con el uniforme puesto y Amets estaba agarrado a nuestra verja. Por un segundo acumulé el coraje para mirarle frente a frente. Estaba perfectamente afeitado, aquellos remolinos le daban un aspecto travieso, hasta entonces no me había dado cuenta de que tenía los ojos azules y una buena dentadura a pesar de sus casi setenta años. Se dirigía a Amets medio en susurros y apretaba los labios en cuanto se le escapaba alguna sonrisa. Quería decirle algo pero no sabía qué.

—¿De paseo? Qué suerte tenéis…

—Hay que aprovechar la tarde —me dijo sin mirarme.

Aquel día, camino al trabajo, volví a intentar revivir la escena, ya que necesitaba motivos para continuar, pero se me aparecía cada vez más difusa, una maraña de olores, un cuerpo sin brillo, un chirrido metálico que ya había dejado de sobrecogerme. Cada día más diluida, aquella visión dejó de despertar cosas en mí.

La víspera de San Juan Arantza y Bixente vinieron a preguntar si podían aprovechar para la hoguera la madera que teníamos en el porche. Había pasado más de un año desde que sacamos de casa una puerta y algunos muebles viejos, pero en todo ese tiempo no habíamos reunido la fuerza suficiente para llevarlos al vertedero. A pesar de que sabía que nos estaba haciendo un favor, Arantza me lo pidió como si se tratase de un favor que estuviese haciéndole yo a ella. Bixente entró con la furgoneta y cargamos la madera entre los tres. Iban a hacer una fogata en casa. Iban a celebrar la llegada del verano. Iban a quemar lo malo. Se turnaban para decir todo lo que iban a hacer. Se les veía orgullosos, recién duchados, veraniegos. Yo también les sonreía a turnos. Me costó apartar la mirada de la puntilla del sujetador que le asomaba por debajo de la camiseta a Arantza. Les ofrecí café y lo tomamos de pie en el porche, Igor aún dormía. Bixente me invitó a pasar por su casa a la noche, para ver la hoguera, a mí y a Igor, pero le di largas.

Había una calva rectangular donde habían estado los muebles y me quedé un rato observando el ir y venir de las cochinillas.

Igor se percató enseguida de que faltaba algo y le dije que habían sido los vecinos, sin ni siquiera mencionar la invitación. La hierba estaba sin cortar desde el verano anterior y por culpa de los bambúes nos perdíamos los impresionantes atardeceres. Pedí a Igor que cortase la hierba, le pareció una idea asombrosamente buena. Con Igor una nunca sabía si estaba siendo irónico o no, y apurada, me quedé a la espera, preparada tanto para lo bueno como para lo malo. Cuando salió de la caseta vestido con ropa de faena y las gafas de cortar la hierba me tranquilicé. Le dije que era víspera de San

Juan y que por la noche deberíamos ir a bañarnos al mar para purificarnos. Me contestó que por qué no, sin demasiada convicción, y puso en marcha el cortacésped. Aquel sonido me apaciguaba, también lo hacía ver que Igor estaba con camiseta sin mangas haciendo algo a favor de nuestro hogar. Lo observé desde la ventana, sentía una especie de inmensa satisfacción en el pecho. Preparé un pequeño almuerzo: chorizo frito, queso y pan. Lo llamé desde la ventana, pero no me oyó. Entonces me di cuenta de que no se acordaría de los esquejes, estaban ocultos entre la larga hierba y no iba a verlos. Pero no lo llamé, tampoco fui, ni tan siquiera miré.

Saqué dos latas de cerveza del frigorífico y las puse sobre la bandeja. Para cuando llegué a su lado ya habían sido arrasados. Tuve que agarrarlo del codo para que se diese cuenta de que me encontraba allí, junto a él. Le señalé con la cabeza el almuerzo que había dejado sobre el escalón del porche. Se puso muy contento. Aquel verano prometía.

EL CUMPLEAÑOS

El profesor me había advertido en la reunión de fin de curso de que Izadi tenía que practicar algún deporte, «descubrir la fuerza que tiene dentro», «conocer gente», «relacionarse», «trabajar su autonomía». El profesor dijo cosas de este tipo y otras más, como todos los finales de curso. Fingí sorpresa, pero ya lo sabía. Acostumbraba a estar encima de ella, pensaba que eso era bueno, o quizá no lo sabía, no estaba segura. Disfrutar de ella lo máximo posible, ¡la había deseado tanto! Anteriormente no había cuidado de nadie ni tanto ni durante tanto tiempo, y era más complicado de lo que parecía, mucho más complicado que querer a alguien. Fines de semana, vacaciones, el día a día... lo organizaba todo como si se tratara de una serie de unidades didácticas. Estaba cansada, y quizá por eso nuestra relación había empezado a resentirse. Aquel verano la apunté a un cursillo de piragua en contra de su voluntad.

La acompañaba hasta la puerta del club y al acabar la clase volvía a recogerla. Durante esas dos horas me abrumaba pensar en todas las cosas que debería querer hacer. En vez de libre, me sentía rabiosa y triste. Tras dejar a Izadi solía ir a una cafetería del barrio Santiago. Allí leería el periódico como en épocas pasadas o, sin más, tomaría un té en una terraza al sol. Pero no podía resistirlo y volvía al río. Me sentaba en un banco, buscando a mi hija entre la multitud de piragüistas: siempre estaba al margen del grupo, siempre, aunque no sabía si era del todo cierto o eran imaginaciones mías.

Otras veces caminaba por la margen del río, pero siempre con temor a alejarme demasiado, daba paseos cortos. Hasta entonces no conocía aquel lugar. A la izquierda, pequeñas casas blancas de tejados y ventanas rojas; enfrente y a la derecha los rascacielos de Irún. Pero si evitaba el entorno y me fijaba solamente en el río, descubría que aquel era un espacio salvaje, un lugar para volver una y otra vez y sentir cosas una y otra vez. En algún sitio había oído que antiguamente se recomendaba a las mujeres que sufrían de tristeza que miraran el agua correr, ya que el movimiento ayudaba a soltar los malos sentimientos. Sea lo que fuera, encontré en el río matices inesperados: descubrí el olor de la marisma y el misterio del fango.

El último día, cuando fui a recogerla, Izadi me mostró un sobre.

—Claudia me ha invitado a su fiesta de cumpleaños. Es mañana.

En la invitación se veía un delfín; en el reverso un mapa dibujado a mano y un punto rojo; debajo, el nombre de la calle y la fecha: «Traed el bañador».

—¿Quién es Claudia?

—Una amiga.

Bajó la ventanilla y lanzó un gritó:

—¡Claudia!

Una niña con visera levantó la mano a lo lejos. Era más alta y corpulenta que mi hija.

—¡Me ha dado permiso! —gritó.

Gracias al cumpleaños, quizá pudiera librarme otras tres o cuatro horas.

—Tiene una mancha en la cara —me advirtió—, por eso lleva esa visera con orejeras.

—No me había dado cuenta.

Busqué a la niña con la mirada, pero ya se había ido.

—Porque nunca vienes a verme.

Tuvimos una pequeña discusión. Le expliqué con calma que yo también necesitaba mi espacio, que ella debía aprender a estar sin mí. No le confesé que solía observarla de lejos.

Izadi se quedó callada. Era su manera de huir. El reino del silencio, le decía yo, ¿cuándo volverás del reino del silencio?

—¿Cómo es, granate? —quise saber—. ¿Es granate? Te estoy hablando. ¿Cómo es, morada?

No me respondió hasta que no estuvimos enfrente de nuestra casa.

—Marrón. Creo que a los demás les da asco, pero a mí no.

—Bien —dije—. Eso está muy bien.

La miré por el retrovisor para mostrarle mi satisfacción, pero ella miraba hacia delante con seriedad. Tiene ojos bonitos. Mucha gente me lo ha dicho. A veces me pregunto si el hombre que dio su semilla también sería guapo. Si la gente guapa también hace ese tipo de cosas, si la gente que hace esas cosas no será gente más especial que guapa. Especial para lo bueno y para lo malo. ¿Se puede ser especial sin serlo para bien y para mal?

Cuando me enredaba en ese tipo de pensamientos siempre llegaba demasiado lejos, y luego me costaba regresar.

Izadi no se conformó con regalarle únicamente algo hecho en casa. En contra de mi criterio, le compramos el diario de *Soy Luna,* pero solo a cambio de prepararle un bizcocho entre las dos.

—¿Estás de acuerdo?

—Me da igual —dijo ella.

Pero yo quería hacerlo. Algo creado entre las dos. Me gustaba aprovechar las ocasiones como aquella. Izadi aceptó el trato. Estaba agitada. Le gustaba fisgar las casas de los demás, y estaba especulando acerca de cómo sería la de Claudia.

—Creo que son ricos. Me ha dicho que tienen piscina. Y una habitación llena de juguetes, la habitación para jugar.

—Tener muchas habitaciones significa que hay que trabajar un montón para pagarlas. Y tener que trabajar mucho significa que no tienen mucho tiempo para estar juntos.

—¿Por qué no podemos hacer un bizcocho normal?

—El integral es el normal.

—Es para viejos.

—A ti te gusta.

—A los demás no.

—Va a quedar rico, no te preocupes.

—¿Nosotras podríamos ser ricas?

—Ya lo somos. —Volvíamos sobre este tema una y otra vez, pero ella nunca se daba por vencida—. Tenemos una casa con dos habitaciones para las dos. El frigorífico lleno. Cada una de nosotras tiene armario propio. Tenemos un gran balcón lleno de fresas. Tienes un abuelo y una abuela. Y amigas. Una furgoneta. Un montón de pares de zapatos. Nunca hemos pasado hambre. No estamos enfermas. Todos los veranos vamos de vacaciones.

—Sí, ¡ja!

Le hice un gesto para que dejara de batir los huevos.

—Ya lo termino yo. Vete. Por favor.

No la miré. Yo también sabía administrar el silencio.

Izadi se dedicó a limpiar las hojas del ficus que estaba en la sala con un algodón humedecido en agua, tal y como le había enseñado a hacer desde pequeñita cuando tenía necesidad de calmarse. Al acabar me acerqué a abrazarla, pero me rehuyó. Una vez más, querer hacer algo bonito y acabar mal. Éramos como alquimistas que convertían el oro en basura.

—¡Ven a la cocina, esto te va a gustar!

Estaba más tranquila y la dejé hacer. Metimos el bizcocho al horno en un molde con forma de corazón. Al sacarlo lo rellenamos con crema de algarrobo, y como premio, le permití cubrirlo de azúcar glas. Luego se acicaló. Con el sol se le llenaba la nariz de pecas.

Seguimos el plano y llegamos enseguida. En la verja de fuera había dos globos rojos.

—Se quemó —dijo antes de salir del coche—. Por eso tiene esa mancha. —Se miró al espejo y se pellizcó la mejilla, afeándose—. Le quitaron un trozo de piel de la espalda para ponérselo en la cara, pero se le nota.

Era una casa de estilo vasco, antigua pero cuidada, una enredadera y una buganvilla trepaban por la fachada cubriendo la mitad de la casa, los setos crecían apiñados contra la verja de entrada. Izadi se anticipó con los regalos. Más globos de colores nos guiaron hasta el jardín trasero. Claudia vino a recibir a Izadi. Era más grande de lo que pensaba, unas formas arabescas ocupaban más de la mitad de su cara, además de una pequeña parte del cuero cabelludo. Si no fuera por eso hubiera sido una niña hermosa, de ojos negros y labios carnosos. La miré sonriendo. Alrededor de una mesa había dos mujeres fumando. Una de ellas, al vernos, aplastó el cigarro en un tiesto y se acercó a mí.

—Soy Nieves, la madre de Claudia, y tú debes de ser la madre de su nueva amiga, ¿no?

—De Izadi, sí.

Llevaba un peinado a lo Rita Hayworth, muy bien pensado. También ella tenía parte de la cara desfigurada, y la melena oscura y ondulada le caía como una catarata, tapándole la parte arrasada.

La mujer que estaba sentada a la mesa se levantó y cogió su bolso.

—Vendré dentro de un par de horas. —Se dirigió hacia las niñas que estaban en la piscina hinchable—. ¡Chicas! Sed formales, luego vengo a buscaros. —Se giró hacia nosotras—. Nieves, dame un beso.

Me dio vergüenza decir que yo también me tenía que marchar.

—Hemos hecho este bizcocho entre Izadi y yo —dije cuando la otra mujer desapareció.

—Gracias, lo pondré ahí.

Sobre la mesa de la terraza un mantel y platos con dibujos de Walt Disney, recipientes de plástico repletos de palomitas, sándwiches, encurtidos y refrescos.

—Con forma de corazón, ¡qué bonito! —Miró a las niñas; de perfil no se le notaba nada—. Claudia, ¡mira lo que ha traído tu amiga!

Además de Izadi y Claudia había otras dos niñas, también de unos diez u once años.

—¿Quieres un café? —dijo.

Cuando reía la boca se le deformaba, como si una goma tirara de su labio.

—No tomo café, gracias.

—Quizá quieras aprovechar para hacer algún recado, vete tranquila, ya me las apañaré. Cumplir años en verano es lo que tiene, viene menos gente a la fiesta que durante el curso, qué se le va a hacer. Claudia está acostumbrada… Pero al principio, ¡no sabes lo que fue aquello! Ahora se ocupa ella de saber quién está aquí y quién no y de hacer las invitaciones. De cuatro han venido tres. —Bajó la voz—. Y yo encantada, claro.

—Si no te importa me voy a quedar. Se está bien aquí.

Me senté a su lado, en el banco de madera. Estaba debajo de una viña, a la sombra.

—Plantamos esto cuando vinimos, hace ocho años, y mira cómo está.

Las dos nos quedamos mirando hacia arriba. Nieves cerró los ojos. Parecía un reptil. Era una quemadura. Continuaba del cuello para abajo. Yo también cerré los ojos. Permanecimos así hasta que Nieves suspiró.

—Se empeñó mi marido. Él mismo hizo esa estructura con cuatro maderas. Es de un pueblo pequeño de La Rioja, se fueron a Bilbao cuando era un crío, y parece ser que tenían uno de estos en el patio. Lo montó en cuanto nos vinimos de Bilbao, y mira cómo se han puesto en poco tiempo —dijo, mirando a los racimos que colgaban—. Tienes razón, se está bien aquí.

—Yo no tengo mano. Siempre compro las plantas más resistentes, ni siquiera me fijo en si me gustan o no.

—Yo tampoco tengo, no te creas… Requieren atención, fe y confianza. A algunas hay que dejarlas tranquilas, cuanto menos caso les haces, más bonitas se ponen.

Cogió una cebolleta entre los dedos y se la llevó a la boca.

Nos quedamos mirando hacia arriba otra vez. Las ramas de la viña eran rojas y parecía que transportaran sangre. Parecía mentira que de aquel tronco débil y astillado brotara tanta vida...

—Lo están pasando genial —dije girándome hacia la piscina.

—Como mejor están los niños es entre niños. ¿La tuya también es hija única?

—Sí.

—Entonces sabrás de lo que hablo.

Y cerramos los ojos.

Las niñas se sentaron a la mesa envueltas en sus toallas. Izadi, que era muy delgada, temblaba, con los labios amoratados. Me señaló las palomitas y le di permiso para comerlas, era una ocasión especial. Tuve que esforzarme por no pensar en el veneno que se escondía tras cada puñado. Las hermanas cogieron una bolsa de papel de debajo de la silla de la que sacaron el regalo para Claudia: un pijama con falda tutú de color rosa. Claudia se lo puso al instante.

—Oooh... ¡Qué bonito! —exclamó Nieves.

Claudia se alisó la falda, levantó los brazos formando una figura de ballet y giró sobre sí misma. Me pareció grotesco. Cuando se quitó el pijama pude ver el retal de su espalda convertido en mejilla.

Izadi también le ofreció su regalo. Tras abrirlo Claudia la abrazó con fuerza.

—¡*Soy Luna*!

Izadi se puso colorada. Vi sus brazos subir y bajar por la espalda de Claudia, sin apoyarse del todo. Claudia parecía su madre, a pesar de que solo era unos pocos meses mayor.

—Daos crema. No lo parece pero este sol quema —dijo Nieves arrojando un bote de crema a las niñas.

Antes de que se escapara, agarró a su hija. Le echó un chorro de crema en las manos y Claudia se la dio en el cuerpo. Cuando terminó, Nieves esparció la crema con el dedo meñique en la mejilla de su hija, despacio, aplicando una capa más gruesa en la quemadura. Claudia me miró para comprobar si yo la miraba. Le sonreí queriendo darle a entender que todo estaba bien, que el mundo era perfecto, que ella era perfecta. Expulsó el aire.

Nieves sujetó detrás de la oreja la melena que utilizaba como velo, y también se dio crema, poniendo una capa más gruesa en la mitad quemada. No aparté la mirada, no quería herirla. Cuando acabó volvió a soltar su melena, tapándose la mitad de la cara con estilo. Me sonrió. Cuando sonreía se le ·veía la encía inferior. Extendió la crema que le había sobrado sobre sus rodillas y encendió un cigarrillo.

—Tenemos que andarnos con mucho cuidado con esta dichosa piel —dijo.

—¿Qué sois, de Bilbao? —pregunté.

—¡Si lo supiera!

—Hendaya no es mal sitio para empezar de nuevo —dije.

—Eso dicen —dijo, aunque yo nunca había oído nada parecido—. Nosotros estamos bien, mucho mejor.

—Mucha gente viene a empezar de nuevo —dije para que el espacio que había entre nosotras se llenara de palabras—. Otra forma de vida, otro clima, otras costumbres, otra lengua… algunas veces viene bien no entender lo que dicen los demás, ¿no crees? Y todo eso a un paso.

—A un paso, sí. ¿Y vosotras qué hacéis aquí? Tampoco sois de por aquí…

—Nosotras somos exiliadas inmobiliarias, o eso digo cuando me preguntan. Pero de algún modo también vinimos buscando un kilómetro cero, ya sabes lo que supone tener una criatura…

—¡Bum! —gritó—. Una bomba en mitad de tu rutina, pero solo tú has oído la explosión, ¿no?

—Nadie más.

—Después del accidente necesitábamos un cambio.

—¿Accidente?

Señaló el cigarrillo que estaba fumando.

—Una colilla mal apagada… y la casa ardió mientras dormíamos.

—¿Hace mucho?

—Este septiembre hará nueve años. Entonces vivíamos en Bilbao. Éramos gente conocida en el barrio, y no era fácil… estar con los demás. Volvíamos directos del trabajo a casa, los fines de semana nos escapábamos a La Rioja en busca de un sitio en el que nadie nos conociera. Al final la aseguradora se portó bien, el Ayuntamiento también nos tuvo que dar un dinero. Y ya ves. Venir aquí fue idea de Clemente. Trabaja en Decathlon, en las oficinas, y pidió el traslado a Irún. No somos de los que damos mil vueltas a las cosas. Somos bastante impulsivos. Y aquí estamos. ¿Y tú, divorciada? —preguntó, como si le hubiera venido la respuesta del acertijo.

—No, no… somos solamente Izadi y yo.

—Eso también está bien.

—Sí, como todo.

—¿Quieres tomar algo? Yo estoy seca, voy a tomarme una cervecita, ¿quieres una? También tenemos Moscato. Es el único vino que me gusta.

—Una cerveza, gracias.

Cuando fue a por las cervezas miré a las niñas. No fui capaz de confesar que no bebía, me pareció de mal gusto, no sé muy bien por qué. Estaban sentadas en la hierba. Era Claudia la que hablaba, las hermanas escuchaban, mientras que Izadi, de espaldas, miraba algo que había en el suelo. Resistí la tentación de acercarme y pedirle que se diera la vuelta y escuchara.

—¿Sabes qué es lo peor? —preguntó Nieves cuando regresó de la cocina—. ¡Que este año he vuelto a empezar a fumar! No tengo remedio. He montado mi propia empresa, y ya sabes, el estrés. Al menos ahora no tengo a nadie que me riña, debe de ser más difícil para las que empiezan con veinte años, ¿no crees? ¿A qué te dedicas tú, si no es indiscreción?

—Trabajo en el ambulatorio, en la administración. No es exactamente lo que me gusta, pero tiene sus cosas buenas, y no me quita mucho espacio mental. Me permite coger vacaciones en verano para poder estar tranquila con Izadi, a nuestro aire.

—¡Tiempo! Eso está muy bien. Voy a llamar a las niñas, para que vengan a comer la tarta antes de que venga su madre a buscarlas.

Me fijé en que, tras darle un trago a la botella, tuvo que secarse la cerveza que se le escapaba por la comisura de los labios.

Cuando Nieves encendió las velas le cantamos entre todas el «Cumpleaños feliz» a Claudia. Izadi hacía que cantaba, moviendo los labios, como si le faltara el ventrílocuo. Claudia hinchó los mofletes y se acercó a las velas, a la espera de que acabáramos la canción. Tenía estampadas en la piel figuras parecidas a las que formaban las llamas de las velas, y allí, acurrucada tras los pequeños fuegos, parecía que la cicatriz tuviera movimiento.

Aplaudimos cuando consiguió apagar todas las velas. Claudia estaba radiante de alegría. Parecía demasiado sensible, y eso tampoco era bueno. Tenía las manos a ambos lados de la cara, los ojos rebosantes de lágrimas.

Nieves cortó la tarta hecha con dónuts, y me ofreció un pedazo:

—Una vez al año no hace daño.

Le dije que no quería. Nuestro bizcocho estaba intacto. En vez de eso, y en señal de agradecimiento, cogí un pepinillo, a pesar de que hacía al menos diez años que no probaba nada parecido.

—¡Mira! —dijo Nieves al escuchar el claxon—. Ha llegado vuestra madre, ¡vestíos!

Las chicas se alejaron con las manos llenas de golosinas, Nieves y Claudia las acompañaron hasta la puerta. Me acerqué a Izadi. Estaba sentada en una silla plegable, sujetando la trenza que Claudia le había dejado a medio hacer.

—¿Lo estás pasando bien?

—Sí.

—¿Sí? No lo parece. Nos iremos pronto.

—Todavía no —dijo.

—Todavía no, pronto.

Claudia y Nieves volvieron agarradas de la cintura, entre risas, como si estuvieran contándose un secreto. Tenían las quemaduras en el mismo lado, pero de lejos no se les notaba nada.

—Claudia ha tenido una idea —dijo, dando la palabra a su hija.

—¿Podéis quedaros a cenar? Me haría mucha ilusión. Quedaos, por favor —dijo Claudia, de rodillas en el suelo, en postura de rezar.

—Clemente vendrá enseguida con comida china, siempre trae de sobra y luego pasamos dos días comiendo las sobras —dijo Nieves—. ¿Coméis de todo? También puedo hacer una ensalada, o quizá una tortilla, o ambas cosas.

Miré a Izadi. Me resultaba difícil adivinar qué quería realmente.

—¡Porfa! —dijo Claudia—. ¡Es mi cumpleaños!

Miré su mejilla desgarrada.

—Por qué no —dije respondiendo en nombre de las dos.

Izadi se puso frente a nuestro bizcocho, y lo miró muy fijamente.

—¿Quieres un trozo? —dijo Nieves—. No hay que ser tímida, muchacha.

Cortó un pedazo y se lo dio.

Izadi comió ávidamente. Me conmovió. También Nieves cogió un pedazo, y lo comió a mordisquitos, poniendo la mano frente a la boca para que no se le cayeran las migas.

—Está buenísimo. Tienes que pasarme la receta —dijo—. ¿Quieres una chaqueta o vamos adentro? Ha refrescado.

Tras ayudarla a recoger entramos a casa. Las niñas corrieron al piso de arriba. Nieves se dirigió a la cocina con los platos, y yo me quedé sola en la sala. Estaba repleta de cosas.

Pesados muebles oscuros mezclados con otros de mimbre, cojines de colores, plantas. Todo estaba en un extraño orden que parecía provisional, pero daba la sensación de recogido y de limpio. Encima de la mesita, sobre un tapete, cuatro mandos a distancia. Se veían lucecitas rojas de los numerosos aparatos electrónicos por todos lados. Un sofá en forma de L ocupaba la mayor parte del espacio, situado frente a un televisor gigante que colgaba de la pared. En el hueco de la chimenea, muñecas. Encima, sobre la repisa de mármol, un souvenir en forma de ratón hecho con conchas; al lado, un Cristo crucificado con los pies quemados. Cuando volvió a la sala, aparté la mirada de la chimenea.

—¿Quién lo toca? —pregunté señalando el teclado Yamaha que estaba tras el sofá.

—Claudia y yo un poco —dijo ella—. Pero el verdadero artista es Clemente. Antes —quiso señalar un pasado lejano, quizá uno anterior al incendio— tocaba en un grupo. Canta de maravilla, pero ahora solo lo hace para nosotras. Una pena.

Nos sentamos en el sofá. Se quitó las sandalias, se puso cómoda. Yo la imité. Del piso de arriba venía el ruido de las pisadas de las niñas, que correteaban de un lado para otro. Era tranquilizador. El momento que va a cambiarlo todo, pensé, el momento en el que no estás y tu hija se transforma en lo que tú querrías. Entonces, sobre la mesita de cristal, vi la foto en la que estaban los tres. Era difícil no mirarla. Me sentí incómoda, a pesar de que Nieves debía de estar acostumbrada. O quizá por eso, porque parecía que todo formaba parte de un plan.

La cogió y, antes de mostrármela, sopló sobre ella y le quitó el polvo con la punta del vestido.

—Esta es una de las pocas fotos que nos quedaron.

Era una foto de estudio. Estaban sentados en el suelo, descalzos, vestidos de blanco. Ella llevaba un vestido veraniego con un lazo en el escote, una sonrisa que parecía inquebrantable. Una belleza mediterránea, carnosa, fácil. No imaginaba así al hombre: una piel bronceada, frente ancha, una melena elegante como para compensar una coronilla algo despoblada, la camisa abierta hasta el pecho, los bajos del pantalón recogidos en sendos dobladillos. Parecía corpulento, tenía un escorpión tatuado en el brazo, pulseras de cuero en las muñecas. Claudia era la única que estaba seria, tendría alrededor de año y medio.

Imaginé toda esa piel y esas telas ardiendo, como servilletas de papel.

—Qué familia tan hermosa —dije.

—A que sí. —Giró la foto y la contempló—. Éramos así. Mi marido y yo estábamos viendo una película, y nos dormimos en el sofá. Fue un milagro salir vivos de allí. Y Claudia... el suyo sí fue un milagro, ¡dormía en la habitación del fondo! Mi marido la rescató... —Agitó su velo de pelo con coquetería—. Lo vi atravesar el fuego, y al rato volvió con la niña envuelta en una manta, en llamas... Me guardaré los detalles, créeme, es mejor así.

—Al menos ella no se acordará de nada...

—Por suerte no... Lo perdimos todo. La casa, la ropa, las fotos, los recuerdos, las cartas que Clemente y yo nos enviamos... Nos hemos escrito muchísimo, empezando por la época de la mili, y piensa que de vuelta de la mili se fue a Inglaterra a aprender inglés... Ahora cualquier mocoso lo hace, pero por aquel entonces no. Juntos desde los diecisiete años, no te digo más. Todo perdido. No sabes lo que es eso. Perderlo todo, ¡todo!

—Y mira ahora —dije, intentando expresar algo que no sabía exactamente qué era.

—Mira ahora —dijo ella, conforme—. Todavía tengo pesadillas con las cortinas de gasa que teníamos en la sala... El viento las agita y entran en la casa, están allí flotando, como dos velas hinchadas por el viento, también parecen dos fantasmas que giran alrededor mío, que estoy tumbada en el sofá, unas veces mirando la tele, otras mirando a mi niña que está a mi lado, dormida, y, de pronto, están en llamas... Entonces despierto... —Abrió los ojos y se puso tiesa en el sofá—. Mejor me callo, no aguanto escuchar los sueños de los demás, me parece de lo más aburrido. ¿A ti?

—No lo sé, nunca he pensado en ello.

—Odio los sueños ajenos.

—A mí me pasa con las vacaciones ajenas.

Nieves rio.

—Volvisteis a nacer. Tenéis mucho mérito —dije.

—Sí, pero te voy a decir una cosa: no nos sirve de nada. Vivimos fuera de la norma, al margen de lo que es normal, y los demás no pueden disimular. Cuando no es caridad es repulsión, y hay otros que para poner a prueba su bondad se muestran extremadamente atentos con nosotros, hay mucho miserable en el mundo, no puedes ni imaginarlo; también hay gente buena, eso también hay que reconocerlo, hay mucha gente buena.

Habló como si yo no perteneciera a ninguno de los grupos, era extraño.

—Claudia es quien más me preocupa, cómo va a apañárselas en el futuro, y eso que los cirujanos hacen maravillas, tenías que haberla visto… Mira qué guapa era… y lo sigue siendo… al menos para mí.

Intenté reprimir una sonrisa compasiva.

—Es muy guapa. Además parece una niña con muchos recursos. Izadi está como loca con ella.

Le gustó oír eso.

—Sí, es muy desenvuelta.

—Y esa alegría…

—Lo otro no lo sé, pero en eso sí que has dado en el clavo.

Clemente silbó en cuanto abrió la puerta de la entrada, y a Nieves se le cambió el rictus, sutilmente: una breve sonrisa apareció de la nada, como de tranquilidad, o quizá de felicidad. Pensé que quizá hasta entonces no había estado bien conmigo, y de pronto me sentí un estorbo.

Llegó cargado de bolsas. Tenía toda la cara quemada, y, curiosamente, me impresionó menos que si la hubiera tenido quemada solo en parte. Tenía los bordes de los ojos como derretidos, por lo demás la quemadura era uniforme, llena de texturas y distintas y suaves tonalidades. Me estrechó la mano. También la tenía quemada. A Nieves le dio un beso largo y le acarició el cabello.

—Encima con invitados, qué alegría —dijo cuando se apartó de ella—. ¿Dónde está nuestro ángel?

—Arriba, con su amiga de piragua —dijo Nieves.

Tenía menos pelo y con más canas que en la fotografía. Lo llevaba atado en una coleta. Sin decir nada más, se quitó la chaqueta, la colgó en el perchero y se sentó frente al piano. Se remangó la camisa, se desabrochó dos botones a la altura del cuello y movió los dedos en el aire. Advertí que el escorpión se había librado de las llamas.

Claudia bajó en cuanto oyó las primeras notas del «Cumpleaños feliz». Abrazó a su padre por la espalda con fuerza. Nieves estaba en mitad de la sala, observando la escena con orgullo. Izadi bajó y se sentó a mi lado en el sofá; rodeé con mi brazo sus hombros y la atraje hacia mí. Cuando terminó la canción, Clemente sacó un pañuelo del bolsillo del pantalón y se secó el rostro. Nieves puso una cerveza fría encima del teclado, sin hacer ninguna pregunta, y él le dio un trago antes de volver al teclado.

—«Is this the real life? Is this just fantasy? Caught in a landslide. No escape from reality...» cantó a capela y haciendo falseto—. «Open your eyes. Look up to the skies and see... I'm just a poor boy. I need no sympathy, because I'm easy come, easy go...»

Nieves y Claudia se miraron mutuamente, siguiendo quizá algún código familiar.

Izadi y yo también nos acercamos al piano.

Clemente tocó los primeros acordes de «Bohemian Rhapsody» moviendo la cabeza de un lado a otro.

—«Mamaaa... just killed a man... Put a gun against his head. Pulled my trigger, now he's dead.»

Contra todo pronóstico, tenía una voz admirable.

—«Mamaaa... life had just begun... But now I've gone and thrown it all away...»

Tras la primera estrofa, giró la cabeza hacia nosotras con una sonrisa cansada. Para entonces todas estábamos a su alrededor, apoyadas en el sofá, cada madre bailando suavemente con su hija, en silencio, como con miedo a echar a perder aquel instante tan delicado y hermoso.

Cuando acabó se quedó inmóvil durante un momento, dándonos la espalda. También nosotras estábamos quietas.

Al girarse me pareció que había rejuvenecido, todos estábamos rejuvenecidos y livianos.

Acabó la cerveza.

Nieves salió a la terraza a fumar un cigarrillo.

–Ven si quieres –me dijo antes.

–No, estoy bien –respondí. Luego miré a Clemente–. ¿Tú no fumas?

–*Vade retro* –dijo, mientras dejaba caer un zapato y se ponía una chancleta–. Cerveza toda la que quieras, algún whisky de vez en cuando, pero ¡¿tabaco?! Vete a las ciudades europeas, a la verdadera Europa: París, Bruselas, Barcelona… a ver cuántos fumadores ves allí; en los lugares subdesarrollados en cambio, a montones. –Me pareció que había repetido aquel discurso más de una vez, incluso él parecía aburrido con sus propias palabras–. Estoy hambriento –dijo cambiando de tono y frotándose la barriga–. ¿Y vosotras, nenas?

Luego le dio un pellizco a Izadi en la cintura.

–¡Esta niña tiene menos carne que una bicicleta!, ¿no te dan de comer o qué?

Izadi le rehuyó, sin perder la educación, y se fue al piso de arriba detrás de Claudia.

–Tienes un voz muy bonita –dije–. Me he quedado sorprendida, la verdad.

–¡No te lo esperabas, eh! –dijo con entusiasmo, y me miró más fijamente de lo que yo hubiera querido.

–Bonita y especial.

Soltó una carcajada, repitiendo «Bonita y especial».

No aparté la mirada, permanecí seria, quería que supiera que decía la verdad, era importante para mí.

—Lástima que estés casada, si no a gusto cantaría en tu boda.

—No estoy casada.

—No te enfades —dijo tendiéndome la mano—. No hay motivo. No me tomo muy en serio a mí mismo, me va mejor así.

Tenía la piel suave, acaricié su mano con el pulgar todo el tiempo que pudimos. Nos soltamos cuando oímos a Nieves entrar.

Para entonces el olor de la comida china ya había invadido la sala. Nieves entró con un mantel floreado de hule y lo extendió sobre la mesita. Luego sacó los recipientes de las bolsas y los colocó allí; rodeamos la mesita con los cojines.

Descubrí que con la llegada de Clemente Nieves había empequeñecido, como si hubiera perdido fuelle. Pero no parecía ni triste ni enfadada, sino más bien calmada.

Claudia e Izadi se encargaron de quitar las tapas de los recipientes y de dejar al descubierto todo tipo de alimentos gelatinosos. Clemente trajo el Moscato. Nos sentamos en el suelo, nosotras con tenedores, ellos con palillos. Nieves me guiñó un ojo antes de brindar. Se había recogido el pelo con un gancho, dejando la parte quemada a la vista. Se había vuelto a animar.

—¡Y que cumplas muchos más, mi princesa! —dijo Clemente. Tenía los ojos llenos de lágrimas, al igual que Nieves.

Claudia se besó la punta de los dedos, y se los envió a sus padres con un soplido.

—Estamos superorgullosos de ti —dijo Nieves, y le envió un beso volador.

Izadi miraba a su plato. La sujeté del mentón para que levantara la cabeza, le acaricié la mejilla.

La comida no fue el drama que había imaginado. De postre sacaron nuestro bizcocho y todos lo celebraron. Me sentí como una más de la familia. Lo pasamos bien. Creo que ellos también se divirtieron.

Cuando nos despedimos los abracé.

—Gracias, de verdad. —Puse la mano sobre mi corazón.

—Gracias a vosotras —dijo Nieves.

—Sigue tocando —le dije a Clemente—. Ha sido maravilloso.

Se acercó y me colocó un mechón de pelo detrás de la oreja, con naturalidad. Nieves cerró los ojos, expresando su acuerdo.

Vinieron hasta la verja. Clemente sujetaba a Nieves por la cintura, ella apoyaba la cabeza sobre el hombro de él. No hubo promesas, por parte de nadie.

Le pedí a Izadi que se sentara en el asiento del copiloto. Hicimos el camino de regreso agarradas de la mano. Sentía que aquella tarde había encontrado algo especial, un hechizo como el que sentía cuando reunía conchas en la playa, y quise retenerlo, atraparlo para que no escapara, para que viviera dentro de mí siempre, aunque sabía que, al alejarme del lugar, el hechizo iría desvaneciéndose poco a poco.

PAISAJES

No habías vuelto desde que Iriart se había jubilado, y la sustituta era la señora Pommadere, que parecía aún mayor que la anterior. Te pidió que te sentaras. Sobre la mesa tenía un escarabajo envuelto en resina para que no volaran los papeles, aunque la habitación no tenía ventanas.

—¿Tiene alguna pregunta?

—Quiero saber si todo está bien, nada más; hace tres o cuatro años que no paso la revisión.

—Se lo voy a volver a preguntar por si acaso: ¿hay algo que quisiera preguntarme?

Fue amable, pero aun así te enfadaste.

—Entonces desvístase y comencemos. Pero déjeme decirle algo: no decidir es decidir.

Representaste el rol de mujer de mediana edad al dejar el vestido y las medias en el respaldo de la silla con propiedad, al doblar el sujetador por la mitad y guardar las tiras en su interior, al formar un pequeño cuadrado con las bragas. Como cada vez que te las quitabas delante de alguien las botas te parecieron demasiado viejas, y las escondiste detrás del vestido.

Empezaste a temblar en cuanto te acostaste en la camilla. Con sus manos huesudas sobre tus rodillas, la señora Pommadere emitió una risita, cerrando los ojos que los años habían cubierto de gasoil. Cada vez que te avergüenzas te vuelves infantil, siempre.

—¿Le gusta su trabajo?

—Según el día.

—¿No es según el paciente?

—Según el día. Levante los brazos, por favor.

—Tendrá usted muchos hijos.

—No.

—¿Dos?

—Ninguno.

Palpó tus axilas y tus pechos dibujando círculos con la punta de los dedos. Luego rompió el envoltorio del preservativo con los dientes y cubrió la sonda con él. La señora Pommadere presionó tus rodillas invitándote a abrir las piernas, y aun así tuvo que acariciarte, tuvo que mirarte durante unos segundos con la cabeza inclinada hacia un lado para que colaboraras.

—No me gusta que hurguen dentro de mi cuerpo, sobre todo si yo no estoy ahí. Perdóneme.

Cuando cierras los ojos muy fuerte ves plumas de pavo real. Consiguió meterla en el tercer intento.

—Lo siento.

Estaba oscuro, en el monitor no se veía casi nada. De pronto fue como si empezara a nevar, una nieve que temblaba cada vez que la sonda chocaba contra tus paredes interiores, una y otra vez, Pommadere parecía obcecada. Te gustaría saber cómo eres por dentro.

Te miró por encima de las gafas, le brillaban los ojos.

—¿No siente nada?

—Nada.

—Los sangrados, ¿son normales o más bien abundantes?

Giró el monitor hacia ti para que lo vieras mejor. Sin dejar de mover el aparato de un lado a otro, en una esquina de lo negro señaló una masa formada por nerviosos puntos blancos, y de golpe aquella galaxia te pareció hermosa, hubieras querido permanecer mucho tiempo observándola, tú sola.

—Tiene un mioma, bastante grande. De unos diez u once centímetros.

Se quitó los guantes y te pidió que te vistieras. Te pareció que te estabas poniendo la ropa de otra persona. Estaba revisando tu historial cuando te sentaste frente a ella.

—Tiene treinta y nueve años, no sé cuál es su intención, pero conviene extirparlo, ocupa un lugar que no le corresponde. ¿Está en pareja?

—No lo sé.

—¿Si quiere extirparlo?

—Si estoy en pareja.

—Mire, vamos a quitarlo, le harán una laparoscopia, es una intervención relativamente sencilla. —Apoyó la mano sobre el escarabajo.

Deseaste ser como una de esas mujeres que guardan en secreto su enfermedad y viven repartiendo amor hasta estar en las últimas. Te exigiste a ti misma no decir nada a Urko, pero antes de cerrar el trato ya estabas llamándole.

—No parece grave —dijiste.

—¿Tienes planes para hoy? —dijo él.

Nunca hablasteis sobre la posibilidad de tener un bebé, os parecía demasiado vulgar. Y vosotros erais diferentes, o al menos lo intentabais. No estabais programados de antemano, renovabais los votos constantemente, a pesar de que los dos votos no tenían el mismo valor.

Invertiste las horas anteriores a la llegada de Urko en tontear con una canción que estabas componiendo, más para poder dejar la guitarra y el cuaderno a la vista que por fe en la canción. Aunque era de secano vestía de marinero. En público te volvías discreta para que él brillara, midiendo con avaricia los posibles beneficios de tu sacrificio en cuanto la gente desaparecía.

Apareció con la botella de vino que de mes a mes se volvía más barata, y te atravesó la duda de si la devaluación tenía que ver contigo, con él o con la relación. A pesar de todo, todavía había besos y los dabais con todo el cuerpo.

No preguntó por la guitarra, como tampoco lo hacía nadie desde que empezaras a trabajar en comedores escolares.

—¿Te gustaría tener hijos?

—La verdad es que no he pensado en ello —respondiste, le suponías un alivio mayor, ya que habías respondido de una manera que, secretamente, te había parecido digna de orgullo.

Vaciasteis la botella de vino con la ayuda de algo de pan y queso mientras escuchabais *Jukebox* de Cat Power en el sofá. Por primera vez, se durmió en tu regazo. Te sentiste extraña y al mismo tiempo útil, y te avergonzaste por sentirte así. Visto desde allí arriba no era para tanto. Como mucha gente callada, parecía más interesante de lo que realmente era. Le acariciaste el pelo como lo hacen las mujeres fértiles del imaginario popular, y se apretó contra tu vientre. Luego te tocó los pechos como para recordar con quién estaba.

Antes de la operación le dijiste al cirujano que querías guardar el desecho galáctico para ti.

—¿El qué?

—El mioma.

—Es suyo. Le voy a robar un pedacito, con su permiso, para hacer una biopsia, así lo exige el protocolo. ¿Lo quiere plantar, o algo así?

—¿Cómo?

—Algunas lo hacen con la placenta, por eso lo pregunto.

Con aquel «o algo así» te había preguntado si tenías intención de comértelo, sin duda, y por qué tenías que cargar, por el mero hecho de ser especial, con la confusión de la gente loca. Luego te pusieron la mascarilla y fuiste a algún otro lugar, en el que no había ruido y la temperatura era perfecta y no existía la fuerza de la gravedad. Quisiste hacerlo todo sola, no quisiste cargar con la angustia de tu madre, con el negacionismo de tu hermana, con la prisa de tus amigas ni con el silencio de Urko.

Volviste a casa el mismo día. Te dolían tus entrañas acuchilladas, pero te alegraste por haberte enfrentado al dolor, llegando al coche por tu propio pie, sin perder el estilo. Dejaste el bote en el asiento de al lado y lo sujetaste con el cinturón de seguridad.

Lavaste bien la pecera del pez que te había regalado Urko, y que en una metáfora de lo que eras tú, o lo que era él, o lo que era la relación, había muerto porque le habías dado demasiada comida. Vaciaste allí el contenido del bote. Una especie de madeja colorida se deslizó al mismo fondo que un día había albergado piedras blancas y coral, y antes de cubrirlo con una tela negra, lo miraste fijamente creyendo ver en él una especie de representación expresionista de lo que eras tú.

Vivir sola y con una cobertura precaria en las afueras de Hendaya tenía ciertas recompensas: podías achacar a las coordenadas geográficas la culpa de tu soledad, sin tener que luchar contra ningún precipicio. Estás sola porque es el estilo de vida del sitio en el que vives. Vives donde vives porque tu precariedad económica no te permite vivir sola en ningún otro lugar.

Pasaste los dos días siguientes en la cama, bebiendo té y comiendo galletas de mantequilla, adormilada, escribiendo el borrador de una canción que quería ser cruda y salvaje pero que en realidad era cursi y amable. No eras capaz de dotarla de un cierto ambiente sin nombrar la «lluvia» y los «jirones de nubes». Estabas componiendo como quien espanta un moscardón. Últimamente no sabías ni desde dónde cantar, ni a quién. El tercer día apareció Urko con dos pasteles de chocolate y caramelo. Hasta entonces habías estado sin levantarte y te encontraste con tu debilidad.

—Tienes mala cara —dijo.

Te enfadaste, y sentiste placer por ser capaz de no ceder mientras él intentaba compensar su metedura de pata.

—Me gustaría enamorarme de un sordo —dijiste al fin—, ¿a ti no?

—¿Para qué?

—Enamorarme y follar, quiero decir. No sé explicarlo, pero solo hablarían nuestros cuerpos, sin trampas —dijiste imitando el lenguaje de signos.

—¿Te refieres a los sordomudos de siempre? —dijo mientras liberaba un trozo de pastel de una muela.

—No son mudos. No lo entiendes.

—Conocí a uno, el hijo de la tintorería de debajo de nuestra casa, tenía hasta tatuajes.

—¿Qué significa «hasta»?

No podíais enfadaros, también estaba eso. Nunca llegasteis a formularlo explícitamente, pero os parecía de mal gusto. En todo caso, uno se *noenfadaba* más que el otro.

Aquella sería la primera vez que iría a tu casa y no pasaría la noche contigo. Al despedirse la tenía dura.

Cuando le quitaste la tela viste el nudo de carne pegado a la pared de la pecera, el fondo estaba impoluto. Exploraste bajo la luz del flexo aquella parte de ti que habías arrojado con prisa y sin la debida atención, pensando que tendría alguna explicación física. Además de toda la gama de rojos, rosas, morados y blancos, encontraste un sinfín de texturas, empezando por las más gelatinosas hasta aquellas que tenían más parecido con la piel humana, y comenzaste a admirar la forma estilizada y equilibrada de aquello que al principio te había parecido un amasijo.

Impulsada por una fuerza interior, lo cubriste respetuosamente y lo depositaste en el rincón donde se abuhardillaba el techo.

Si quieres preguntar algo, ahora tienes la ocasión.

A la mañana siguiente llamaste al trabajo para decir que te habían alargado la baja hasta el lunes. Te acercaste a la pecera, le acariciaste la barriga, alisaste la tela delicadamente. Te pusiste el gorro de lana y la chaqueta de monte y te dirigiste a la playa. A pesar de que aún te dolía, andar te haría bien, tenía la virtud de poner tu mecánica interna en orden. Sentir frío te daba fuerza para luchar a favor de ti misma. Una lluvia fina y gris se había adueñado de la playa, que estaba solitaria. Detrás del antiguo casino, a la orilla del mar, había un grupo de unas diez personas, mirando al mar, y decidiste acercarte. No descubriste de qué se trataba hasta que te fundiste con el grupo: era un delfín varado, agitaba su cola, e intentando ayudarlo una pareja con aspecto de campesinos, que a pesar de llevar los pantalones remangados estaban empapados. Los demás estaban curioseando, y entre ellos, agarrada del brazo de un hombre llamativamente más joven que ella, la señora Pommadere, a dos o tres metros del delfín, como jugando con las olas, observando a la pareja pero cuidando de no mojarse. El delfín miraba como sonriendo con sus ojos de cerdo. La pareja de campesinos, que parecían marido y mujer, gritaban «Una, dos y tres» y empujaban al delfín, pero cuando parecía que se alejaba, una nueva ola volvía a arrastrarlo y todos, tú entre ellos, respondíais en coro con un lamento. Al fin lo consiguieron. Un empujón enérgico y la corriente a favor lo ayudaron a regresar al mar. Lo mirasteis alejarse fijándoos en la aleta que metro a metro parecía más derecha. El matrimonio salió del agua culpándose mutuamente por no haberlo salvado antes. Tras aplaudir, os empezasteis a diseminar bajo una lluvia cada vez más copiosa. Levantaste la mano para saludar a la señora Pommadere, pero ella no se dio cuenta.

Volviste a casa con la energía renovada. Pusiste la pecera junto a la ventana y le quitaste la tela. Seguía en el mismo sitio, quizá más encogido, como una remolacha arrancada a la tierra. Bajo la claridad del día sus colores aún te parecieron más hermosos, más azulados. La devolviste a su rincón, orgullosa. Leíste los tres mensajes que Urko te había enviado durante la última hora como si estuvieran escritos en otra lengua; el último de ellos decía: «Déjate querer aunque no sepas adónde te lleve». No tenías ni idea de qué estaba hablando.

Cada dos o tres horas te acercabas a la pecera: no había duda, estaba menguando, y en el epicentro de aquella masa había algo más, algo más oscuro. Todavía no sabías si no sabías o solo fingías no saberlo.

El lunes volviste a llamar al trabajo para decir que te habían alargado la baja, y superaste con un par de mentirijillas las objeciones prácticas que antes te hubieran paralizado y que ahora te parecían insignificantes. Podías sobrevivir durante dos meses comiendo las conservas y las legumbres que tenías en los armarios. Empezarías a salir a pasear por el barrio después de cenar. No había farolas, estaba tan oscuro como para no verte a ti misma, pero te sentías tan libre como para caminar sola en la oscuridad.

Estaba cubierto por una membrana transparente, un líquido blancuzco en la mitad, nada más. Descubriste que se movía levemente, que la membrana no iba a aguantar durante mucho tiempo antes de rasgarse. La llamada de la secretaria de Pommadere te cogió por sorpresa. Tenías cita para la revisión y llamaba para preguntarte si estabas cerca. Respondiste que llegarías en diez minutos, y al oír tu propia voz te diste cuenta de que llevabas mucho tiempo sin hablar con nadie.

Te tendió la mano, mientras te preguntaba si estaba todo bien. Respondiste que sí queriendo saber si la pregunta tendría doble sentido, y te recogiste el pelo en un moño alto lo más elegantemente que pudiste.

—¿Dolores?

—Ninguno.

—¿Pérdidas de sangre?

—Tampoco.

—Entonces veamos eso.

—La vi en la playa —dijiste mientras te quitabas la ropa.

—¿Ah, sí? Vamos muy a menudo, siempre que podemos, la verdad; menos durante el verano, es horrible.

—El día del delfín.

—¿Estaba usted allí? Pobrecito. Acuéstese.

Respiraste profundamente y expulsaste el aire como si tuvieras una pajita entre los labios. La sonda se rebeló contra ti, y cuando logró penetrarte te pareció ver el brillo de la victoria en la mirada de Pommadere.

–Mi compañero me contó que se quedan varados porque quieren morir, parece ser que es la única especie animal que sabe suicidarse. –Se acomodó las gafas con la muñeca, dejando a la vista las encías–. Es curioso.

Y tú miraste al monitor, con una ligera sonrisa.

–¿Es biólogo?

–No, es diecisiete años más joven.

Una tormenta de nieve. Una supernova. Un volcán filmado con infrarrojos.

–Lo tenía en esta pared, ¿lo ve?, ahora está limpia. Pero mire aquí… antes no había nada, y mire ahora… hay otro, no entiendo cómo es posible. No es tan grande como el anterior, pero pequeño tampoco es.

–No tengo preguntas.

–Mejor, porque no tengo respuestas.

No había duda, iba a suceder aquella misma noche. Fuiste a la frontera a por una botella de Remelluri. Llenaste un bol con anacardos y pusiste la pecera encima de la mesa de la sala, preparada para hacer guardia durante toda la noche.

No era más que la cuarta parte de lo que había sido. Apenas había líquido entre la membrana y lo negro, por primera vez lo oscuro se empezaba a definir. El movimiento era cada vez más agitado y a medianoche la membrana se resquebrajó. Era una pequeña grieta, de donde afloró parte de lo negro, un apéndice huesudo de unos tres o cuatro centímetros, un ala que extendida triplicaba su tamaño. Al poco tiempo, emitiendo un chillido corto y metálico, una cabecita peluda asomó por el agujero, descubriendo dos pequeñas orejas triangulares. Ayudándose con el hocico apartó la membrana, y se desperezó agarrándose al borde de la pecera con sus pequeñas pezuñas. Luego agitó sus pequeñas alas y se quedó suspendido en el aire frente a ti, durante un segundo. Contemplaste aquel espectáculo con los ojos llenos de lágrimas, comprendiendo que hay felicidades que no pueden ser compartidas.

Le acariciaste la cabecita con el dedo índice, dándole permiso para irse. Salió por la chimenea, y lo viste desde la ventana, alejarse bajo la lluvia, entre jirones de nubes.

LO QUE SE ESPERABA DE MÍ

1988

Hace muchos años que me fui, pero sigo allí. El pelo corto y la piel bronceada.

No sé qué hacer fuera del colegio. Estudiar, no me exigen nada más. Son de clase trabajadora, y no quieren que yo también lo sea, formal, humilde, leal.

Estoy boca abajo en el sofá, los Juegos Olímpicos en la tele. Puedo oler la humedad que viene del interior del sofá, miro los objetos del revés hasta dejar de entenderlos, oigo los crujidos de mi propio cuerpo, busco el ahogo que me produce estar boca abajo, cualquier cosa, algo que no sea este aburrimiento.

Así, las cosas al menos se ven de otro modo: una niña del revés, del color de la ceniza, sujetando un rosario, más o menos de la edad que yo tenía entonces; un niño también del revés, vestido de marinero, en una foto de bordes troquelados, con una mirada triste que ha conservado durante más de cuarenta años; y en las esquinas de los marcos, sendas fotos de carné, en una yo, con gesto sombrío, en la otra mi hermana, con un trocito de sonrisa a cada lado del chupete. Serguéi Bubka ha realizado un gran salto. La sala está llena de ceniceros con dos o tres colillas. Objetos sin sentido apilados en las estanterías, souvenirs de mis tíos solteros al lado de los regalos de boda de mis padres. Siempre han estado. Después de haber pintado la casa, y también tras haber cambiado los muebles y la organización del espacio, volvían a su sitio, como una condena.

Aunque estoy roja, aunque el oxígeno llega a mis pulmones con dificultad, me obligo a mí misma a seguir examinando de cerca la compleja estructura de hilos que forma la tela del sofá, acaricio el perímetro de las manchas y me pierdo fantaseando acerca de su origen. Así es mi aburrimiento, hiperconciencia del tiempo, una depresión efímera, ganas de morir. Soy una señora cansada que habita el cuerpo de un niño. Así es como me despierto todos los días. Y el verano es largo para despertar así día tras día. Juega a algo, me dicen, para qué te regalamos los juguetes si no es para jugar con ellos. Los juegos diseñados para «dos o más personas» son una ofensa, una perversión de mis padres para poner a su hija mayor en semejante situación. Mis vecinos salen a la calle y juegan, sin mayores sofisticaciones.

Mis padres no tienen amigos. Somos gente mayor, no necesitamos nada de eso, de casa al trabajo y del trabajo a casa, para qué más, hemos tenido mala suerte con los amigos, nunca te fíes. Para mi madre trabajar fuera de casa es un castigo y una victoria, no sé en qué proporción. Trabaja en una ferretería, con una bata azul. No crezcas, también me dice eso, así, sin ningún tono, tienes que estudiar para no ser como yo. Palabras pronunciadas con violencia, sin humildad.

Serguéi Bubka ha batido el récord del mundo, allí mismo, ante mis ojos. Que al menos alguien haga algo memorable ante mis ojos, que sea testigo de algo inolvidable. Ha llorado cuando le han colgado la medalla de ganador. Me dicen tonta, y no me gusta que los de casa me sorprendan llorando, no quiero que sepan que tengo algún sentimiento más allá del aburrimiento. Me avergüenza la felicidad, y la tristeza me parece cosa de inadaptados, es el estado de los perdedores. Yo no puedo perder.

Los niños que están jugando en el parque son unos imbéciles. He salido al balcón a observar lo imbéciles que son. Estoy sentada sobre los azulejos, abrazada a la bombona de butano. Escenificar el aburrimiento, escenificarlo de manera creíble, es parte de la situación emocional que es el aburrimiento. La bombona tiene el mismo contorno que la cintura de mis padres y huele a metal. El verano huele a metal y a gas. Los niños que están jugando en la plaza hablan en español, son desinhibidos y alegres. No son conscientes de su falta de elegancia. Sus padres les gritan desde la ventana para que suban a por la merienda. ¡Miguel!, ¡Adonay!, ¡Sonia! Siempre están gritando y alborotando, y de pronto desaparecen. Se van a su pueblo, *al pueblo*, a ese lugar tan lleno de misterio, y volverán al final del verano con el coche lleno de chorizos, aceite y vete tú a saber qué más. Nosotros no somos como ellos, y ellos no son como nosotros: nos vestimos y peinamos de distinta manera, comemos y hablamos diferente. Mi madre dice que en la tómbola siempre les toca a ellos y no a nosotros, me dice que ni lo intente, que hace falta una cultura de tómbola, y que eso les pertenece a ellos. Mi madre me dice que consiguen las cosas gracias a los demás, al contrario que nosotros. Hacemos alarde de esta diferencia, es el estandarte familiar. Más tarde descubrí que yo también tenía *pueblo*; demasiado tarde, casi se había extinguido cuando fui a conocerlo.

¡Miguel!, ¡Adonay!, ¡Sonia! Mi madre me enseña a mofarme de ellos, de su pronunciación, de su manera de pensar, me señala todas las maneras de reírme de ellos, y suelo sentirla tan cerca cuando se pone así... Hace mucho tiempo que la burla se ha convertido en la base de nuestra comunicación. La madre de Miguel me mira y yo sostengo su mirada. Mirar me da libertad, mirar lo que quiero durante el tiempo que me apetece. Ahora es difícil. Solo me sucede cuando doy rienda suelta a mi deseo. Pero entonces, qué era aquello, ¡mirar lo que se me antojara sin límite de tiempo! Me mira pero yo la miro más. Aborrezco la pinza de plástico que usa para sujetarse el pelo. Su permanente rizada negra y sus dedos llenos de bisutería hacen que esa mujer bonachona descienda hasta el último escalón en mi propio sistema de castas, y el espectáculo de verla lamer el Frigopié en el balcón después de la comida consigue eliminar los resquicios de piedad que pudiera tener hacia ella. El olor a gas y a metal me empachan. Ella tiene el balcón lleno de flores, en el nuestro está la jaula del que fue nuestro hámster. Me subo a la bombona. La madre de Miguel grita ¡Niña! y yo finjo no oírla. La madre de Miguel empieza a gritar, tan fuerte que no distingo lo que dice. Tengo la mitad de mi cuerpo en el aire, la otra mitad sujeto a las asas de la bombona. Quiero sentir el miedo de los demás, cualquier cosa que no sea el tiempo en sí mismo. Más vecinos se asoman a la ventana, hacen aspavientos, se dirigen a mí, pero yo continúo indiferente, contemplo orgullosa mi piel bronceada, los vellos rubios crean un pequeño socavón en la parte de piel por la que crecen, y si no pierdo la atención puedo oír los crujidos de mi interior. Me gusta mi cuerpo de niño, pero no soporto a mi señora cansada. Alguien grita el nombre de mi madre desde una ventana, sorprendentemente, no pensaba que nadie lo conociese. Veo a la madre de Miguel cruzar la calle sin quitarse la bata, los vecinos que están en las ventanas la apremian para que corra más, pero se le escapan las zapatillas de casa. Oigo que llama al timbre de casa y no lo suelta hasta que mi madre ha respondido. La oigo hablar como si se hubiera quedado sin gramática: «¡Tu hija! ¡El balcón! ¡Rápido!».

Ha venido como un rayo. Tiene las manos embadurnadas de harina. Ha gritado mi nombre, no le hace falta nada más para hacer que me baje. No se ha acercado a mí, tampoco yo hacia ella. He pensado que está sobreactuando para estar a la altura de los vecinos, ella, la madre de la criatura.

Le digo que estaba jugando. Ella menciona la palabra «suicidio». A ver si mi intención era suicidarme. Ha repetido una y otra vez la misma pregunta. Y yo, que solo jugaba. El hecho de que mi madre piense en la opción de mi suicidio va a cambiarme. Los niños no se suicidan, pienso yo. Más que la idea de mi propio suicidio, el hecho de que mi madre lo contemple me da cierto poder, una posibilidad de diversión. Tengo once años y ya estoy preparada para jugar con dos o más jugadores.

1990 (invierno)

La sensación de que algo se desmorona, pero no sé qué es. Por las noches me cuesta dormir, aunque vuelvo del entrenamiento desfallecida. He vuelto tarde, mi madre está mirando por la ventana. Cada vez que vuelvo de atletismo ella está mirando por la ventana. Los yonquis están asaltando a la gente con sus jeringuillas, cuidado. Y a pesar del limitado ángulo de visión de la ventana, me siento protegida. Su preocupación me protege. He visto dos o tres de camino a casa, le diré.

He cenado copiosamente, con una lata de Coca-Cola. No quiero ir a la cama, pero mi madre es insobornable.

Me toco hasta que los dedos se me arrugan, pero es cada vez un poquito más triste. A veces, aun y todo, me quedo en vela.

1990 (verano)

Ahora tenemos dos cobayas en casa, en la jaula que está en el pasillo. Canturrean. Le compraron una a mi hermana, y más tarde otra, cuando la llevó a la escuela para enseñarla y la profesora le dijo que sin compañía moriría. Una de ellas gorjea como las palomas. La oigo desde mi habitación. Corretean y chillan. Oigo un ruido seco. Sé que la ha atrapado. El macho monta a la hembra. Emiten sonidos como disparos de Space Invaders. Cuando se callan salgo al pasillo y enciendo la luz. En un rincón está la hembra, el pelo largo despeinado, recogida, parece que está rezando. El macho, con ojos cansados, mordisquea la zanahoria que está entre los barrotes. «Vete a la cama, mañana no vas a poder levantarte.» Mi madre está viendo un programa sobre enigmas sin resolver en la tele, mi padre trabaja en el turno de noche. Por la mañana encontraré en la entrada sus zapatos de cuero con velcro y su chaleco. Me resultaba humillante que estuviera obligado a vestirse de aquella manera. A mi madre solo le veo las piernas que le cuelgan del sillón, largas, brillantes, suaves bajo la luz azulada. Le gustan ese tipo de programas y las películas sobre la Segunda Guerra Mundial. A veces veo la mitad de una película con ella, y en el desayuno me cuenta la otra mitad. Es mejor oírla de su boca que verla desde el sofá. Repite «y le dice» sin parar. Encarna a todos los actores en un solo cuerpo.

Ha vuelto a empezar con el asunto del olor. Cuando he vuelto del entrenamiento. Nunca han venido a un campeonato, no quiero. Me avergüenza no ganar ante ellos. Al pasar frente al baño me ha mirado de esa manera. Estaba secándole el pelo a mi hermana, y cuando me ha sentido, ha apagado el secador y ha venido a mi habitación. Entra y cierra la puerta, algo poco habitual en ella. Pensándolo bien, no creo que nunca antes lo haya hecho. Estoy peinándome, he decidido dejarme crecer el pelo, convencida de que va a cambiarme la vida. Mi cuerpo es desgarbado, no parece el cuerpo de alguien que entrene a diario. «No sé en qué has andado, tú sabrás, pero es asqueroso. Arréglalo antes de cenar. Antes de ir a trabajar he dejado la ventana abierta hasta ahora, y ni por esas. No quiero saber lo que es, solo quiero que desaparezca», ha dicho. Abre la bolsa del entrenamiento, saca la toalla y la arroja al pasillo; olisquea la camiseta, insistiendo en las axilas. Tras hacer una bola con la ropa, desaparece. Me quedo sola en la habitación. Tengo un póster de Tom Cruise en la cabecera de la cama, «Cocktail» escrito en letras de neón, también otros de Michael J. Fox, Europe y Samantha Fox en la puerta, todos de la *Súper Pop*. Miro debajo de la cama y no encuentro nada. Pero es insoportable, tiene razón. Decido no hacerle caso, pero no consigo respetar mi propia decisión. Aunque no había notado nada hasta que me lo ha dicho, ahora me viene como a golpes. Huele a algo que estuvo vivo, de eso no cabe duda.

A cuatro patas, olfateo la habitación. Registro el armario, los bolsillos de los abrigos y de los pantalones. Levanto el colchón y solo encuentro migas de galletas y algún envoltorio de chicle. Saco los libros de las baldas, los sacudo, uno a uno. De *Drácula* se escurre la carta de un chico que conocí en el campeonato de España en Castellón, la guardaba como prueba de que podía ser deseable, aunque él a mí no me hubiese gustado. Soy una especie de reservista sentimental.

Aparto la estantería de la pared, registro los cajones, nada. Se me ocurre relacionarlo con la luz, con encender y apagar la luz. Una reacción de la cerámica al calentarse. Me subo a una silla y huelo la lámpara, luego la bombilla, y pienso que existe un leve parecido entre ese olor y el de la habitación. Viene a oleadas, penetrante, cuando menos lo espero. Solo algo que ha estado bien vivo puede oler así, pero desconozco qué es. El mar, la fruta podrida, la carne. Cuando me siento a cenar estoy avergonzada. Mi madre se levanta, camina hasta la habitación, y la oigo murmurar «Qué asco». Vuelve a la mesa, seria. Me ordena que le dé un tercio de la Coca-Cola a mi hermana. «Y come algo, que estás quedándote en los huesos», dice, dejando media tortilla junto a la ensalada de tomate que me he servido. Mi cuerpo me confunde: la imagen que me devuelve el espejo, mi casa y la sociedad no coinciden. De cualquier modo, mi cuerpo es todavía algo ajeno a mí, no vivo dentro de él.

En poco tiempo la cobaya se ha preñado tres veces, pariendo cada vez dos o tres crías. Mi padre las deja en el parque de al lado de casa, metidas en una caja en la que escribe a rotulador «Se regalan. Hay que cuidarlas». La cobaya no ha soportado el tercer embarazo, y ha reventado al expulsar la última cría. Mi madre la envolverá en un trapo y me la entregará, para que mi hermana no la vea. Me encerraré en el baño, con el pequeño cadáver en mis brazos. Es insoportable el peso que tiene. Lo dejaré en el lavabo y abriré la mortaja. Las ubres hinchadas, un líquido pegajoso, un par de dientes largos a la vista. Guardaremos una de las crías pensando que es macho, pero no lo es, y el padre acabará con él a los pocos meses.

Ya hace unas semanas que el entrenador mueve la cabeza de lado a lado cada vez que se me acerca, un ligero campaneo, como el de los perros de juguete que van en la bandeja trasera de algunos coches. Ha aprendido un nuevo nudo que evita que las zapatillas se suelten y quiere enseñármelo. Se trata de hacer la lazada en sentido contrario. Avanzo el pie con los brazos en jarras. Miro a mi alrededor, pero todos siguen estirando sin hacerme caso. Seguir mirando alrededor carece de sentido. «Ahora el otro», dice, y adelanto el izquierdo. Tras cada paso del nudo levanta la mirada hacia mí y me muestro agradecida. Tiene ojos verdes. A pesar del tupido bigote negro, está bastante bien y aunque tiene una hija de mi edad, él no es como el resto de padres. Es musculoso y alegre, y no bebe.

Mi cuerpo ha cobrado vida propia, como si me hubieran tirado de los brazos y de las piernas y así surgiera la cintura, acumulando en mis pechos toda la carne y la grasa que tenía de sobra; pero no sé qué hacer con estas nuevas partes de mí misma. Mi pelo empieza a oler a sebo al poco de ducharme, no acierto a recogerlo con un poco de gracia. He conseguido la mínima para el campeonato de España y traeré un par de medallas del de Euskadi, pero a nadie le importa, ni tan siquiera a mí. «No habrás empezado a drogarte», me dice mi madre. Me avergüenza. Siento que estoy tan lejos de esas cosas. «Cuidado con eso, si no quieres que te rompa la cara.» He tomado conciencia del poder que te da hacer las cosas mal.

Las tres chicas y los dos chicos que nos hemos clasificado para el campeonato de España hacemos un entrenamiento específico los sábados por la mañana. Vamos en la furgoneta del entrenador. Nos hace sentir especiales, por encima del resto de compañeros a los que llama «muebles». Hemos terminado el entrenamiento en la playa, hemos corrido sobre la arena y hemos hecho un partido de vóley, el entrenador y las chicas contra los chicos. Nos zambullimos en el mar para quitarnos el sudor, él también. Es primavera, al margen de algunos paseantes con sus perros no hay nadie más. Soy la primera en salir del agua, él me sigue. Corremos hasta donde están nuestras cosas. Hace fresco y nos desnudamos con las toallas colgando de la espalda. Pequeñas algas cobrizas cubren mi cuerpo, las piernas, el vello de mi pubis. Él tiene una mata de pelo negra, y de aquella nada emerge su pene como una rama. Agito la melena y me ato la toalla a la cabeza. Él mira mis pechos con su pene. Luego se gira y frota su cuerpo con la toalla, enérgicamente, y se viste de espaldas a mí.

1992

Sara ha venido antes. Estoy en pijama, tumbada en la cama con mi walkman. En una cara Nirvana, y en la otra, en la parte que ha quedado vacía, Hertzainak. Mi madre ha abierto la puerta de golpe, últimamente siempre lo hace, pero luego no se atreve a mirar. Sara lleva una camiseta interior blanca y unos Levi's cortados, se le ve el blanco de los bolsillos porque los ha cortado demasiado. Una camisa a cuadros atada a la cintura. Su melena rizada le da cierta aura, como si la protegiera de las cosas que pasan en el mundo. Trae una bolsa llena de caramelos. Hace tiempo que hemos acabado de comer, no sabía qué hacer en casa. Quedamos todos los sábados, todos los sábados a la misma hora. Sara vive cerca, y es ella la que pone en marcha la cadena: pasa a buscarme y vamos juntas a casa de Ainhoa, que vive un poco más allá, y hacemos la última parada en casa de Jone. «Voy a darme un baño.» «Voy contigo», dice. Y mientras se llena la bañera hablamos de cómo hacer para que el sábado sea distinto. Nos da pereza salir al asfalto, la calle aún no es nuestra, somos ciudadanas de tercera. El Ayuntamiento organiza fiestas de música disco, pero son para perdedores, y decidimos no ir. Sara tiene concierto el domingo. Toca el violín.

Esparzo en la bañera un puñado de las sales de baño que mi padre le regaló a mi madre. Ella no las va a utilizar nunca. Cuando nos metemos las piedras aún no se han disuelto. Sara tiene cuerpo de niña y pechos de actriz porno. Emergen del agua como dos volcanes. Los míos también nadan. Estamos una a cada lado de la bañera, con la cabeza apoyada en la loza, tenemos que poner las piernas sobre el cuerpo de la otra para poder caber. Estaremos así hasta que el agua se enfríe. Me dejo mecer por el agua y esta me empuja hacia la superficie, dejando mi pubis al descubierto, el vello abultado por el agua y el jabón. A turnos, estrujamos una esponja ajada sobre el cabello y el rostro. A pesar de estar en casa de mis padres me siento en otra dimensión, libre de la carga del tiempo y de la gravedad. Tenemos los ojos cerrados y hablamos sobre el examen del lunes.

Mi padre llama a la puerta. Nos ha preparado la merienda. Están preocupados porque he adelgazado mucho, y cuando voy al baño permanecen acechantes pensando que voy a vomitar. Soy alta y delgada, no sé qué hacer con las extremidades que han crecido de golpe, he conseguido crear una cápsula escondiendo parte de mi rostro tras el pelo y cubriendo esa nueva carga que me ha crecido en mitad del cuerpo con los brazos. Este es mi cuerpo número nosecuántos. Al abrir la puerta del baño encontramos una bandeja de la Real Sociedad, con dos sándwiches de Nocilla y dos latas de Kas.

Mientras me seco el pelo Sara está en la sala junto a mis padres. Alguien ha bajado el volumen de la tele. Los oigo hablar sobre el conservatorio y los planes para el verano, Sara juega a ser la adolescente modélica, mis padres fingen ser un matrimonio atento. Me avergüenza que descubran que quiero acicalarme, así que escondo el rímel y el lápiz de ojos en el bolso. Me dan quinientas pesetas. Mi madre ya no me espera en la ventana cuando voy o vengo. Antes de que salgamos de casa nos alerta, va a haber follón.

Algunos chicos de clase van a celebrar el cumpleaños de Zubi en el Denver, Ainhoa nos anuncia que estamos invitadas. Decidimos ir a fastidiarles. No nos esperaban. Zubi, su primo y dos chicos de clase fuman encaramados a la ventana del reservado de la cafetería. El primo de Zubi nos ofrece un cigarro y todos fumamos. Se llama Raúl, va a una escuela en la que solo se habla castellano y es diferente en todo, es mucho más espabilado que los otros tres juntos. Habla a su primo al oído, y Zubi se lo retransmite al resto haciendo una melé para ello. Están agitados. De pronto apagan la luz y se ponen contra la puerta. Estamos en mitad de la habitación, sin poder adivinar qué va a pasar. Uno de los chicos enciende y apaga la luz intermitentemente, como en una discoteca. Les pedimos que nos dejen salir, pero no se quitan de la puerta. Una voz ordena Dale, primo, y Zubi se sube a la mesa, saca su pequeño pene y lo estruja entre las palmas de sus manos como si estuviera intentando hacer fuego con un palo. Cuando ha doblado su tamaño, lo agarra con una sola mano y lo agita arriba y abajo. Nosotras gritamos, apiñadas en un rincón, a pesar de estar asustadas, con ganas de seguir así. El primo de Zubi y los otros dos miran boquiabiertos, como riendo, pero no es risa lo que transmiten sus miradas. Zubi mira hacia el techo, con los ojos entornados, mordiéndose el labio inferior al ritmo de la luz que no deja de encenderse y apagarse. Cuando eyacula le aplauden. Raúl le coloca un cigarro encendido entre los labios. Zubi limpia con servilletas de papel el moco de su pene que ahora parece una bellota. No se atreve a mirarnos y nosotras no podemos dejar de hacerlo. Con los pantalones todavía bajados, abriendo las piernas para evitar que se le caigan del todo, sale murmurando «Voy al váter», y nosotras aprovechamos para escapar corriendo. En la calle, pasamos por al lado de contenedores humeantes. Huele a plástico quemado. Hay más gente que corre de un lado a otro, agazapada. Llegamos al portal de Jone entre ruido de sirenas, jadeantes: Ainhoa está llorando, Sara ríe como una loca, y las demás estamos agarradas a nuestras vulvas que palpitan y están a punto de reventar.

1993

He conseguido que en casa pongan un teléfono inalámbrico. Lo he comprado con mi propio dinero. Paso horas sin salir de la habitación, hablando sobre cualquier cosa con Sara o con Jone. Es una de las pocas maneras que encuentro para tener a alguien más en casa, a alguien que me ofrezca algo diferente a lo que me devuelven las miradas de mis padres. Al poco de instalarlo mi madre amenaza con cortar la línea. Mi padre viene con la factura, trae el total subrayado: «Has gastado en teléfono el triple de lo que hemos gastado toda la familia en agua», ha dicho, y se ha largado, avergonzado. Es verdad, ellos apenas llaman. No sabía que lo necesitara tanto. También yo estoy avergonzada.

En la calle, día sí y día también, la policía nos hace abrir las mochilas. Cada vez que lo hago encuentran una toalla mojada y ropa bañada en sudor. Están en todas las esquinas, y a la vuelta del entrenamiento estamos obligadas a pasar por delante de ellos. Nos identifican, por lo que tenemos que llevar siempre el carné encima.

Sus ojos son testigos de cómo vamos convirtiéndonos en lo que somos, descubrimos quiénes somos en sus cacheos constantes, su sospecha construye nuestra identidad. Día a día, reconstruimos nuestra personalidad devastada a través del diálogo silencioso que mantenemos con ellos, respondiendo sin saber a las preguntas que nos hacen sin saber, hasta el punto de creer que podemos ser gente peligrosa.

«No te mezcles con malas compañías», me dice el policía, «y no dejes de hacer deporte. Es importante hacer deporte. Yo hago taekwondo.» Solo veo sus ojos. Cuando habla sus labios asoman por el agujero de la capucha. La bocacha del lanzapelotas está abollada. «Dieciséis años, qué edad tan bonita. No deberías fumar.»

1994

Aunque tengo algo parecido a un novio, hoy solo quiero estar con las chicas. Solo las perdedoras se desquician por los chicos. A nosotras no nos han educado para el amor. Puede pasar, y entonces habrá que sobrellevarlo lo mejor posible, pero buscarlo, jamás.

Sara se va a Londres para estudiar inglés durante un mes. Como despedida nos comeremos unos ácidos Sara, Jone y yo, será él quien nos los pase. Lleva un poncho mexicano a pesar del calor que hace en el bar, y baila Rage Against the Machine dando saltos. Nosotras también saltamos contra el resto. Cuando en mitad de ese amasijo humano tropiezo con él le doy un beso. Tiene la boca seca por las drogas pero me da igual, me encanta besarlo delante de las demás chicas. Es cuatro años mayor que yo, no habla mucho, y tiene dentadura de niño. Yo llevo la cabeza rapada, pendientes de coco, Martens negras, vaqueros, camiseta blanca de tiras.

Suena Kashbad. La gente se viene arriba intentando trepar por la voz de Sorkun. Me escurro con mi novio en el váter. Allí me toca las tetas con poca convicción. Las paredes están húmedas. Me gusta que se frote contra mí, que meta su cabeza bajo mi camiseta y mis tetas en su boca, y que paremos en medio del calentón, como si fuéramos un postre que conviene no comer del todo para evitar el empacho. Tiene la lengua muy larga. Él se ha metido speed y me ha dado los ácidos a mí. Cuando ha sonado Jane's Addiction hemos salido y nos hemos separado. Cada una de nosotras se pone el tripi en la punta de la lengua. Lo hacemos sin escondernos, es una especie de proclama, queremos que el mundo nos vea, que sepan quiénes somos y adónde vamos.

Jone ha vomitado, dice que con el estómago vacío le sube más. Todas sabemos que no come y que cualquier excusa es buena para vomitar. Preferimos la calle a los bares, así que nos escapamos del barullo a la explanada que está frente a la papelera. Allí nos tumbamos en el suelo agarradas de la mano. Queremos quedarnos así mientras dure el colocón, contemplando la noche estrellada.

Hay algo de gente alrededor, pero ya no estamos ni allí ni entonces, el tiempo desaparece durante unas horas. Jone nos hace levantarnos del suelo, asustada, creyendo que la papelera es un gran mamut que se abalanza sobre nosotras y que debemos escapar, antes de que cruce el río que nos separa de él. Sara y yo reímos, pero corremos tras ella, «¡No crucéis el río, los mamuts blancos temen el agua!» Nos hemos alejado lo suficiente como para dejar de oír el chirrido de la rueda de la cobaya. Llegamos a la orilla del río, aterrizamos sobre las piedras. «Cuidado con las jeringas», les he advertido medio en broma o quizá en serio, no lo sé. Jone se cubre la cabeza con ambas manos. Un cisne aparece frente a nosotras. Obligamos a Jone a mirarlo, le sujetamos la cabeza y le abrimos los ojos a la fuerza. «Mira en qué se ha convertido tu mamut, en cisne.» Se pone contenta. Quiere acariciarlo. Intenta acariciarlo. Comienza a adentrarse en el agua, nos cuesta retenerla. Estamos empapadas, nos dejamos caer sobre las piedras, unas encima de otras. Vemos al cisne alejarse con su signo de interrogación. «No sé quién soy», dice Sara extasiada, y empieza a bailar con su cuerpo medio de bailarina medio de puta, con movimientos que no son suyos, y cuando consigo entender lo que está diciendo (porque las palabras son elásticas y hay que prestar mucha atención para no perderse en el salto que hay entre una y otra) me asusto, no solamente porque estamos rodeadas de ratas, sino porque yo tampoco sé quién soy, así que empiezo a escarbar entre las piedras con los pies y con las manos para salir de ese agujero del tiempo, esto no tiene ninguna gracia, me palpo, me pellizco, quiero saber si la que está ahí dentro soy yo, nada más, Eo, ¿hay alguien ahí?, ¿soy yo?, ¿quién más vive bajo esta piel? ¡Poneos a la cola!

1995

Entre semana vivo en un piso de estudiantes, en Vitoria, con otras tres chicas. Con ellas me siento tan yo como con Sara y con Jone, pero cuando vuelvo adonde Sara y Jone no soy la misma. Las ventanas siempre están empañadas por el frío. Nadie se levanta antes del mediodía, como si todos estos años en casa de nuestros padres los hubiéramos pasado sin dormir. Andamos por casa sin quitarnos el pijama, como zombis, comiendo comida enlatada y saliendo al anochecer. Desde que dejé el atletismo me siento como si mi cuerpo hubiera querido seguir corriendo, pero yo apenas puedo ir tras él; estoy atascada aquí, en mi cuerpo. En mi rostro crecen nuevas generaciones de ojeras, tengo aspecto enfermizo y me gusta, es mi bandera. Una noche conozco en un bar a un tipo que dice estar estudiando Farmacia. Lo llevo a casa. En el pasillo ve la flauta de una de las chicas y se pone a tocar «Bridge over troubled water» soplando por la nariz. Nos acostamos, más que carne, lo que necesito es piel, el resto no importa demasiado. Al amanecer me despiertan las chicas. Estoy sola en la habitación. La flauta está sobre la mesilla. Entonces me doy cuenta de que lo he sentido irse y de que la primera vez que me miró a los ojos sentí miedo. No será fácil olvidar aquella mirada. Han entrado en casa, me advierten, faltan nuestras chupas, las carteras, el compact-disc, el costo. No digo nada, no contarlo será mi penitencia. A mí me faltan las zapatillas de correr, el líquido de las lentillas. Decidimos poner una denuncia pero inmediatamente después nos arrepentimos, por pereza, y acabamos el día metidas en mi cama comiendo regalices.

Vuelvo a casa los fines de semana. Todo continúa terriblemente igual. Mi madre me ofrece un pitillo por primera vez. Lo acepto y le pido que lo fumemos en el balcón, no tanto porque no quiero que mi padre nos descubra, sino porque no quiero que me descubra fumando con ella. No parece que le importe, es más, da la sensación de que le gusta tener una hija fumadora. Echamos el humo mirando al único trozo de cielo no oculto por el edificio de enfrente. En el rincón, la bombona de butano parece nuestro centinela.

¿NO NOTAS NADA RARO?

Había quedado con mi madre en el bar Barandiaran. Con el pretexto de ir a comprar los regalos juntas, me ayudaría a elegir la camisa *especial* que quería para Joanes. Como es de esperar, mi madre no está sentada a una mesa de la terraza, y como es de esperar, me enfado porque ha permanecido de pie, segura de que lo ha hecho para poder reprocharme el retraso que ella ya ha previsto. Está envuelta en un abrigo color musgo que acentúa el azul y el amarillo de sus ojos, se tapa el cuello con las solapas, parece un murciélago. Lleva un corte estilo bob equilibrado a la perfección con unos zapatos blancos y negros que bien podrían pertenecer a un músico de Nueva Orleans. Fuma deprisa.

—¿Por qué no te has sentado?

—Te estaba esperando.

—Hubieses estado mejor sentada, ¿no te parece? Así multiplicas el riesgo de morir fulminada por un rayo.

—Estaba bien así, esperándote, no importa. No llueve. Me he imaginado que llegarías con retraso, estás siempre tan atareada.

—Buenas tardes y esas cosas. Lo siento.

Nos hemos sentado a una mesa de la terraza, frente a frente.

—¿Sentir el qué?

Era así: estupenda. Haría que te sintieses mal, te enfadarías porque había conseguido que te sintieses mal, le soltarías alguna grosería, le pedirías perdón por haberle soltado una grosería y ella mostraría sorpresa por no saber a qué se debía la petición de perdón, para, a través de un triple salto emocional, hacerte ver que a pesar de estar chalada tenías derecho a ser querida por corazones excepcionales como el suyo.

Me producen tristeza las luces navideñas sin encender, como cuando observas el atrezzo desde el escenario. Así estaba San Sebastián aquel día: lucecitas con forma de lágrima habían sustituido a las antiguas bombillas de colores, trepaban por los olmos del bulevar. Quizá fuese una señal. Por teléfono me había parecido advertir que algo no iba bien.

Se ha girado hacia mí con los labios contraídos y me ha dicho:

—¿Te has fijado en el camarero? —He mirado hacia la dirección que señala con el mentón. Veo a un hombre que está recogiendo tazas de la mesa de al lado—. ¡Parece una iguana!

Se me ha escapado una carcajada. Con un ojo mira al cielo y con el otro al suelo.

—Pobrecito —ha continuado mamá, muy seria—. No deberíamos reírnos de él, pero es difícil. Tuve una compañera de clase que también tenía los ojos así, creo que fue por culpa de un gato, ¡lo que nos pudimos burlar de aquella pobre muchacha!

—¿Tienes que comprar muchas cosas?

—A tu padre un pijama y una cartera buena, la que tiene da grima; a la abuela lo de siempre, uno de esos cofres de perfumes, ya sabes cuánto le gustan a pesar de que ya no tiene olfato… y a tu hermano, no sé, quizá alguna ropa de Loreak Mendian… y un cactus, eso seguro, no sabes la de electricidad estática que tienen en casa. Ah, hoy he hablado con él, y me dice que a la niña le compre solo una cosa, según me ha dicho se lo han pedido a todos los familiares, un regalo por casa, y a poder ser pequeño y que no sea de plástico; ¿qué te parece? ¿A ti no te ha dicho nada?

—A mí no. Pero se me ocurre que podrías regalarle unos pendientes.

—Ni hablar. Parece que se le ha olvidado que él también fue niño. ¡Pues cuando le compramos aquel tren no se anduvo con tantos remilgos! Debe de ser idea de tu cuñada, si no, te juro que no lo entiendo… ¿Y te acuerdas de aquel garaje de ocho pisos? La pelmada que dio, y al final, lo consiguió… Y ahora esto…

—¿Un disfraz?

—No, no. Yo ya sé lo que quiere la niña. Y se lo voy a comprar. Lo que faltaba.

—¿Qué es?

—El mes pasado, cuando tu hermano y ella se fueron de fin de semana, vine a San Sebastián con la niña, ya sabes cómo le gusta. Cuando estábamos dando de comer a los patos, aparecieron dos hermanas más o menos de su edad, iban vestidas igualitas, de blanco y de gris, con pinta de ser de derechas, pero bien, elegantes, con sus lazos en la cabeza y sus calcetines hasta las rodillas. Cada una de ellas llevaba un cochecito de capota como los de antes, estilo Arrue, pero de juguete, de aquellos que eran de color azul marino, ¿te acuerdas?, con unas puntillas… y dentro cada uno llevaba su muñeca… Tenías que haber visto a Kattalin, parecía que se le iban a salir los ojos de las órbitas… Se pasó toda la tarde hablando de lo mismo, ni patos, ni chocolate caliente, ni churros, ni nada. Yo creo que ni siquiera sabía que existían ese tipo de cosas… pobrecita… ¡Qué lista y qué sensible es mi niña bonita!

—Pues un coche de capota precisamente pequeño no es, mamá.

—Todo no se puede. Al menos no es de plástico. Y la muñeca no se la voy a comprar, si no se me van a enfadar —dijo con voz nasal mientras soltaba el humo—. Si quieres cógele tú la muñeca, una que no sea demasiado cara, ¿qué te parece? El cochecito ya lo tengo encargado en una tienda del pueblo.

Luego ha venido lo de que el día más triste de su vida fue cuando en Navidades recibió de regalo un bote de colonia usado, como contaba cada vez que se apiadaba de sí misma, una anécdota que siempre me había parecido sin la suficiente entidad para elevarla a trauma, más si cabe teniendo en cuenta que aquello sucedió en los sesenta dentro de una familia de emigrantes. Pero ella siempre finalizaba el relato de manera que resultaba imposible no sentir en lo más hondo el abandono experimentado por ella. «Hoy es el día en que aún no sé de quién fue antes que mío, pero tuvo que ser de alguien cercano.»

Ha pedido dos cafés, sin poder esconder la risa que le produce dirigirse al camarero. Luego se ha puesto seria.

—Hay algo que te quiero contar —ha dicho, a la vez que ha apretado el cigarro contra el cenicero para evitar mirarme—. Vas a pensar que me he vuelto loca.

No quiero pensar que se ha vuelto loca, así que opto por no preguntar. Ella también está nerviosa. Ha metido las manos en los bolsillos y ha sacado un paquete de tabaco nuevo y un mechero. Después ha puesto las manos sobre la mesa: grandes, ásperas, pesadas. Lleva las uñas bien cortadas.

—Mira.

—¿Qué?

—¿No notas nada raro?

—No.

—Fíjate bien.

Los bordes de sus párpados convertidos en presas.

Le he tomado las manos y las he colocado con las palmas hacia arriba. Las he apretado con los pulgares.

—¿Qué?

—No son mías.

—El qué.

—Las manos.

—¿Qué?

—No son mías. Aún no le he dicho nada a papá; sucedió la semana pasada, me desperté así. Ya sé que es difícil de creer, pero es así, no me digas que no lo notas.

Se está irritando. Ha retirado las manos y ha cogido el paquete de tabaco. Le ha quitado el celofán con ayuda de los dientes. Son fuertes, y a pesar de que fuma desde los dieciocho, tienen buen aspecto.

—¿Has ido al médico?

—No digas bobadas. No me acostumbro. A fumar con las manos nuevas, me refiero. Todo es diferente, pero sobre todo fumar.

Le cuesta encender el cigarro. Ahora me resulta extraña la manera que tiene de sujetar el cigarro, lo coloca en el nacimiento de los dedos, y cada vez que lo lleva a los labios, el dedo índice y el medio se le engarzan a un lado del rostro, cubriéndoselo a medias. Tras fumarlo hasta la mitad lo ha apagado.

—No me acostumbro. Ya sé lo que estás pensando, que tu madre ha perdido la chaveta. Yo también lo pienso, ¿qué te crees, que soy boba?

Le cuesta colocar la taza en mitad del platillo, y tras cada trago la deja ladeada.

No habían pasado ni seis meses desde que se había jubilado, después de haber trabajado más de veinticinco años como cocinera en el bar Loretxu de Gros. Según sus cálculos ella sola había producido doscientas mil croquetas, una a una, y no «cualquier» croqueta. No mentía. En una esquina del bar tenían expuestos recortes con las alabanzas publicadas en prensa, y a pesar del montón de pintxos que había sobre la barra, no había un solo artículo que no resaltase la exquisitez de las croquetas. Pero no fue aquel su mayor logro, sino haber convencido al dueño para que hiciese un vestuario con duchas, gracias al cual terminaba sus aceitosas jornadas no solo con buen olor sino también dispuesta para un cóctel.

Ha vertido un chorro de crema sobre el dorso de la mano. La ha extendido dibujando círculos. He observado con atención, en busca de un argumento que evidencie que las manos no pueden ser de nadie más que suyas, en vano.

—Cada dedo lo tengo un centímetro más largo, y mira el diámetro. —Ha colocado su dedo medio a la altura de mi nariz, obligándome a torcer los ojos—. ¿Te parece normal? Vámonos, que dentro de un rato no se podrá entrar a las tiendas del gentío que va a haber.

No supe qué hacer. Me dejé ir tras ella. Aún no había demasiada gente, la verdad. Hacía frío. Los árboles estaban pelados, las hojas que les faltaban debían de estar en los estómagos de las máquinas limpiadoras, ya que en el suelo no se veía una sola.

Me llevó a una tienda nueva en la que yo nunca había estado. Palpaba las telas con las gafitas de cebra en la punta de la nariz, luego les daba pequeños tirones. Una vez que echaba el ojo a un par de prendas, enseguida resolvía cuál de las dos comprar desgranando motivos irrefutables. Mamá siempre ha tenido mejor gusto que yo. Cada una de nosotras se esforzaba por huir de su origen, ella a través del estilo y yo a través del intelecto; vistas desde lejos resultábamos cómicas.

Dejamos el regalo de Joanes para el final. Yo no sabía dónde buscar. De golpe, mamá se paró en mitad de la calle:

—¿A qué te refieres exactamente cuando dices «especial»? —Parecía hastiada.

—Pues que no sea para diario, pero no porque sea para ocasiones especiales, sino porque quizá a él no se le ocurriría comprarla, y sin embargo se la pondrá a gusto si se la regalo yo.

—Sí que sois complicados los jóvenes de ahora. Bonita, ¿no? Y buena, pero sin ser imposible de pagar.

Dentro de mí la palabra «buena» tomaba una dimensión mística cuando salía de su boca.

—Algo así.

—Lo bueno de Joanes es que le gusta todo. O eso o es muy falso.

—¿Te lo parece?

—No, no me lo parece. ¿Estáis bien?

—La verdad es que sí, llevamos una temporada muy buena. Ahora hemos empezado a hacer pan en casa, eso también es un mundo.

—No tiene que ser fácil, los dos tenéis mucho genio.

—Mira lo que me ha regalado…

Fue un momento de debilidad, le abrí mi corazón mostrándole el colgante que llevaba al cuello: una cítara de oro, comprada en Emaús a buen precio.

—Ya sé dónde —dijo contenta, sin hacer caso del colgante; y el extraño conductor de emociones que era su cuerpo le hizo bailar el pie, arriba y abajo, como si estuviese dándole a un hinchador–. No sé cómo no se me ha ocurrido hasta ahora.

Desanduvimos el camino que habíamos hecho, estaba exultante.

–¿Y ahora tienes trabajo? Me refiero a trabajo pagado –preguntó sin dejar de mirar hacia delante.

–La semana pasada me llamaron del Parlamento para una sustitución y pasado mañana tengo que hacer traducción simultánea en un congreso sobre lenguas minoritarias.

–¿Y la traducción de la premio Nobel?

–No es premio Nobel, solo que en los últimos años ha estado en las quinielas.

–¿Cuánto te van a pagar?

–Lo hago por placer, ¿cuántas veces tengo que decírtelo? Lo otro me lo van a pagar bastante bien.

–Deberías meterte a funcionaria. Buenas vacaciones y mejor sueldo, como Eneritz. Y coger a alguien que te limpie la casa, una vez a la semana al menos, aparcar esos sueños bohemios, ya veis que no son viables.

–Al menos mi vida bohemia, como la llamas tú, me da la coartada para seguir siendo una guarra, eso ya es algo. No sabes cuántas mujeres pagarían por una excusa así.

–Yo no.

–Eso ya lo sabemos.

–Tienes demasiados complejos. Siempre has sido…

–Cuidado con lo que vas a decir.

–Es tu vida, eso también es verdad.

–Mi cerda vida. –Frente a mamá me veía como en un espejo deformante.

–Yo no he dicho nada parecido. Tienes una vida interesante, no como la mía: se me ha ido haciendo bechamel.

–Tampoco exageres.

–Si volviese a nacer…

–Estudiarías Turismo, sí. Pero has hecho más por la humanidad dándole de comer cosas ricas que enviando a ricachuelos a países pobres.

Me di cuenta de que llevaba las asas de las bolsas colgando de las muñecas, los puños apuntaban al cielo. Si al menos hubiese reunido valor suficiente para ir de su brazo... No recuerdo cuándo empezó a ser difícil acercarse a ella, pero actuaba como si tuviese una orden de alejamiento, no sé si para protegerla del daño que podía hacerle o al revés. Me paré a buscar el impulso que me haría saltar por encima del alambre de espino, sin ni siquiera llegar a sentir vértigo. Además, de haberle demostrado demasiado cariño me hubiese tomado por loca y me hubiese pegado un bolsazo.

Me guio por las calles hábilmente, buscando atajos. Atravesamos una callejuela cercana al puerto por la que solíamos pasar cuando yo era pequeña, los domingos que ella tenía libre, para comprar cucuruchos de quisquillas. Aquellas paredes húmedas me intimidaban. Llegamos a una tienda pequeña de piedra y madera, ropa sobria, todo muy comedido. Mamá le explicó brevemente a la dependienta lo que estábamos buscando, y esta sacó tres camisas de entre las muchas que había. Me fijé en la que tenía corte de cowboy, de color azul petróleo y ribetes floreados. Indirectamente, busqué la bendición de mi madre. Agarró la percha y agitó la camisa en el aire, asintiendo con la cabeza.

Cuando salimos de la tienda las luces del Casco Viejo estaban encendidas. Me sentía contenta como en un anuncio de lotería.

Habíamos terminado todas las compras e íbamos muy cargadas.

—Espera un segundo —dije, y rápidamente entré en la pastelería a la que mamá solía llevarnos a mi hermano y a mí, y salí de allí con dos merengues envueltos en papel—. Para comerlos mientras esperamos al autobús.

Actuó como si se tratara de algo que estaba previsto de antemano, sin asombro, a pesar de que intentar sorprenderla no era habitual en mí. Nos dirigimos a la parada. Caminaba siempre dos pasos por delante, arrastrando levemente los pies.

El cielo era de color añil, y en la luna había una nube que parecía una hemorragia. Cuando estuvimos bajo la marquesina mamá intentó ayudarme a soltar el cordel. Era un movimiento que requería precisión, algo que sus para entonces torpes dedos difícilmente podían conseguir. Terminé cortándolo con los dientes. Comí el merengue como ella me había enseñado: primero la guinda y después lámina tras lámina.

—Son los mejores del mundo —dijo—, ¡pero no nos convienen!

A mí enseguida me hartaba, también de pequeña; sin embargo, tal y como hacía entonces, mostré placer para no fallarle. Le limpié la comisura de la boca con la punta de un kleenex, conmovida por haberme lanzado a hacer aquel gesto.

Hizo el viaje de autobús en silencio, sujetando las bolsas entre las piernas y con las manos en los bolsillos. Al llegar a su parada se despidió de mí, como si me conociese de pasada, y fui hasta mi casa sin poder quitarme de la cabeza la idea de que quizá estuviese enfadada, preguntándome cuándo le habría hecho daño.

Me nombraron traductora de los frisios. Era una chica preciosa con ojos de color de iceberg antiguo. Realicé las labores de intérprete sentada a su lado. A pesar de que suelo gozar con la especie de transformación que supone traducir simultáneamente lo que dicen señores barrigudos con corbata, me deleité interpretando las salidas de aquella chica, a las que yo jamás me hubiese atrevido y que rompían el tono rígido de las ponencias. Gocé aún más, volcando al inglés las gracias, halagos y estrategias de acercamiento de todo tipo que llevaron a cabo los amantes de las lenguas minoritarias y que sin saber ni frisio ni inglés se acercaron como moscas a la miel antes, durante y después de la comida, se las susurraba a Anna, recogía su respuesta, y tal y como aprendí de ella, se las devolvía con brusquedad moderada desde las entrañas de aquella criatura que tenía su cuerpo pero hablaba con mi voz.

—No te creas, es muy cansino ser como yo —dijo de una manera que aún no he sido capaz de entender—. Necesito caminar.

De cerca era distante. Al salir del restaurante se puso un gorro de lana y se despidió de mí encaminándose a la playa. Sentí una ligera pérdida al ver cómo se alejaba aquel cuerpo que había ocupado durante medio día.

En la sesión de la tarde me tocó ser la intérprete de un tártaro de largo y fino bigote vestido de traje. Nunca antes había sido parte de alguien con aspecto tan extraño, y me sentía estimulada, a pesar de que mi madre me interrumpía con sus mensajes: «Vzaiis a ve3nir?!», «Sssi vzais á ve3niir??» y a continuación dos mensajes de audio, el primero de una tos y el segundo diciendo que internet no funcionaba y pidiendo que pasásemos por casa a la noche. Ya que al finalizar la intervención no se nos acercó nadie, terminamos temprano.

A la salida, el tártaro me confesó que prefería andar a su aire y que no tenía intención de ir a la cena del congreso, que los vascos comíamos demasiado y que esas digestiones no solo nos afectarían al cerebro sino también al alma. Su piel era morena y fina, anaranjada en las mejillas, y al sonreír se le veía el colmillo de oro. Lo acompañé hasta el bulevar, y una vez allí, me estrechó la mano y entró en una ortopedia.

Fui a buscar a Joanes. Estaba esperándome en el portal de nuestra casa. Como sucedía a menudo, íbamos en direcciones opuestas, y todavía no le había contado nada, por un lado, porque no me sentía capaz de hablar del tema sin frivolizar, pero sobre todo, porque contarlo lo convertiría en real definitivamente.

Lo tenté para ir en coche, así no tendría tiempo de hablar con él pausadamente, pero se negó, diciendo que iba a ser difícil aparcar en el barrio donde vivían mis padres. Afortunadamente era uno de sus días parlanchines. Me contó la historia del cabezal que estaba restaurando. Hablaba acerca de los muebles como si fuesen personas: les curaba enfermedades, les corregía cojeras o les daba el brillo que habían perdido. Le gustaba conocer su pasado. Les daba una nueva oportunidad en un entorno diferente. Para cuando terminó de contarme la historia del cabezal estábamos en el portal de mis padres. En los charcos había hojas y colillas.

Crecí y viví hasta los veintidós años en el número once de aquel rascacielos con forma de cohete.

Recuerdo que la primera vez que llevé a Joanes a casa sentí vergüenza, ya que *finalmente* iba a descubrir *quién* era yo.

Subimos hasta el séptimo piso, yo acurrucada sobre el pecho de Joanes. Era como una cápsula para viajar a través del tiempo: cada vez que entraba en aquel ascensor me convertía en una niña.

Todo parecía normal. Mamá tenía la mesa llena de cacharros: fuentes, bandejas, sartenes, un pasapurés, un cachivache para pelar manzanas en una sola monda, un molinillo de pimienta gigantesco… Todos los fuegos estaban encendidos y cazos y cazuelas estaban en ebullición, la cocina parecía una locomotora. Papá estaba sentado a una esquina de la mesa pelando castañas para preparar el capón según la receta de todos los años. No había rastro del héroe que con ayuda de una navaja arrancaba lapas de las rocas y se las comía crudas en aquella figura cheposa y con gafas. Años atrás, íbamos juntos al monte a recoger castañas. Luego las esparcíamos en el desván sobre hojas de periódico.

—Castañas gallegas. —Agarró una entre dos dedos y la acercó a la luz, al tiempo que guiñaba un ojo—. De buen calibre, como el precio que tienen.

—El ordenador está en nuestra habitación, en mi mesilla. No funciona desde ayer —dijo mamá mientras sujetaba un calamar por los tentáculos.

En los últimos treinta años, salvo la colcha, nada había cambiado en aquella habitación. La blancura de las paredes, los muebles oscuros y pesados, la lámpara de cerámica y de latón… parecía el set de una serie de televisión.

Mamá sabía que aquella habitación no estaba a la altura de su estilo, pero alardeaba de no haber pedido un crédito jamás, y así continuaría mientras viviera, «Si dios quiere». Joanes me tiró sobre la cama y se tumbó sobre mí mientras me agarraba las muñecas. Cuando oímos el ruido de pisadas nos sentamos al borde de la cama.

—¿Ya sabéis cómo se enciende? —preguntó papá, poniéndose a mi lado.

Cuando Joanes fue en busca de la contraseña me metí en el historial: «wifi anda despacio», «Zalando», «ofertas Ray Ban», «gatos gordos», «menús para Navidad», «pastel de cangrejo», «caídas graciosas», «características niños superdotados», «niña cinco años + tuerce los pies al caminar», «Egipto», «Egipto + guerra», «Egipto + vuelo + hotel + Bilbao + Viajes Eroski», «¿es bueno beber agua con limón?», «agua con limón daños», «qué significa serenditi», «cómo tapizar un sillón»…

No había ni rastro de «mis manos no son mías».

Papá me observaba fijamente. La carne de debajo del mentón tenía movimiento propio, ¿cómo sería acariciar los pelitos que le salían de las orejas?, parecían dos brotes de magnolia.

—¿Qué?

—Nada. Vosotros sois quienes sabéis de estas cosas. Es tu madre, ahora no puede vivir sin este trasto. Lo que hay que ver, parece que en vez de hacia delante vaya hacia atrás.

—Como la gente joven, papá.

Joanes volvió con la contraseña. Me gustaba lo diligente que era, a veces pensaba que estaba con él por todo lo que hacía por la gente, más que por lo que hacía por mí. A mamá nunca le había gustado, «Con esas pintas y esos pelos», pero aunque ella no se diera cuenta le hacía bien estar con él: Joanes apagaba su ira más que ninguna otra persona. A pesar de que siempre estaba dispuesto a ayudar, tenía personalidad, y se divertía criticándome delante de mi madre, diciéndole, por ejemplo, que era muy desordenada con la casa y que no se podía contar conmigo para llegar a tiempo a ningún lugar; también me gustaba cuando se rebelaba contra una opinión mía delante de ellos. Lo que era humillante para mi madre era puro placer para mí, un placer que se expandía dentro de mí, no sabía muy bien por qué, quizá porque aquello me alejaba de ella, y evitaba hacer de mí el golem que ella siempre había pretendido, o porque evidenciaba que, a diferencia de papá, Joanes no era un hombre castrado. Quizá le quisiera demostrar que yo era lo suficientemente fuerte como para estar con un hombre sin castrar.

Escuché mi nombre convertido en grito. Era mamá, desde la cocina. Fui hacia ella convertida en una niña. Le brillaban las manos por las tripas de los calamares. Me habló en voz baja:

—Una cosa: no habréis quitado la tirita de la cámara del portátil, ¿verdad?

—¿La tirita? ¿Por qué?

—Oye, ¿no creerás que me he inventado nada? Lo dijo un agente de la CIA, y por denunciar cosas de estas ahora vive en Rusia. Nos vigilan desde ahí, y luego utilizan esa información para comerciar con ella.

—¿Y qué verían?

—Cualquier cosa que puedan utilizar para chantajear, o tú qué te crees, ¿qué solo lo hacen con gente famosa, o qué? ¡Qué inocente!

Recordé que durante una época yo también la tuve tapada, hasta que Joanes se burló de mí.

—No la hemos quitado, estate tranquila.

Papá y Joanes entraron a la cocina. Mamá comenzó a cortar calamares con las tijeras, pero la mitad de los tijeretazos terminaron en el aire.

—Solucionado —dijo Joanes—. Te he hecho una pequeña limpieza, tenías un montón de basura.

—Gracias, joven —dijo mamá—. ¿Cuánto le debo?

—Con una cerveza queda usted en paz, señora.

Papá sacó botellines. Después cortó queso y tacos de jamón. Mientras nosotros estábamos sentados a la mesa él estuvo de pie, acercando y alejando el plato.

—¿Qué manualidad nos hará Eneritz este año? Tengo curiosidad.

Quería poner a prueba a mamá, testar si estaba en forma, a sabiendas de que, de estarlo, iba a ser imposible frenarla.

—¡Esperemos que al menos se le hayan acabado las cápsulas de café! —dijo mamá, resucitada.

Joanes y yo reímos.

—Mamá, recuerda que sabe hacer punto…

—Por no gastar dinero, esa cualquier cosa.

—¿Te vendrían mal unos patucos, o qué?

—Lo más gracioso es que si te fijas, ella jamás va con andrajos… Hippy sí, pero de etiqueta. Y de vacaciones, sí, en furgoneta, pero a los lugares más chic… Si quieren ir de pobres, ¿por qué no se van de camping a La Rioja? ¡No, a Copenhague!

—Bastante mejor estarían en La Rioja —dijo papá.

—He de salir en su defensa: la cartera que me hizo con bolsas de plástico me ha dado mucho juego… —dijo Joanes sacándola del bolsillo.

—Pero ¿a que prefieres las Nike que te regalé yo? ¡Di la verdad! ¡Usurera! ¡Con lo que ganan los profesores! Y ver al pobre Aitor tan amilanado… Siempre ha sido un poco bobalicón, pero…

—Mamá, nos tenemos que ir.

—No hay más que ver a sus padres… Que yo he visto a su madre en la pescadería comprar *diez* anchoas, ¡diez! Es una santurrona que todo lo arregla poniendo «–ito» después de cada palabra. «Ponme un poco de pescadito…»

—¿Qué tendrá que ver una cosa con otra, mamá?

—Mucho, para quien quiera darse cuenta.

—Nos vamos.

—¿No queréis otra cerveza?

Papá nos acompañó hasta la puerta.

—Y no vengáis tarde a la cena de Nochebuena. ¿Seguro que no queréis otra? —preguntó antes de cerrar.

Nada más entrar en el ascensor Joanes recorrió mi cuerpo con un medidor de radioactividad imaginario. En cada pasada imitaba el sonido del pitido, cada vez más alto, pero yo estaba demasiado enfurecida como para poder reírme.

El día de Nochebuena estuve trabajando en la traducción hasta tarde. Me quedé enredada en la frase «I am your soul mate, not all those others». Escribí «Yo soy tu *arma* gemela, y no esa gente», y me quedé embelesada observando el accidente que había creado hasta que Joanes entró en la habitación con prisas. Eran mi especialidad.

Él estaba especialmente elegante, tenía buen porte, y al contrario que a mí, todo le sentaba bien. Mi madre solía repetir que *nosotras* no estábamos hechas para vestir de Zara. Cada vez que lo decía me estremecía, sin poder recordar cuál era exactamente mi monstruosidad. Cierta vez, cuando le enseñé la camisa que me había comprado para la boda de un compañero de clase, mamá dio un paso atrás: «No me gusta; además ese color no te favorece; es mi opinión», me dijo, disgustada. Dos o tres días más tarde me mandó, usando a mi padre como emisario, una blusa en la que yo jamás me hubiese fijado, comprada en las rebajas, bastante más barata que la mía y que me probé con mucho escepticismo pero una vez puesta me quedaba realmente bien. Era su esclava. Desde entonces en más de una ocasión he hecho el amago de ponerme la que había comprado yo, pero nada más mirarme en el espejo me hundo.

—Qué combinación tan extraña has hecho, ¿no? —dijo Joanes sin dejar de observar la falda larga que llevaba puesta.

—¿Extraña-original? ¿O más bien, extraña-ingresadme-antes-de-que-descuartice-a-mi-madre-y-la-guarde-en-el-frigorífico?

—La primera.

—Mientes.

—Extraña-me-siento-juzgada.

—Extraña-me-siento-deprimida.

No llegamos demasiado tarde. Mi padre y mi hermano estaban arreglando un cajón de la cómoda en mitad del pasillo. Mamá estaba en la cocina con Eneritz y con Kattalin. Eneritz estaba preparando una sopa de miso de sobre para la pequeña y esta estaba cantando el villancico que le había pedido su abuela, sin quitar ojo de los cinco euros que ella le había prometido a cambio.

—Qué guapa estás —me dijo mamá, sorprendentemente. Le brillaban los ojos.

—Nosotros hemos traído bonito —dijo Eneritz mientras sacaba un bote de cristal del bolso.

—No hacía falta, chica, con el trabajo que tiene embotar, ¡madre mía!, mejor sería si os quedaseis todos para vosotros —dijo mamá haciendo aspavientos—. ¿Cuántos kilos hicisteis? ¿Por qué no dejáis que sea yo quien me encargue de la cena?

Nunca fue hábil mostrando afecto: vació medio bote de bonito en un platillo que colocó sobre la encimera, y agarrando el tenedor con toda la mano como los niños, lo devoró, elogiando el punto de sal y de cocción e insistiendo en la buena mano que tenía Eneritz para la cocina.

En las celebraciones, la puerta del comedor solía estar cerrada hasta que nos juntábamos todos, y si a alguien se le ocurría acercarse por allí aparecía papá, que era el guardián de la puerta, preguntando si necesitábamos algo. Mientras tanto, solíamos estar todos en la cocina, de pie. Joanes era quien se encargaba de animar la conversación, preguntando a Eneritz acerca de la integración de los alumnos musulmanes en la escuela, a Aitor acerca de un sendero de montaña, a papá acerca de la huelga de los trabajadores de la OTA, a Kattalin sobre la biografía de su muñeca y a mamá sobre los ingredientes de alguna de sus salsas; yo formaba parte de las acotaciones, una parte importante.

Una vez llegada la hora, mamá se limpiaría las manos, doblaría el delantal en tres pliegos y tras colgarlo en el asa del horno, abriría la puerta del comedor. A continuación, preguntaría si teníamos frío, que ellos no tenían frío, pero para que nosotros no nos enfriásemos encenderían la calefacción. Y encendería la calefacción.

—Se ve que este año también nos vamos a quedar con hambre —dijo Aitor recorriendo con la vista las bandejas y cuencos llenos de comida que había sobre la mesa.

En cuanto nos sentamos papá entró con dos bandejas de vieiras rellenas. Detrás de él vino mamá: en un plato llevaba dos pingüinos hechos de zanahorias, aceitunas y huevos cocidos, para Kattalin.

—No se me ha ocurrido nada más saludable que esto —dijo, dirigiéndose a Aitor y a Eneritz pero sin mirarles.

—Justo antes de que vinieseis me ha mandado a los chinos a por eso —dijo papá señalando las sombrillas de papel que llevaban los pingüinos a la espalda.

Kattalin enseguida dejó a la vista los esqueletos de palillos de los pingüinos y se sentó en el sofá frente a la tele.

Me fijé en Aitor, él también estaba viendo la tele, a pesar de que tenía el volumen quitado. Lo veía tan alejado de todos nosotros que no parecía ser parte de nuestra familia, es más, ni siquiera parecía que alguna vez hubiese sido parte de ella. Sopesé el grado de responsabilidad que pude tener yo en aquel alejamiento, las veces que jugué, por fidelidad a mi madre, a menospreciar a mi hermano.

Le lancé una miga de pan que chocó contra su nariz. Me sonrió con cansancio, luego se desperezó y le acarició el muslo a Eneritz. Se sentía tan libre como para no participar. De pequeño, el fútbol y el monte lo protegieron de nosotras, de casa. Me devolvió la pelotita utilizando la cuchara como catapulta. Le lancé otra más, pero me di cuenta de que estaba forzándolo demasiado. Quería ver la tele.

—¡Cuidado conmigo! A las malas soy muy malo —me dijo con el índice levantado.

Mamá tenía las manos sobre el regazo y de vez en cuando las miraba como si tuviese un gato sobre los muslos. Siguió las conversaciones que empezaban y no cuajaban con una sonrisa. Parecía que nadie se daba cuenta de que, de haberse encontrado bien, jamás hubiese dejado que en aquella mesa el silencio campase a sus anchas.

Tomé la última croqueta que quedaba y la saboreé con prudencia, intentando adivinar qué se estaba fraguando en el interior de mi madre, pero no percibí nada extraordinario.

—El capón. Tráelo, Txomin —ordenó mi madre a mi padre, como recién salida de una ensoñación—. Al final se va a secar.

Papá vino con una bandeja a rebosar. Cuando se dispuso a trincharlo comenzó a jurar: el humo le empañó los cristales de las gafas y no acertaba a clavar la punta del cuchillo.

—Hazlo tú si no te importa, Joanes, si no este hombre va a destrozar el bicho —dijo mamá—. O si no tú, Aitor —intentó arreglarlo.

Lo hizo Joanes. Al servir cada ración, se tomó su tiempo para componer el plato.

—El capón, de un caserío de Oyarzun. Las castañas, de Galicia. Y la mano de obra, de la casa —dijo mi padre.

—He de decir que este año me quedo más tranquila viendo que no hay foie. ¿Sabéis que para engordarles el hígado provocan cirrosis a los patos? —dijo Eneritz.

—No debe de ser del todo cierto —matizó Joanes—. Tiene mucho de chismorreo.

—Solo crees lo que te conviene creer —dije yo.

—La historia de la humanidad no es más que eso —contestó Joanes.

Tras haber picoteado algo de lo que tenía en el plato, mamá salió del comedor con el vaso en la mano. Oí que se le cayó, pero nadie más pareció darse cuenta. Al poco rato fui a buscarla. Estaba en el baño, con la puerta entornada. La encontré agarrada con fuerza al lavabo, observando su rostro en el espejo desde muy cerca. Al principio me pareció que se estaba fijando en las arrugas de los ojos, pero no: estaba apretando la mandíbula una y otra vez mientras se miraba de reojo en el espejo.

—¿Todo bien?

Cuando se giró hacia mí ya estaba rota.

Cerró la puerta y me atrajo a ella sujetándome de la muñeca, sin parar de hacer aquel gesto.

—¿No te has dado cuenta?

Con el llanto se le reverdecían los ojos.

—No noto nada, mamá.

—Las orejas.

—Qué.

—Ahora las orejas.

—¿Las orejas, qué?

—¿No ves?

—No.

—No son mías.

—Pero ¿cómo no van a ser tuyas? Claro que lo son. Mira, llevas puestos los pendientes que te regalamos cuando cumpliste sesenta años.

—Los pendientes sí, chica; ¡son las orejas las que no son mías! —Lo dijo con desprecio, no sé de dónde sacaba aquella fuerza—. Mira, ¡pero mira bien!

Fue entonces cuando me asusté realmente por primera vez. Comenzó a hacer todo tipo de muecas delante del espejo: frunció el ceño, cerró, abrió y guiñó los ojos, ensanchó los orificios de la nariz, movió la punta de la nariz, frunció los labios una y otra vez.

—Antes podía moverlas y mira ahora, ahí están, quietas. Y qué grandes son, por favor. Tampoco es que antes tuviese orejas de princesa, ¡pero esta vulgaridad! ¡Pero si con semejante cartílago podría hacer sopa para todo un regimiento, por dios!

Agarrándola del mentón la obligué a girar el rostro hacia mí. Así, frente a frente, le examiné ambas orejas, no solamente con la mirada sino también con los dedos. Eran carnosas, suaves y cálidas.

—¿Y sabes qué es lo peor? ¡Tener que tocármelas con estas manos que no son mías!

—Yo también diría que antes las tenías más pequeñas… Y estos lóbulos…

—¡No me digas a mí que yo tenía estos lóbulos, eh!

—La verdad es que no, no me parece.

—Menos mal que alguien se ha dado cuenta. Menos mal. Pero ahora, volveremos a la mesa y actuaremos como si no hubiese pasado nada, ¿me oyes? Y sobre todo, ni se te ocurra decir nada a papá, ya sabes cómo se preocupa, y luego soy yo quien tiene que consolarle. —Se mojó la cara con agua fría y se la secó con la punta de una toalla—. Primero iré yo y tú vendrás dentro de uno o dos minutos, para no levantar sospechas.

Cumplí sus órdenes.

Al llegar al comedor, Eneritz, de pie junto a la mesa, estaba hablando desde detrás de la planta que sostenía en sus manos.

—Estaba diciendo que he traído esta planta para hacer una especie de rito que en teoría debería hacerse en Nochevieja, pero como nosotros ese día lo vamos a pasar en el monte… nos ha parecido que al cosmos no va a importarle demasiado que lo adelantemos una semana…

Era valiente, ya que sabía de sobra que con aquellas palabras estaba desafiando el nihilismo salvaje de nuestra familia. Joanes me dio una pequeña patada por debajo de la mesa, pero yo retiré las piernas.

—Si es que queréis participar. No quisiéramos que nadie se sintiese obligado —continuó—. A Aitor y a mí nos ha parecido bonito compartir esto con vosotros.

—No es más que un juego —se excusó Aitor—. Si no queréis hacerlo no lo hagáis.

—Además Kattalin ya sabe escribir y ella también quiere participar.

Joanes me estaba apretando la rodilla con la punta del zapato.

—¿Es eso verdad, Kattalin? ¿Ha sido idea tuya? —dijo mamá como si estuviese siendo testigo de la mejor idea del mundo.

Eneritz repartió rotuladores de colores, trocitos de cartulina y cuerda. Teníamos que escribir nuestros deseos para el Año Nuevo y después colgarlos. Papá se encargaría de cuidar la planta. Repetiríamos el ritual todos los años.

—Todos los años —repitió Kattalin.

Cada cual se concentró en su trocito de cartulina.

Como en un duelo, mamá y yo nos miramos con los rotuladores en la mano. Fue ella la primera en quitarle la tapa.

Hizo como que escribió algo. Yo hice lo mismo, y colgué ambas cartulinas de la misma rama.

—¿Estás bien? —le pregunté sin que nadie más pudiera oírlo.

Levantó el pulgar a escondidas en señal de okay y me guiñó un ojo. Mientras terminaban con el ritual salí a la ventana. Necesitaba aire. El cielo estaba negro y la luna, rodeada de nubes deshilachadas, sangraba.

Cuando volví a la mesa, encontré a Eneritz colgando las cartulinas del resto. Los hombres estaban callados, miraban la tele sin convicción. Kattalin se encontraba sentada sobre mi madre a horcajadas. Estaban charlando. Mamá enroscaba mechones de Kattalin en su dedo y los volvía a soltar, Kattalin acariciaba la cara y las orejas a mi madre.

—¿Cuánto puedo querer yo a esta criatura? ¿Cuánto? ¿Cuánto? ¿Cuánto? —le dijo mamá con mirada aniñada.

—¡Mucho, mucho, mucho! —le contestó Kattalin.

Luego, se metió el pulgar en la boca, cerró los ojos y se recostó sobre el pecho de mamá. Supe que iba a perder a aquella mujer para siempre, siempre, siempre.

OTROS RELATOS

CARNE

Para Nerea, Kepa y Zigor

Y decirte que todo está igual,
la ciudad, los amigos y el mar,
esperando por ti.

No sé si se debe a la brisa marina o a la frustración que me crea
ver tanta hembra fresca tan cerca y tan lejos, pero esta perspectiva me sirve, sacio mi hambre a través de la escritura. La playa
de Hendaya, de día, es un sentimiento, esta ciudad que no es
nada, que no está en ningún lugar, que pertenece a gentes que
no son. Hospitales, aeropuertos, campos de concentración y la
playa de Hendaya. Más que por la claridad o por el bramido
de este lugar, mi pasto está compuesto por el micromundo que
habita este rincón, un mausoleo vivo que representa todas las
tendencias del país, desde la izquierda hasta el centro.

Aquí, bajo este sol pleno y puro, me libero. En mi opinión,
el sol sirve para eso: te va abrasando en silencio, si afinas el
oído podrás escuchar las chispas y ese olor a quemado. Porque
el sol duele, y ese dolor eclipsa los demás dolores.

Me gusta la zona rocosa de la playa: las gaviotas se posan
sobre los huecos que ha dejado la historia en las peñas, Las
Gemelas entorpeciendo el nacimiento mayestático del horizonte. Hoy en día, esos a los que llaman homosexuales se han
adueñado de esta parte de la playa; tan pronto extiendes la

toalla se tumbará a tu lado algún culo estrecho de pecho adolescente. De cualquier manera, siempre ha sido un lugar sin igual para ver mujeres tersas y sacar provecho de esas que con ojos viscosos y dientes a puñados proclaman «¡Es natural!», siendo el único precio a pagar el tener que mostrar la propia desnudez. No sale caro.

Milagros de la memoria retroactiva: soy capaz de recordar aquel día como si fuese hoy. Eran las diez de la mañana y, aunque el sol abrasaba, la playa estaba casi desierta. A un lado, los *falsettos* de los parisinos charlando sobre problemas domésticos con maneras de quien habla de cosas serias, como el carácter económico de los ejes mundiales. Al otro lado, un par de zapatos junto a una joven yegua, dando a entender que no había ido sola. Empujé las gafas de sol hacia la punta de la nariz para observar con mayor claridad: veinte años y sin petachos blancos sobre su cuerpo. No se trataba, pues, de alguien que buscaba nuevas sensaciones en la playa nudista. Ulises se acercó desde la orilla, envuelto en neopreno, con el arpón erecto. Se desenfundó la vaina en medio segundo. He de reconocer que él también era un buen trozo de carne. Revolvió su pelo mojado sobre la chica, e imaginé sus sorprendidos pezones hiriendo aquel cuerpecito. Parecía como si los pechos le hubiesen crecido la víspera. Más allá, una mujer pálida y un hombre negro de unos treinta años, tumbados sobre la hierba. La mujer llevaba una gruesa capa de crema en el rostro. Tenía el cabello rojizo recogido en un pañuelo de estampados africanos. El hombre miraba el mar apoyado sobre los codos, y aunque sabía francés, hablaba desde la garganta, como a golpes. La chica estaba boca abajo, la cabeza sobre sus manos, y agitaba las pestañas durante los silencios del negro. Le escuchaba con admiración, vigilando en derredor de vez en cuando. No conseguí oír lo que decían, pero entendí «mon pays», un «mon pays» rotundo y lejano que salía de su oscura garganta. La pelirroja, cada vez que el hombre pronunciaba esas palabras, le acariciaba el muslo, maternalmente, diría yo. Estaba claro que se trataba de un *cassos*, de un *cas-social*, como los llaman aquí. También yo he conocido alguna que otra infeliz como esta, también yo he sabido beneficiarme de su enfermedad; pero si algo he aprendido es que todos esos polvos no compensan la décima parte de la ayuda psicológica que hay que prestarles. Podía imaginármela contándoselo a los compañeros de trabajo, vestida con ropa étnica, «Ahmadou nació en Costa de Marfil y vino a Francia hace dos años, su país está muy muy mal», etcétera. Verborrea bajo la hipnosis ejercida por el pene pendular del negro, todo el pseudoizquierdismo de aquella mujer, el esfuerzo realizado durante toda una vida para liberarse como mujer destruido por la capacidad hipnótica de aquel hombre, para quien, por otro lado, las mujeres no sirven más que para mantener ordenada la choza y hacer perdurar la raza. Estaba escribiendo algo parecido, calentándome a medida que el bolígrafo rasguñaba el papel, imaginándome la media sonrisa del pequeño lector que llevo dentro.

No lo pongo en duda: la mía es una filia extraña. Aún no soy capaz de comprender por qué acepté este trabajo. Me desagrada pensar que pueda ser por necesidad de afecto. Y realmente no creo que sea así. Es algo más cercano al sexo. Durante mucho tiempo he tenido como objetivo hacer reír a las mujeres, al principio a través de la charla, más adelante a través de la escritura. Con el paso del tiempo, los objetivos se han ido difuminando, y ahora solo me queda la costumbre de tener que hacer reír. Pero estos días he recordado cuál era la motivación que me llevó a ello: el ansia de dejar al descubierto sus encías. Hubo una época en que solo me calentaba al ver aquella carne húmeda, antesala del sexo. Y hacedme caso, no hay manera de equivocarse: las encías granates anuncian coños frescos y saludables, y las parduzcas, en fin… mejor dejar a un lado ese tipo de recuerdos.

Un hombretón se me acercó pidiendo fuego. Al ofrecérselo me topé con su prepucio y, más arriba, con su mirada de cejas depiladas. Parecía un capullo de rosa, y a mí no me gustan ni las rosas ni los capullos. «Mechi», me dijo, haciendo uso de un vocablo pasado de moda.

Estoy tratando de averiguar qué sucedió aquel día, en busca de la combinación cósmica que me dejó convertido en este monigote que soy ahora, es por eso que intento ser lo más preciso posible en mi relato. Y es que fue entonces. Sintiéndome amenazado por el apéndice de aquel tipo, se me ocurrió que quizá estuviese envejeciendo. Olí mi brazo enrojecido, un olor que sin crema se percibe a la perfección. «Agua —pensé—, me voy al agua.» Me puse el bañador y me incorporé. Por el camino, me esforcé en cazar la mayor cantidad de belleza posible, volviendo al horizonte la mirada después de cada pieza, una mirada que intentaba imitar la de un marinero curtido por el salitre y el sol (no deseaba que me confundieran con uno de esos pobres diablos que van a la playa a hacerse pajas).

Sobra decir que no hay nada más lamentable que los primeros metros de mar, las vulvas despobladas de las viejas, ancianos haciendo estiramientos, madres con tripas aún colgantes con sus crías en brazos, jóvenes manoseados y algas que te acorralan. En cuanto alcanzo la profundidad mínima, nado lo más rápido posible, hasta quedarme sin aliento, hasta llegar lo más lejos posible. Al principio pensé que se trataba de uno de esos parisinos que hacen *bodyboarding*, pero toda aquella carne muerta no podía ser sino la de un ahogado. Y sin embargo, no sentí nada, nada. Lo agarré de las axilas, tendría unos siete u ocho años, un niño flacucho, pálido, frío. Las pestañas, dos insectos aleteando. Lo puse sobre mi pecho y lo llevé hasta la orilla. Estaba desnudo. Grité «Au secours, au secours», con una falta de pudor que me dejó sorprendido a mí mismo. Un anciano, despertado a la fuerza de su letárgica gimnasia, sacó de la riñonera el móvil, y sin turbarse demasiado, pidió ayuda. Yo, mientras tanto, sujetaba al muchacho como si de un atún se tratase. Se acercaron dos CRS, vestidos con gorra y manga corta. Uno de ellos tenía bigotito, y daba órdenes a través del walkie, a tres o cuatro metros de nosotros, sin acercarse. Tumbé al niño en la orilla, aún envuelto en mi abrazo. Se le podían percibir las venas bajo la piel, los labios parecían bayas silvestres, el pene había sido borrado por el frío, estaba hermoso al borde de la muerte. Después vino el médico y, agitando los brazos, ordenó que nos marcháramos. También se nos había unido la pareja mestiza, la chica observaba al niño con una ternura muy trágica, como deseándole la muerte, el negro al mar, *son pays* en la memoria de sus ojos. Y más gente, casi todos desnudos. Los CRS, dispuestos a dar órdenes con alegría, dispersaron a la gente, incluso a mí.

Cuando le hicieron el boca a boca, conseguí verle las pestañas. Yo deseaba que volasen, nada más, solo verlas volar. De fondo, el gemido del viento y de las gaviotas, y algún rugido de walkie. Confieso que estaba asustado. Las mujeres se habían llevado la mano a la boca, los hombres estábamos en jarras. Entonces una tos seca, dos toses, un chorro de agua de su boca amoratada, un líquido viscoso, los suspiros de los congregados. Después se oyó algún tímido aplauso (a pesar de que hoy algo así me resulte difícil de creer), y la gente se fue alejando poco a poco.

Se me acercó un CRS con un cuaderno. Necesitaba mis datos, hacerme algunas preguntas, me dijo simulando gravedad. Si yo era el padre. Fue entonces cuando llegó una mujer, corriendo, gritando, desnuda. Sus pezones eran de color violeta, se abalanzó sobre el niño, poniendo todos aquellos kilos de carne sobre la criatura, haciéndonos testigos de sus aberturas. El médico, en mi opinión sobrepasado por la escena, la agarró del brazo: «Dégagez, laissez-le tranquile, madame».

Lo llamó Beñat, eran de Navarra. Únicamente quedábamos en escena el médico, los policías y yo. El de bigotito agarró a la madre del brazo y, señalándome con el dedo, le dijo que fui yo. La mujer se me acercó con pasitos cortos pero rápidos y me abrazó con fuerza. En aquel preciso momento una ola rompió en mis tobillos y pude sentir la brisa en los empeines, y ella, toda aquella carne reventada contra mí, y yo, sin saber dónde poner mis manos, y sus mechones con olor a henna enredados en mi nariz. Se llama Beñat, me dijo girando la cabeza hacia el pálido niño que yacía sobre la arena, y yo soy Karmele, continuó. La sensación de sus mullidos pechos se había ya convertido en emoción. Karmele me besó dos veces más. A continuación vino el médico, asegurando con arrogancia que había sido cuestión de segundos, me tendió la mano, y la mujer comenzó a suspirar, y el niño se levantó del suelo, con la espalda cubierta de arena, el torso amoratado. Tenía una belleza inquietante, los ojos verdes, la blancura de las gaviotas en la piel. Los labios iban adquiriendo su tonalidad. Tenía, no sé, *cierta* mirada. El médico lo cubrió con una toalla, como si a él también le hubiese resultado lascivo. Este hombre te ha salvado la vida, le dijo la madre, y el niño, con voz lacrimosa, me dio las gracias. Madre e hijo me observaban con las manos entrelazadas y las miradas palpitantes.

Algo alterado, volví a mi toalla. No sabía qué hacer, continuar allí estaba fuera de lugar. Había cada vez más gente en la playa y perdí de vista a Karmele y a Beñat. Me vestí y me largué. Al pasar al lado de la pareja mestiza, el negro, con un francés que le dejaba al descubierto la parte interna de los labios, le dijo algo a la chica acerca de unos tipos que se habían reunido allí para tocar los timbales. Ella le dijo que no fuese malo, que aquellos jóvenes amaban África: «Ils aiment l'Afrique ces jeunes!». Lo recuerdo perfectamente, no sé por qué, pero soy capaz de guardar en la memoria durante años los diálogos más insignificantes. Sentado sobre el pretil, me quité la arena de los pies con la punta de la toalla y me puse los calcetines. Extendido el malestar del interior de los zapatos al resto del cuerpo, me propuse llevar chancletas la próxima vez que fuese a la playa. Así fue, desde entonces vengo a la playa en chancletas. Eso también ha cambiado. Tras caminar durante un rato, avisté a Karmele y a Beñat: estaban sentados en la arena, la madre tenía al niño envuelto en una toalla, no hablaban, observaban el mar. De no haber sido por la arena que tenía entre los dedos de los pies, me hubiese sentido bien, pensé, y caminé hacia el coche, agarrando con la mirada aquella imagen que iba mezclándose con la arena, sin el valor suficiente para soltarla. Para entonces, la emoción creada por su carne me atoraba.

Era la época en que estaba preparando las oposiciones. Me alimentaba a base de sopas deshidratadas y *paninis*. El día en que sucedió lo de Beñat, Eve, la vecina, me dijo que había decidido hacerse una liposucción y que por eso me traía aquella caja de batidos energéticos, ya no los necesitaba, así yo tendría diferentes sabores con los que acompañar mis comidas. Eve siempre encontraba alguna excusa para tocar el timbre. Y siempre venía en bata. Los acepté y nos acostamos. Con ella nunca hablaba demasiado, pero aquella vez, después del acto y mientras buscábamos el cinturón de su bata, se lo conté. Se lo conté en el momento exacto en que ella rebuscaba bajo la cama, mientras yo observaba el balanceo de sus ubres, y ella me contestó que al menos por una vez había podido sentir qué significaba ser un héroe. Después me dio un beso forzado. Cuando salía de casa nunca parecía la misma que había entrado.

Desde aquel día, vengo a diario. Puedo pasar horas escrutando a los paseantes. Los sujeto con la vista y no los suelto hasta que llegan al final de la playa. El final es lo más grandioso. Suelo quedarme a la espera de ver qué movimiento realizan para dar la vuelta, cuándo deciden pararse porque entienden que ese pedazo de arena y no otro representa el final de la playa. Hay quien gira sobre los talones, a veces con un movimiento circense; otros dibujan sobre la arena una parábola húmeda. Resulta bastante lamentable. Algunos llegan hasta las rocas y tocan una piedra con la palma de la mano, sin ni siquiera preguntarse qué demonios están haciendo. Para los paseantes de la playa hay una única opción elegante, y sé de qué estoy hablando: al llegar al final, el caminante ha de quedarse mirando al mar durante un rato, y lenta y discretamente, tras un *tête à tête* con el horizonte, entonces, solo entonces, desandar el rastro. Pero perdónenme el *excursus*.

Siempre he vivido en conflicto con la estética, quizá ese sea mi problema.

Después de lo de Beñat, todo cambió. Vivía sin el afán de poner al descubierto las encías de mi pequeño lector, una especie de avaricia se apoderó de mí. Estaba descorazonado. Tras lo de Beñat, el tiempo se me iba esperando, y en vez de tomar notas escribía poemas, de una anacronía tal que hasta yo mismo me sentía rejuvenecido. No se me ocurría nada más que esperar a que Karmele y Beñat volviesen.

Hoy he recordado las palabras de la vecina, que desde que se operó llama a otra puerta. Un héroe, quizá esa sea la palabra.

Llevo dos meses y una semana sentado en este pretil, con los ojos a flor de piel. Ayer llegó el día. Fue por su forma de caminar, esa cojera teatral que tienen los niños tímidos, como cuando vino a darme las gracias, tan crudo y pálido. Fue ayer al mediodía, y yo fui tras él. En cuanto lo vi salté a la arena y me desnudé. Lo vi sentarse a la orilla y formar una hilera con conchas. Las olas le mojaban la espalda con su espuma, y a cada caricia Beñat se estremecía. Anduve como un imbécil los minutos anteriores al encuentro, embelesado por la hermosura de aquel infante, ajeno a las mujeres en flor, a sabiendas de que el pequeño Beñat era la antesala de Karmele. El otro vino salpicando arena en cuanto me agaché para saludarlo. Se colocó entre nosotros y cogió al niño en brazos. La unión de aquellos dos cuerpos desnudos me resultó bochornosa, un pequeño Dios nacarado y de venas azules abrazado a aquel hombre sobre lo que podría denominarse la línea de flotación. Beñat, lloroso, pio: «¡Papá!». El hombre, estrujando al niño, volvió a la toalla, girándose tras cada paso. «¡Fuera! —dando manotazos—. ¡Aléjate de aquí!» Conseguí reunir suficiente valor como para preguntar a Beñat si se acordaba de mí, pero las palabras se enredaron con el viento. Sentí cómo las olas explotaban a mis pies, los ojos salados de Beñat mirándome, apoyado su blanco mentón sobre la espalda quemada del padre.

Estuvieron sentados el uno al lado del otro durante mucho tiempo, con la toalla en paralelo al horizonte. Beñat miró dos veces hacia mí. No había rastro de Karmele.

Hoy han hecho públicos los resultados finales. He sacado plaza de bibliotecario. A mí, todavía, el recuerdo de la explosión de Karmele contra mi cuerpo me enardece, aunque da la sensación de que todo va a volver a ser lo que era.

Hoy tampoco han venido. Hay demasiadas gaviotas y el sol duele. El único sentimiento que me queda es el de sus mullidos pechos, ese y el sueño de que me toque una plaza cerca de aquí.

GATOS

Los terrenos de Agnès y de Yves están separados por una enclenque verja verde. Agnès e Yves desayunan al mismo tiempo, cada uno en su casa.

Agnès sabe acerca del señor Dubois todo lo que hay que saber acerca de alguien: que por las mañanas, por ejemplo, mientras con una mano hojea el *Sud Ouest* de la víspera, con la otra sujeta una taza de café. Que mantiene la taza en el aire hasta hojear el periódico entero, y al llegar a la última hoja, lo bebe de un trago. Que hasta el año pasado, entre medias, también fumaba un cigarro. Pero lo dejó. Tras desayunar, se ducha. Sale a la galería con el cabello peinado hacia atrás y vierte pienso en la bandeja, mientras el gato le da pequeños cabezazos en la mano. Después, cierra las cortinas de la cocina y de la sala.

Yves no sabe gran cosa acerca de la señora Duhalde: que tiene un jardín austero pero lo suficientemente cuidado, que todos los miércoles echa a reciclar una botella de coñac, y que, a pesar de que ella es pequeña y delgada, tiene una hija gorda que vive en España y suele venir a visitarla por Navidad.

A las nueve menos diez, Yves se dirige a trabajar en la furgoneta que lleva el nombre de su tienda de lámparas.

Agnès se dedica a las tareas del hogar y del jardín. Hace tres años que viven en casas contiguas. Únicamente el tiempo turba los modos de vida de los vecinos.

La casa de Yves pertenecía a un matrimonio mayor de Madrid. Todos los miércoles Yves cena con sus dos hijos. Si no hace demasiado frío lo hacen en la terraza, sin importar si es invierno o verano. En esos días, Agnès los escucha desde su terreno, y es tan abundante la vegetación del jardín del hombre, que ni tan siquiera necesita esconderse. Además de hablar sobre rugby, también hablan de coches y de mujeres. A veces hablan de la dependienta de la gasolinera de Pausu, otras muchas veces hablan de las hijas de un primo. Y Agnès se sonroja al pensar que padre e hijos estarían dispuestos a compartir la misma mujer.

Cada vez que lo hace, Agnès sueña con llevarles un pavo asado rodeado de patatas o de castañas, servirlo hasta hacer rebosar sus platos, sentarse con ellos, aceptar una copa o dos, reír sin hacerse notar.

Pero hace semanas que a causa del mal tiempo Agnès ha de conformarse con verlo únicamente por la mañana, ya que Yves tiene por costumbre cenar en la sala, a la luz del televisor. Aunque Agnès ha aprendido a leer las sombras.

Ahora el día se le hace largo. Antes, cuando cuidaba de la señora Bretal, Yves y ella llegaban a casa casi a la misma hora. Pero al morir la vieja, Agnès se quedó sin trabajo, y la chica de ANPE le propuso rellenar los formularios para pedir la jubilación. A pesar de que el momento de hablar con su hermana que vive en Toulouse sea el jueves por la noche, aquel lunes por la mañana la telefoneó pidiendo consejo. Fue ella quien dirimió el asunto. Por la tarde su hija lo corroboró. Al día siguiente Agnès era una mujer retirada.

Ahora, cuando Yves se va a trabajar, Agnès le ofrece a su gato una bolsita de comida húmeda, y piensa que no hay más que fijarse en el brillo de su pelo para darse cuenta de que es un gato feliz, y tranquiliza a Lili a golpe de caricias, ya que se pone nerviosa cuando otro gato anda rondando.

Hasta aquel día jamás habían mantenido una conversación larga. Fue una tarde de noviembre. Al salir de la ducha, a Agnès le pareció escuchar cerca el llanto desconsolado de un bebé. Salió a la terraza en albornoz y se encontró a Yves, al otro lado de la verja, en alpargatas y con una escoba en la mano. En medio del jardín de Agnès, bajo las hortensias oxidadas, el gato rayado del señor Dubois se había apoderado de Lili: la tenía apretada contra el suelo, con las patas traseras desplegadas, y la cabeza girada hacia el cielo lanzando violentos maullidos.

Agnès se conmovió y se apretó el cinturón del albornoz.

—¿Puedo pasar, señora Duhalde?

—Pase, pase, por favor.

Yves le dio un empujón a su gato con el palo de la escoba, y por un instante dio la impresión de que lo había conseguido, pero ambos gatos se alejaron sin salirse el uno del otro, torpemente, y se acomodaron bajo la higuera de Agnès.

Agnès intentó decir algo, pero en vez de eso, agarró un bote de cristal que había sobre la mesa de la terraza y se lo lanzó a los gatos. Los gatos miraron a sus amos, interrumpiendo el apareamiento.

Yves tendió la mano a Agnès.

—Buenas tardes.

—Buenas tardes.

—Menudo escándalo… ¿Hace mucho que habían empezado? Perdone, estaba taladrando una balda y no he oído nada.

—No se preocupe, ya se sabe cómo son los animales —dijo Agnès recogiendo a la gata blanca del suelo—. ¿Verdad, Lili?

—¿Liliane? Curioso nombre para un gato.

—No, Lili. *Fleur.* Lili en vasco significa *fleur.*

—Vaya. Ya la conocía de antes, no se crea. Hay veces que duerme en mi casa, en la silla que tengo en el porche trasero, le encanta mi manta.

—No puede ser verdad —dijo la mujer ruborizada.

—Sí, desde hace unos meses. También ha cabeceado más de una vez en un camastro que tengo arriba, ya sabe, entran por el tejado y… —dijo el hombre, entornando los ojos para mostrar que no le importaba.

—No sé qué decirle, no sabía que fuese tan traviesa…

—Esté tranquila, señora Duhalde, no molesta en absoluto.

—Muchas gracias, es usted muy amable.

—No, por favor…

Yves le acarició la cabeza a Lili, y Agnès se sorprendió al ver de cerca el tamaño de su mano.

—Solo espero haber llegado a tiempo.

—Es culpa mía. Más de una vez he llamado a la veterinaria para esterilizarla, pero en el último momento siempre me arrepiento, ¿verdad, Lili?

Lili se mostraba alterada, husmeando al macho que le habían arrancado, lanzando al aire dulces zarpazos, intentando escapar del abrazo de su dueña.

—Es realmente hermosa. ¿Es persa? —Yves agarró su patita, como pidiéndole que se casase con él.

—Sí, quizá no es pura raza, pero sí.

—Debería de tener mucho cuidado; es demasiado hermosa para andar en libertad. Ya sabe, hay mucho indeseable suelto que se lleva lo primero que tenga a mano, sin tener en cuenta el daño que pueda causar. Con esa gente uno no puede bajar la guardia.

—Pero no es tan fácil mantenerla en casa.

—Ah, eso es cierto, eso es así, estos diablos conocen al dedillo todos los recovecos habidos y por haber.

—¿Y cómo se llama el suyo?

—Aitatxi.

—El suyo también es bonito…

Agnès le acarició el pecho y su manita casi desapareció en el denso pelaje.

—No, Aitatxi bonito no es. Es grande, eso sí. Ahora pesa nueve kilos. Se lo regalaron a mi exmujer siendo cachorro, con nombre incluido, Fifí o Pioupiou o algo así, pero a medida que crecía fue pareciéndose cada vez más a mi abuelo y decidimos rebautizarlo. Era militar. Mi aitatxi, me refiero. Él también sabía hablar en vasco, como usted.

—No, yo ya…

—Y este canalla es igualito a él. Le voy a enseñar su foto y ya me dirá.

Agnès no supo discernir si Yves quería mostrarle la foto en un futuro cercano o en aquel mismo momento, y de repente, sintió la necesidad de marcharse. Se tapó el pecho con Lili.

—No quisiera enfriarme.

—Cuando se fue de casa intentó llevarse al gato, pero no se lo permití, ¡cómo iba a dejar que se llevase consigo a mi abuelito!

Agnès había oído más de una vez la risa primaria de Yves, pero hasta aquel momento no tuvo constancia de sus poderosos dientes.

Desde el día del apareamiento, Agnès no dejaba salir de casa a Lili, pero Aitatxi comenzó a ir en su busca, rodeando la casa de madrugada. Agnès se despertaba con los desgarrados maullidos de Lili. La mujer le acariciaba el lomo, diciendo «No nos conviene, princesa, no nos conviene». Durante el día la gata pasaba largos ratos con la nariz pegada al cristal de la ventana, y se restregaba el cuerpo con todos los cantos de la casa.

En una de aquellas noches, mientras Agnès limpiaba con amoniaco los orines de Lili del suelo de la cocina, apareció Aitatxi al otro lado de la ventana. Lili comenzó a dar cabezazos contra la ventana, bufando, con los ojos contraídos, apretó el ano contra el cristal, ululó como nunca antes lo había hecho. Agnès abrió una bolsita de comida húmeda, y se la ofreció a Aitatxi entreabriendo la ventana, pero el gato la tiró al suelo con el hocico. Cuando Agnès intentó tranquilizar a su gata, esta le dio un zarpazo en el cuello. Con ojos llorosos, Agnès abrió la ventana, y frente a sus ojos, Aitatxi la montó.

Agnès estaba llorando desconsoladamente en la cocina cuando oyó el timbre.

—¿Señora Duhalde? Soy el señor Dubois, ¿puedo subir?

Agnés abrió la puerta, vestida en camisón de invierno. Yves le estrechó la mano. Eran las cinco de la madrugada y traía una escoba en la mano.

—No quería dejarla salir, pero este canalla… Dos días sin pegar ojo… Lo siento. ¿Hacia dónde han ido?

—Se han ido a la parte trasera.

Agnès se secó las lágrimas con la manga del camisón, y guio a Yves por el interior de la casa en penumbra hasta la terraza trasera. Yves empujó a Aitatxi con la escoba y Lili salió como un muelle. Aitatxi, ronroneando, comenzó a restregarse contra las zapatillas de casa de Yves.

Lili los observaba subida a la barandilla, embellecida por el deseo del macho.

—Yo aprovecho para limpiar a fondo la casa. Ayer limpié el extractor de humos y hoy quería quitar esos salpicones de pintura —dijo Agnès—. ¿Desea un vaso de leche? ¿Ricoré? Vayamos dentro o nos resfriaremos.

Yves llevaba una bata de satén, y por debajo, una sudadera y calzoncillos bóxer. Al darse cuenta, Agnès apartó la mirada, como cuando mostraban una escena de violencia en televisión.

—El médico me ha prohibido todo tipo de lácteos, el colesterol, ya sabe.

—Por la tarde he hecho un bizcocho, tome un pedacito.

—Ah, a eso sí que no puedo negarme. ¿Qué le ha pasado en el cuello?

—Nada, cosas de gatos.

En la cocina de Agnès aún olía a mantequilla. Sobre la encimera, aún en el molde, un bizcocho virgen. Agnès cogió un cuchillo largo y cortó un pedazo.

Aitatxi y Lili comenzaron a jugar alrededor de la mesa. De vez en cuando, Lili se tumbaba boca arriba y estiraba las patas, como una actriz de cine. Aitatxi se le acercaba y le daba suaves zarpazos, la husmeaba, maullaba.

—¿Está seguro de que no quiere un vaso de Ricoré? Se lo haré con poca leche y mucha agua…

—No, de verdad. Quizá —dijo Yves queriendo mostrarse travieso, y Agnès se dio cuenta de que al reírse se le movía un diente—, quizá…

Agnès le ofreció su vaso, sin dejar de mirarle. Yves introdujo el bizcocho dos o tres veces, hasta tocar fondo, dejando alguna que otra miguita en la superficie.

Aitatxi saltó encima de Lili, y la hembra tomó forma de alfombra.

—Ha llegado la hora de irse. —Yves dio una leve patada en el muslo a su gato—. Señora Duhalde, estaba delicioso.

Con Lili en su regazo, Agnès acompañó al hombre y a su gato hasta la puerta.

Cuando sentía a Yves en casa Agnès se preparaba. Por la mañana, tan pronto como se levantaba de la cama se peinaba. Por la tarde, un poco antes de las seis, abría las cortinas de la casa y se vestía de calle. Sentada en la butaca de la sala, pues era la que más cerca quedaba de la ventana, hojeaba *La Redoute* y catálogos de grandes superficies.

Un día, de camino al baño, Agnès se fijó en una mancha amarillenta que había en el suelo.

—Pero ¿qué te han hecho, pequeñita mía?

Lili frotó su cabeza contra los tobillos. Agnès le ofreció leche templada en una taza de café, y la gata la bebió con certeros lametazos. Inmediatamente llamó a la veterinaria.

—Señora Mitxelena, soy Agnès Duhalde. La llamo porque no sé qué hacer con la pequeña Lili: hoy por la mañana ha vomitado y juraría que está preñada.

Tras la voz de la veterinaria se oían ladridos.

—Eso no significa nada.

—Ha sido el maldito gato del vecino, no la deja en paz.

—Aun así, señora Duhalde, que haya vomitado no significa nada.

—Está muy mimosa.

—Vaciarla cuesta ciento cincuenta euros, no sea tonta y hágalo de una vez, señora Duhalde, piense que ya se habrá dado algún que otro gustito…

—Creo que es demasiado tarde.

—Y además, entre nosotras, si los gatos machos se parecen a los nuestros…

Agnès sabía reírse cuando hacía falta.

—De todas maneras, y si es cierto lo que dice, estamos a tiempo de practicar un aborto.

—No, seguramente son cosas mías, seguramente no estará preñada, ya sabe lo aprensiva que soy.

Agnès puso sus manos en torno al vientre del animal. Estaba redondeándose, no cabía duda.

A pesar de que las guardaba para los cumpleaños y demás días festivos, le dio de comer una lata de sardinas en aceite de oliva.

Para hacer pasar más rápido las horas que faltaban hasta que Yves estuviese de vuelta en casa, por la tarde se fue a la piscina, y después, una semana antes de lo habitual, hizo la compra del mes en Champion. A las seis y cinco en punto oyó salir a Yves silbando de la furgoneta.

—¡Señor Dubois! Necesito hablar con usted.

—Claro, ¿ha sucedido algo?

—Los gatos, ¡menudo jaleo!

—¿Quiere subir? Iba a hacer café.

Agnès contuvo las ganas de llorar.

—Se trata de Lili. Está preñada.

—¿Nuestra princesita? ¿Seguro?

—Me lo ha dicho la veterinaria, está preñada.

—¿Y ahora?

—No sé, si salen con mucho pelo podríamos venderlos. La gente está dispuesta a pagar un dineral por un persa.

Los poderosos dientes de Yves quedaron al aire durante un instante.

—La veterinaria me ha dicho que estamos a tiempo de provocar un aborto. —Agnès se estremeció al meter a Yves y a ella en el mismo verbo—. No lo sé.

—¿Está segura de que no quiere café? También tengo Ricoré, si prefiere…

La casa de Yves olía a incienso. En la entrada había un paraguas abierto que había formado un pequeño charco sobre la baldosa. En la mesa de la cocina, L'équipe salpicado de migas, un trozo de pan y una piel de chorizo. Agnès se sintió turbada al observar que al lado de la pila había una botella de vino vacía. Observó fijamente el microondas, las dos tazas a punto de hervir tintineaban.

—Yo estaría dispuesto a pagar el aborto a medias, pero haremos lo que usted desee.

—Creo que quiero seguir adelante —dijo Agnès justo en el momento en que el hombre salió de la cocina.

Yves volvió con un viejo álbum, abierto por la mitad. Señalaba la foto de un hombre de bigotes tiesos, ojos claros, medallas en el pecho y un sable en la mano.

—Dígame que no son igualitos.

—Lo cierto es que tienen el mismo rostro, hasta la expresión…

—Sí, sí, hasta la expresión es idéntica, ¿lo ve?

Yves pasó algunas hojas.

—Esta es una de sus últimas fotos. Aquí el pobre aitatxi ya estaba consumido.

Era una foto tomada en la boda de Yves. El abuelo tenía los bigotes caídos, los ojos transparentes. A su lado estaban Yves y su mujer. Agnès sintió algo que no recordaba cuándo había sentido por última vez.

—No quisiera parecer una entrometida, pero ¿están ustedes separados o   ?

—Nos divorciamos, sí, hace cuatro años, hace cuatro felices años. ¿Y usted? ¿Está usted casada?

—No, yo no.

—¿Soltera?

—No llegamos a casarnos, sí.

Cuando Yves sopló el palo de incienso, Aitatxi estornudó.

—Acerca de Lili… Seguiremos adelante.

—Está bien.

A Agnès le dio la impresión de que era momento o bien de quitarse el abrigo o bien de marcharse.

—Lo mantendré informado.

—Que pase usted una buena tarde.

—Igualmente, señor Dubois.

A medida que la barriga de Lili iba creciendo, las visitas de Aitatxi fueron decreciendo. Para cuando Yves llegaba a casa había oscurecido, y a Agnès solamente le quedaban las mañanas para poder verlo. A veces, se quedaba observando durante un rato la silueta que dejaba la furgoneta sobre el asfalto.

Aitatxi siguió engullendo día tras día la bolsita de comida húmeda. Lili se sentaba a su lado, hacía alambicadas coreografías con su cola, pero el gato no levantaba la vista del plato, y una vez satisfecho, se iba, más despacio de lo que había venido.

Agnès le acariciaba la espalda a Lili. Para entonces tenía los pezones hacia fuera.

Una vez, de regreso de la piscina, Agnès encontró algo pegajoso en el pasillo. Se asustó. Un ruido de arañazos primero y un quejido después la guiaron hasta su habitación.

Lili estaba en el armario de la ropa, en un nido hecho con una chaqueta y un cojín. Tenía los ojos redondeados de miedo.

Al tocarle el vientre, el animal retrocedió.

El cojín estaba mojado y el rastro ocre se perdía en el armario.

Le puso una taza de agua. La acarició. Lili se estremecía cada vez que Agnès la tocaba. Le agarró una pata, como los hombres de las películas a sus esposas parturientas.

Cuando, finalmente, consiguió apaciguar al animal, Agnès se puso el vestido de angorina y se empolvó las mejillas. Empapó con colonia de coco sus muñecas y la parte trasera de las orejas, y se dirigió a casa de Yves.

—Ahora vuelvo, cariño, y ánimo, enseguida estamos contigo.

Volvieron con el pelo mojado de lluvia y las narices enrojecidas por el frío. Yves aún llevaba en la mano la llave de la furgoneta. Pero el dormitorio de Agnès estaba cálido, y tras quitarse los abrigos se sentaron sobre la cama, mirando a la gata. Lili estaba haciendo fuerza contra el fondo del armario, había vertido el agua de la taza, y de sus bigotes colgaban gotas temblorosas. Cada vez que se le contraía el vientre, Agnès se asustaba, pero en cuanto se acercaba, la gata retrocedía.

—Menudo jaleo ha armado el tonto de mi gato —repetía Yves con orgullo.

Agnès le ofreció algo para beber. Yves pidió una copita de coñac.

De vuelta al dormitorio, y por primera vez en su vida, Agnès se fijó en los objetos que los rodeaban: los tapetes y la sopera de porcelana de encima de la cómoda, la foto de Caroline recién llegada a Alicante con un helado en la mano y apoyada en una palmera, el peluche malva sobre la cama y la colección de botes de perfume en una de las mesillas. Por primera vez en su vida sintió que era una extraña en su habitación.

Yves rodeó la copa con ambas manos.

—Ahí viene, ahí viene el primero —gritó mientras se arrodillaba en la alfombra y se acercaba a la gata.

Agnès continuó dándole sorbos imperceptibles a su coñac, feliz de que Yves pudiese hacerse cargo de la situación, ya que ella no estaba acostumbrada a que le sucediesen cosas.

Lili excretó algo húmedo y blando. Después, a mordiscos, cortó el cordón que la unía al cachorro. El recién nacido tenía aspecto de topo y estaba cubierto de una capa mocosa. Mientras Lili lo lameteaba vino el segundo, de color blancuzco.

Al arrodillarse al lado de Yves los huesos de Agnès chirriaron.

—¡Este parece que va a ser peludo! —dijo Yves.

—¡No, está muerto! Fíjese... no respira... ¡Ha nacido muerto!

—Que no, ya verá cómo de un momento a otro se despereza...

Agnès esperó los primeros movimientos de los cachorros con los ojos rebosantes de lágrimas. No podía creer que aquellas pelotitas de pelo pegajoso estuviesen vivas.

—No hay que tocarlos, si se les pega nuestro olor puede que la madre los rechace y acabe matándolos —le dijo Agnès a Yves.

El parto duró dos horas: nacieron cuatro cachorros, dos de pelo corto y otros dos de pelo largo. Tras comerse la placenta, Lili los lamió hasta dejarlos peinados y relucientes.

Enseguida empezaron a maullar y a arrastrarse hasta ocupar las mamas de la madre.

Yves y Agnès se sentaron sobre la cama, observando a los recién nacidos.

—Se parecen al padre… —dijo él.

—Llévese el que quiera, señor Dubois. Incluso puede llevarse más de uno, si lo desea.

—Se lo agradezco, señora Duhalde, pero así estoy bien.

—Quizá alguno de sus hijos…

A Agnès se le esparció por el cuerpo aquel sentimiento de zafiedad, tan común en ella, ya que el señor Dubois jamás le había dicho que tuviese hijos. Yves miró a los gatitos con la plenitud de un padre.

—No les gustan los animales. Fíjese que ni siquiera desean tener hijos.

Podía enviarle uno a Caroline, por mensajería. Pero no iba a querer. Nunca le habían gustado los gatos, y cada vez que Agnès le mencionaba algo acerca del embarazo de Lili, la hija cambiaba de tema.

—Había pensado poner un anuncio en el tablón de anuncios de Champion.

—Para eso habrá que sacarles una foto…

—Pero aún son demasiado pequeños para fotografiarlos.

—Les haremos la foto de familia de aquí a un par de semanas. También prepararé a Aitatxi para la ocasión. —Yves aprovechó para levantarse—. He de irme. Vienen mis hijos a cenar.

Agnès miró el reloj. Otra pequeña copa de coñac le suavizaría las horas que quedaban antes de acostarse.

—Muchas gracias por todo, señor Dubois.

—Si lo necesita, ya sabe dónde vivo. Ahora somos familia, señora Duhalde, ¡nos han convertido en parientes! Y muchas gracias por la copa. Con este tiempo me ha entrado de maravilla.

Al levantarse del suelo, Yves parecía un oso despertándose tras un crudo invierno. Antes de acompañarle hasta la puerta, Agnès se quedó observando las arrugas que habían dejado sobre la colcha. Un golpe de viento le llenó la cara de lluvia e Yves bajó las escaleras deprisa y lamentándose.

Agnès pasó los días siguientes peinando a Lili y observando a las criaturas.

Antes de cumplir el mes, Agnès se encontró dos gatitos colgados de la puntilla de la colcha y a otros dos acurrucados en el cajón donde guardaba las medias y los pañuelos. El pelaje de Lili se había apagado, había perdido la gracia y se la veía abatida. En el interior de Agnès se mezclaban el amor y la compasión, caricias dulces y violentas.

Seguía a la espera de un gesto de Yves. Le costaba entender por qué no se acercaba el señor Dubois a preguntar por Lili y por sus cachorros. Aquel día, envalentonada tras tomar una copita, llamó a su timbre. Yves le abrió vestido en chándal, con unas diminutas gafas en el límite que separa la nariz del mundo. El olor a incienso que venía desde el interior la calmó.

—Buenas noches, señora Duhalde.

—Buenas noches, señor Dubois, y perdón por presentarme tan tarde, quizá estuviese cenando.

—No, no se preocupe. ¿Qué tal la familia? —le preguntó Yves tras doblar sus gafas y sin invitarla a entrar.

—Ahí van, poco a poco. Hoy he encontrado a una hembra en la cesta de la cocina sobre el pan de molde.

—¿Quiere pasar? Para la semana que viene han anunciado nieve y temperaturas aún más bajas. Menudo día de perros.

Agnès hizo amago de quitarse la capucha del anorak, pero terminó apretando las cuerdas.

—Gracias, pero he dejado el horno encendido. Un bizcocho, ya sabe. De todas maneras he venido porque usted había quedado en sacar la foto. No sé si le vendría bien pasarse uno de estos días.

—Por supuesto que sí. Si usted desea puedo ir ahora mismo.

Agnès pensó en el pastel imaginario, pero aun así dijo que sí.

Yves cogió a Aitatxi del rincón de la sala de estar, y el gato siguió vagueando en brazos de Yves hasta casa de Agnès. Lili lo saludó con un bufido.

—No te pongas así, princesa. Sé buena, el papá también ha de salir en la foto.

—¿Dónde quiere que lo hagamos?

—No sé… En mi habitación, por ejemplo. Me parece el lugar más natural, ¿verdad?

Yves se puso las gafas y miró largamente los botones de la cámara. Mientras, Agnès ahuecó los cojines y colocó sobre ellos a Lili y a sus cuatro gatitos.

—¡Aitatxi, ven para aquí!

En cuanto el macho saltó a la cama Yves sacó las fotos. Agnès los observaba, de puntillas, desde el quicio de la puerta.

—Señora Duhalde, ¿qué le parece si hacemos una de la familia al completo?

Agnès reprimió una pequeña sonrisa antes de sentarse sobre la cama. Yves preparó la cámara y la colocó sobre la cómoda tras apartar la foto de Caroline. Después, haciendo mucho ruido, se sentó al lado de Agnès. A Agnès se le paró la respiración. Cuando las manos de ambos se tocaron se oyó el disparo.

—Tengo en casa uno de esos trastos para imprimir. Ya sabe, a los hijos siempre les sobra el dinero y nunca saben qué regalarme en Navidad. Se las traeré ahora mismo.

En el tiempo que tardó en volver Yves, Agnès metió un pastel al horno y en una cartulina que imitaba las vetas del papiro, escribió:

Se regalan cuatro adorables gatitos:

Dos blancos de pelo corto y otros dos grises atigrados.

Nacieron el 17 de septiembre. Para no perjudicar el destete los guardaré hasta al menos el 14 de noviembre.

Si desean reservar alguno, pueden contactarme en este número de teléfono: 0559202133

Solo le faltaba pegar la foto, hacer fotocopias y colocar los carteles en el supermercado, en la consulta del veterinario, en la panadería y en la estación de trenes.

Yves le trajo un buen número de copias, entre ellas una en la que aparecían los dos.

—De recuerdo, ya sabe.

La puso al lado de la foto de Caroline, en un marco que antiguamente contenía una foto suya cuando era joven.

Los repartió todos en menos de un mes. Pero nada más dar el último de los gatitos (a una pareja de Lesaka que a cambio le regaló una caja de Ferrero Rocher), Lili desapareció. Utilizó una de las fotos tomadas por Yves para hacer otro cartel y pegarlo en el barrio, pero pasaron semanas sin recibir ninguna llamada. El médico le aconsejó que para poder dormir, en vez de media, tomase la pastilla entera, y que para cansarse, no dejase de ir a la piscina.

Mañana y tarde, todos los días, Agnès daba una vuelta por el barrio. Revisaba los bajos de los coches, destapaba los cubos de basura, vigilaba los jardines. Cada vez que llamaba a la gata lo hacía con ilusión renovada.

Una tarde, Yves llamó a su puerta.

—Buenas tardes, señora Duhalde.

—Buenas tardes.

Agnès abrió la verja, pero el hombre no hizo amago de entrar.

—Es acerca de Lili. Aún no ha aparecido, ¿verdad?

—¿La ha visto? ¿Está bien?

Con el carraspeo de Yves Agnès se hundió.

—Creo que está en el sótano de mi casa. Debe de haber muerto hace tiempo, pero con este frío aún no ha comenzado a oler demasiado.

—¿Está seguro?

—Venga.

Agnès sintió la humedad de la hierba introduciéndose en sus zapatos. El hombre le tendió la mano para hacer el camino embarrado que llevaba hasta aquel lugar. Después apareció con dos copas de coñac y eran como los últimos invitados de una fiesta, cuando ya no queda ni la música.

—¿Está preparada?

—Sí, he tenido tiempo de prepararme para lo peor.

Antes de abrir la puerta del sótano, Yves tomó de la mano de Agnès la copa vacía.

—No tiene buen aspecto, pero es ella, créame, la conocía muy bien. ¿Está segura de querer verla?

Bajo la luz de una bombilla desnuda, Lili más parecía una alfombra de baño que una diosa felina. Había un cerco viscoso alrededor de ella, y a pesar de que las ventanas se hallaban abiertas, respirar aquella peste hacía daño. Agnès salió tosiendo.

—¿Está bien?

Agnès deseaba abrazarlo, pero en vez de eso, se sacó de la manga un pañuelo y se sonó los mocos.

—Quisiera enterrarla en casa —dijo Agnès al salir de aquel lugar.

—Yo me encargaré de todo, señora Duhalde —dijo Yves agarrando el mango de una pala.

—Lo haremos entre los dos.

Agnès trajo de su casa amoniaco, lejía, guantes, trapos, un balde y bolsas de basura. Se tuvieron que cubrir los pies con bolsas de plástico para limpiar el suelo.

—Es extraño, porque yo no utilizo matarratas... No entiendo qué ha podido suceder... —le dijo Yves.

—Qué andaría buscando...

Agnès abrió una bolsa de basura e Yves recogió con una pala los restos de Lili.

—¡Pesa lo mismo que un cachorro! —dijo Agnès.

Aitatxi los miró con dureza.

—Le traeré el pienso y las latas de sardina que me quedan, él sabrá agradecerlas.

—Señora Duhalde, quizá...

—No, este ha sido el último, no voy a tener más gatos.

El señor Dubois cavó un agujero bajo la higuera de Agnès mientras esta lo observaba. No hablaron, únicamente murmuraron un rápido rezo. Enterraron a Lili sin sacarla de la bolsa.

—Muchas gracias, señor Dubois, le agradezco mucho todo lo que ha hecho por mí.

—No faltaba más, señora Duhalde.

—La vida continúa, ¡qué le vamos a hacer!

—Así es como tiene que ser, sí.

—Que pase usted una buena noche, señor Dubois.

—Lo mismo digo, señora Duhalde.

Cada uno volvió a su casa, a su horario, a su terreno y a su marca de café. Al cabo de unos días, creyeron haber vuelto a la vida de antes de que nada sucediese, pero pasaron semanas sin poderse quitar de encima aquel olor.

LA MUELA

Cuando se me partió la muela algo cambió en la relación que mantenía con el mundo. Estaba cenando con Gorka, codillo de cerdo cubierto de mermelada de tomate, cuando entre crujidos se produjo la hecatombe. Iba a ser nuestra última cena.

—Yo ya te he dicho cuánto estoy dispuesto a dar. Es fácil: lo tomas o lo dejas, no hay término medio.

—Espera, algo ha hecho crac.

—Mi compromiso llega hasta donde llega; y todo lo demás está en tu imaginación, Ane.

Eché a la servilleta la pelota de carne que estaba masticando.

—¿Qué haces?

Mientras rebuscaba con los dedos en aquella masa sin digerir, la lengua dio comienzo a su propio rastreo. Ambos apéndices dieron al mismo tiempo con la solución del rompecabezas:

—Aquí está…

Gorka retrocedió, tapándose la boca con la servilleta, sobreactuando la repulsión que le producía todo aquello. A continuación, una pequeña tos.

—Perdona.

Tras dos años de relación sabía que no era de los que se amilanaban ante una muela podrida.

Fui al baño y, frente al espejo, sonreí. Me había convertido en una mujer de doble cara, y tenía que decidir cuál de las dos iba a mostrarle a Gorka antes de salir del restaurante. Envolví la muela en la mortaja hecha con papel higiénico y la enterré en el bolsillo.

De vuelta a la mesa, Gorka estaba comiendo un pastel de queso con mermelada de frutas del bosque. Sonrió con resignación. Los arándanos le habían ennegrecido la dentadura, aunque aquel detalle no fue óbice para que él dejase de sentirse estupendo y deseable.

—¿Te duele?

—No, me siento rara, pero no me duele. Tendré que acostumbrarme a esta nueva ausencia.

—Entonces ¿qué vamos a hacer?

—¿Cómo se le llama a utilizar la primera persona del plural en lugar de la primera del singular?

—Plural mayestático.

—Pues deja el plural mayestático para los simposios, por favor.

—Quiero ser honesto, Ane, nada más.

Gorka me cogió las manos por encima de la mesa, de una manera tan frágil, que la camarera que estaba recogiendo las migas hizo su trabajo a medias.

Nos acostamos el día en que nos conocimos, a la salida del hospital. A pesar de saber que las primeras veinticuatro horas de una relación condicionan la dialéctica de poder que se mantendrá en los siguientes veinticuatro años, aquella noche, antes de dormir, le susurré «Cuéntame cualquier cosa». Tengo la costumbre de intentar que mi interlocutor se sienta más importante que yo, y a pesar de que no es más que un gesto de buenas maneras, a la gente le cuesta entenderlo como tal.

—Entonces… ¿qué vas a hacer?

—Así sí.

No conseguía quitar la lengua de la recién liberada encía. Aún no era consciente, pero aquella muela era el primer azulejo caído a causa de un terremoto. A pesar de que el epicentro se hallaba bajo mis pies, no conseguía darme cuenta.

Miré al hombre que tenía enfrente con dejadez. De repente me sentía fresca y natural.

—Tienes los dientes negros.

Se los limpió con la punta de la servilleta, sin perder un ápice de dignidad.

Antes de conocer a Gorka, me hubiese llevado la caja de cerillas obsequio del restaurante. Hasta que me dijo: «Serás de las que se lleva las toallas y los gorros de ducha de los hoteles». Desde el primer día se empeñó en enseñarme protocolo, como si él fuese un duque y yo una peluquera recién salvada de un barrio periférico.

Nos dimos un volátil beso a la puerta del restaurante.

—Cuídate —me dijo—. No sé si te he dicho que nos han adelantado el viaje. Quieren que aprovechemos para ir a un congreso de Neumología. Dentro de dos semanas.

—Lástima que tenga trabajo, si no me marchaba contigo.

Endurecí la sonrisa mostrando los dientes supervivientes, pero Gorka me miró como protegiéndose de una lluvia de metralla, y tensó los músculos de los labios fuera de tiempo.

—Perdona.

—No te preocupes.

Cada uno se dirigió a su coche. Gorka salió con su 4×4 antes que yo, y apretó la bocina con la misma volatilidad del beso.

Poco después sucedió lo del dentista. Habían abierto un consultorio cerca de casa y pedí hora. En un primer momento, la dentista me pareció demasiado hermosa como para poder abrir la boca frente a ella sin reparos. Estaba segura de que ella jamás hubiera dejado que uno de sus dientes se pudriese dentro de la boca.

Además de Gorka, sería la única en conocer el secreto de mi boca coja.

Me encontraba sentada en una silla de cuero blanca, sitiada por imágenes de Anne Geddes. Ella llevaba una bata lila de corte japonés, y las fotos, y su bata, y el hilo musical habían sido elegidos para camuflar lo que realmente sucedía en aquel lugar.

—Hoy solamente te haremos una panorámica, tranquila.

Hablábamos de bella a bella, pero de eso solo nosotras nos dábamos cuenta. Con su mirada, con su voz, con su forma de alzar las cejas, me daba a entender que ella también lo reconocía, que estábamos a la par, que aquello tampoco estaba siendo cómodo para ella. Tuve la tentación de darle las gracias. De cualquier manera, la que estaba tumbada bajo la luz, en proceso de putrefacción, con la boca abierta y el cuello rodeado de un babero verde, era yo.

Cuando se me acercó para colocarme dos pequeñas placas a ambos lados de la boca contuve la respiración.

—Aprieta los dientes.

De su nariz se colaban algunos pelitos, como patitas de un cangrejo ermitaño que intentan huir de su concha. No era yo la única defectuosa. Además, comenzó a cantar entre dientes una canción de Rihanna y me asusté pensando en que quizá iba a ponerse a bailar.

En la segunda sesión me limaron la muela, hasta dejarla con aspecto de estalactita. Con la lengua acaricié mi nuevo paisaje volcánico, hasta que la dentista, seguramente por pudor, con una prisa y una falta de tacto no mostrados hasta entonces, la tapó con una pieza provisional.

Al finalizar, se quitó la mascarilla y me habló con gravedad:

—Te recomiendo ponerte una funda, si no, cualquier día, al morder algo duro se te volverá a romper.

Me acordé del codillo de cerdo, de la mirada de Gorka al verme rescatar de la servilleta mi pedazo de muela, su boca ennegrecida, mi «Cuéntame cualquier cosa».

—Son tres sesiones de media hora cada una. En la primera te tomaríamos las medidas; en la segunda te probaríamos el vestido; en la tercera y última, te lo pondríamos y a volar. No te arrepentirás.

Un niño gordo de Anne Geddes reía desde la pared. Hasta la última sesión, había soportado con dignidad los días sin muela. Sin embargo, en lo que duró el proceso no me atreví a llamar a Gorka. Quizá porque la pieza provisional tenía aspecto de miga de pan.

—Ahora, te pondré un poquitín de cemento alrededor de la muela, después la lijaré un poco para quitar asperezas y se acabó.

Durante aquel mes, moví los labios con mucha prudencia. No solo en el hospital, sino también en casa de mis padres, estando con mis amigos, e incluso en el supermercado. Nadie se dio cuenta, pero para entonces tenía la certeza de que ya no era la misma de antes. Fue en Correos. Había ido con la intención de enviar a mi tía monja un regalo por su cumpleaños. En la cola, delante de mí, un joven esbelto un par de años o tres más joven que yo parecía recién salido de una guerrilla, sin afeitar, con el pelo enmarañado y los músculos de los brazos y del cuello muy marcados. Podía sentir su olor a pino y a musgo, podía imaginarlo peleándose con las serpientes de la selva, partiendo cocos a pedradas y bebiendo agua con las manos. Un hombre, uno de verdad. Estaba apoyado en el mostrador, con aspecto cansado, cuando le pregunté: «¿Has terminado?». «De haber terminado no estaría aquí, ¿no crees?», me dijo.

Quizá fue porque le mostré el perfil equivocado; de cualquier manera, hasta dos meses atrás, nadie en su sano juicio se había dirigido a mí en aquel tono. Los pactos entre bellos, el respeto entre iguales lo prohíbe. Al terminar, sin ni siquiera mirarme, se encaminó hacia la salida abriéndose paso entre la vegetación a golpe de machete.

En aquel instante fui consciente de la envergadura del asunto. La miga de pan monopolizaba la atención de mi lengua, y sin embargo, no creo haberle mostrado el perfil malo.

También en el hospital sentí a los enfermos más enfermos, más apagados, como si les hubieran echado bromuro en la sopa.

Un mes no es nada, pensaba. Podía aprovechar para meter en vereda las carnes reblandecidas, y así, incluso podía llegar a ser mejor que antes.

Finalmente, llegó la hora de recobrar la integridad: la tercera y última sesión. Al salir de allí llamaría a Gorka, lo invitaría a tomar una cerveza, me mostraría amable y risueña, y de ningún modo le preguntaría si se había acostado con alguien en Miami.

La dentista tenía un rostro muy pequeño, y con la mascarilla, únicamente le quedaban al descubierto dos brillantes ojos negros.

—¿Conoces a alguien apellidado Somoza?

Al sonreír torcía ligeramente los ojos, volviéndose aún más atractiva. Era una lástima que aquellos tozudos pelitos se empeñaran en querer escapar de su tierna nariz.

—¿Somoza?

—Te ha hecho un descuento en la reconstrucción de la muela, por eso te pregunto. Jon Somoza... Un tipo grande, moreno, que habla muy muy rápido...

No cabía duda. Habíamos sido compañeros de clase, desde preescolar hasta el instituto. Jon Somoza: el primero en subir a un avión, el que vestía la ropa más cara, no era feo, no era idiota, pero aun así, ninguno de sus intentos le sirvió para alejarse de su congénita mediocridad. Jon Somoza. Cierto día en que enfermé, el pobre desgraciado llevó una carta de amor a la oficina en la que trabajaba mi madre. Después me llamó mi madre, «¿Estás aburrida, cariño?», yo estaba en la cama y oí cómo rasgaba el sobre y leía las palabras de Jon. Recuerdo que con las anginas era doloroso reírse, pero que sin embargo, mis carcajadas y las de mi madre consiguieron aliviarme el malestar. Y es que de niños, los mediocres son tan despreciables como los perdedores.

Y ahora llevaba dentro de mí uno de sus dientes.

La dentista me acercó el espejo.

—Si te das cuenta, en lo que respecta al color no podía haberse acercado más, está perfecto. Es un tipo muy fino. Desde que abrimos el consultorio trabajamos con él: fundas, dientes postizos, puentes... se lo pedimos todo a él.

Eché a la pileta los restos de cemento y abrí mi boca frente al espejo. Si se miraba bien de cerca, una podía darse cuenta de la farsa: entre la muela y la encía se veía una minúscula raya, la línea de sombra. La dentista notó mi pesadumbre.

—Con eso no hay nada que hacer, querida. Eso sucede porque está muerta.

Muerta. Mutilada. Y sin embargo, a pesar del cadáver, me sentía bien. Había que acercarse mucho para advertir las huellas del desastre.

Únicamente cuatro personas conocíamos la verdad: Gorka, la dentista, Jon Somoza y yo. La verdad íntima.

Al finalizar, se quitó los guantes, y a pesar de que era ligeramente más joven que yo, me atusó el cabello como una madre.

—Te ha hecho un descuento del treinta por ciento.

Me inquietó imaginar a Jon abriéndole la puerta al repartidor de MRW. Le habría dejado un montón de sobres en la mesita de al lado de la puerta, y en uno de ellos, un molde de silicona de la dentadura de esta yegua ya no tan joven, junto a la etiqueta de Ane Basabe. Le habría venido a la mente la imagen de una jovenzuela rubia y hermosa. Aquella que pregonó que Somoza no tenía pelos alrededor del pito; la que dio inicio a la cacería tras leer uno de sus poemas en el vestuario de las chicas; la misma que jamás lo había invitado a una fiesta de cumpleaños. Luego lo imaginé observando mi pseudoboca con una gafas de lupa, por arriba y por abajo, por delante y por detrás, ¿cuánta información secreta podría obtener?

—Quizá desees su número de teléfono, para darle las gracias o…

—Por supuesto —contesté, intentando mostrarme agradecida.

Junto con el número de Somoza, la dentista me entregó el molde de mi boca hecho con escayola.

—Consérvalo durante un par de meses o tres. Si casualmente sucediese alguna otra cosa no tendríamos que volver a hacerlo.

—¿Alguna otra cosa?

—No tiene por qué, ya sabes, pero las cosas suceden…

—¿Esto también lo ha hecho Jon?

—Sí. Los dientes están en continuo movimiento, y de aquí a seis meses, si tuviésemos que hacer un nuevo molde, sería distinto a este.

Lo puse sobre la palma de la mano: la muela de al lado del colmillo era del tamaño de la de una musaraña, era un muñón, mi primer muñón. No era la primera vez que sentía aquello. La primera vez fue durante mi primera visita a un hospital, estudiando Enfermería: nos vamos muriendo a cachos, y a cachos nos van enterrando, un pedacito de intestino hoy, un mechón de pelo mañana… La dentista, dándose cuenta del efecto que causaba en mí el molde, me tendió un kleenex, lo envolví y lo metí en el bolso.

No quería llamar al único hombre que, además de Gorka, tenía constancia de mi declive. No quería. Además, estaba segura de que esperaría mi llamada, a pesar de lo cual se haría el asombrado, y yo tendría que dar más explicaciones de las necesarias para serenarlo, y bueno, realmente, no quería encontrarme en aquel trance.

Caminar con el molde era como llevar dentro del bolso un pequeño caballo que no paraba de trotar, y tuve que silenciar la dentadura atándola con una goma para el pelo.

—Hola, Jon. Soy Ane, Basabe.

—¡Dichosos mis oídos! ¿Qué tal estás?

Recé para que aquel torrente de felicidad no tuviese nada que ver conmigo.

—Estoy bien, ¿y tú qué tal? He oído que te va bien…

—*Yes, very well…* ¡fandango!

Era el mismo de siempre. Engordamos, nos volvemos más rudos, se nos caen las plumas y las carnes, pero nunca dejamos de ser los niños que fuimos en la escuela, ni aun siendo catedráticos.

Tuvo que interrumpir su propia carcajada para no morir ahogado.

—Le he pedido tu número a la dentista.

—Sabía que ibas a llamar, no has cambiado, tan encantadora como siempre.

—Gracias.

—¿Te ha quedado bien la prótesis?

De no haber sabido que le faltaba talento para algo así, hubiese apostado que aquella palabra había sido elegida con alevosía.

—Sí, en realidad, parece mi propia muela.

—¡Es que una vez pagada así es, solo tuya y nada más que tuya!

La carcajada hizo su camino, como un jabalí que hubiese conseguido soltarse del cepo.

—Te llamaba para darte las gracias.

—Si me invitas a un café, estamos en paz.

—Me alegro de que te vaya bien, de veras.

—No te voy a mentir: me va de maravilla. En cuanto terminé de estudiar puse un laboratorio, y en siete años he tenido que triplicar el número de empleados, que no está nada pero que nada mal. Además, solamente con lo que vale ahora este piso podría retirarme, alquilarlo, y pasar los próximos diez o quince años sin pegar ni sello.

—Yo hice Enfermería. Trabajo en el hospital.

—Sí, ya lo sabía. De todas maneras, te voy a decir una cosa: yo no quiero enriquecerme. Trabajar sí, pero tampoco demasiado; lo suficiente como para tener el bolsillo calentito. Y después vivir la vida, no necesito más.

Mi imaginación no tentó a la suerte, y me abstuve de conocer en qué consistía su concepto de vivir la vida.

—A ver si un día de estos organizamos una cena de clase, ¿verdad? —le dije pensando en que seguramente le encantaría escuchar algo así.

—Organicé una hace tres o cuatro años, pero la mayoría de las chicas no vinisteis…

—Sí, me enteré, pero creo que yo estaba en Lanzarote.

—¿Qué me dices del café?

En vez de café tomamos cerveza. Después vinieron la tabla de ibéricos y la botella de vino. Fui yo quien la pedí, necesitaba un poco de coraje. Además de haber engordado, sus facciones se habían disuelto en el todo que formaba su rostro. Aún llevaba el colgante de la Virgen, aunque había perdido completamente la proporción que antiguamente guardaba con el cuerpo.

—Finalmente, la vida hace su propio camino —me dijo, antes de meterse a la boca una loncha de chorizo.

—¿Eres creyente?

Estaba como atontada, y a pesar de que, como medida para resguardar mi intimidad, tuve la ocurrencia de pedir tenedores, no tuve la prudencia de guardarme aquella pregunta para mis adentros. Con una mano, Jon separó el colgante de su cuerpo, e imaginar que con aquellas manos de leñador pudiese modelar piezas de porcelana me fascinó.

—Me lo regalaron el día de mi comunión, y desde entonces no me lo he quitado. Pero de momento —a falta de madera se tocó la cabeza—, no necesito a los dioses… ¿Para pedirles qué?

Tenía la dentadura de alguien más joven que él. Cuando le devolví la sonrisa, endureció la mirada. Comprobé, con la ayuda de la lengua, que no tenía ningún hilito de embutido entre las juntas de mis dientes.

—Te ha quedado muy bien —me dijo. Y se entristeció de repente.

Era evidente que seguía enamorado.

—Dicen que eres muy bueno con el color.

—Ellos me envían una muestra, la corona siempre es más oscura, y uno de los secretos de acertar con el color consiste, precisamente, en dar con ese punto de oscuridad. Si te fijas, la parte de arriba de la muela tiene un tono amarronado.

No me gustó su manera de definir el color. Antes de que pudiese reaccionar me había agarrado el labio superior, separándolo de la encía. Jon escrutó mi nueva dentadura. Con la uña dio golpecitos en mi muela y por un instante me rozó la encía.

—¿Soy bueno? Sí, soy bueno. Lo digo o reviento.

Quizá no hubiese estado todo perdido de haberme marchado en aquel preciso momento. Pero continué sentada en la silla, acariciando el borde de la copa. Lo más duro fue confirmar que para Jon había dejado de ser la misma de antes. En los últimos años, al cruzarnos por la calle, intentaba no saludarlo, o lo saludaba rápidamente, de tal manera que no le dejaba excusa para acercarse, y él, asustado, terminó haciendo lo mismo. Aquel día, sin embargo, lo tenía sentado frente a mí, más sereno y más orgulloso que yo.

—Quiero contarte un secreto —me susurró—. Aún guardo uno de tus dientes de leche, uno que solías llevar en el estuche, ¿recuerdas?

Me sentí tan confusa como ante cualquier otro robo. El camarero apagó la tele.

—Vamos cerrando.

—Están cerrando.

—Te acompaño hasta casa.

Tenía un Audi. A pesar de que hice un esfuerzo para no leer los títulos de los CD que tenía desperdigados por el coche, no pude evitar encontrarme con la caja de *Las mejores canciones de los 80*. Puso «Never Gonna Give You Up», de Rick Astley.

—Lo compré en una de esas noches en que no conseguía conciliar el sueño, en Teletienda. Es una compilación muy buena, de nuestra época, ya sabes.

Lo que iba a venir después me angustiaba.

Fue en mi casa. Con ánimo de ganar un poco de tiempo le mostré la cocina, el baño y la sala. Se quitó los zapatos antes de entrar al dormitorio.

—Es una costumbre que tengo. Así se hacía en casa de mis padres.

Nos sentamos al borde de la cama.

—Me gusta ese cuadro —me dijo.

—Me lo regaló mi hermana, lo pintó ella.

—Tu hermana… ¿Qué es?

—La noche.

—Le va bien al cuarto, quiero decir que los colores están muy bien conjuntados. Le tienes que decir que me pinte uno a mí, para mi despacho, pero algo más alegre.

—Ya se lo diré.

—Me hará buen precio, ¿verdad?

No había escapatoria. Le desabroché el cinturón y él me desabrochó la camisa. Le quité la camisa y él a mí el cinturón. Me sorprendió descubrir que tenía dos tatuajes en el pecho. Le pedí que apagase las luces y que bajase las persianas. No recordaba que fuese asmático, pero silbaba levemente al respirar, era un ruido que en el silencio de la habitación resultaba tenebroso. La Virgen hizo la labor de diapasón y tras algunos topetazos todo terminó. Al cabo de un rato, tras recuperar la respiración, me preguntó si tenía algo fresco para comer. Normalmente no dejo que nadie abra mi frigorífico, pero tras lo sucedido, no me avergonzaba tener que escuchar a Jon rebuscando en la intimidad de mi frigorífico.

No deseaba ver cómo era de espaldas, por lo que cerré los ojos. Volvió a la cama con un Yop de fresa de medio litro. Encendí la lámpara de la mesilla, alumbrando la dentadura de escayola como si se tratase de una estrella de rock.

—Se trata de caracteres japoneses, significan Jon y June, los nombres de mis hijos —dijo señalando los tatuajes—. No te lo he dicho, pero tengo mellizos de cuatro años.

—¿Estás separado?

—Sí, nos separamos antes de que los niños cumpliesen dos años. Ella conoció a alguien, uno de esos cantantes de cruceros y de bodas. Creo que siguen juntos, cada uno en su casa, eso sí. Se lo dejé bien claro: como el tiparraco ese ponga un pie en mi casa, en la casa que yo he pagado… es más, como me entere de que ese tipejo ha metido un pie en la cama que hicimos mi padre y yo… entonces lo nuestro va a terminar muy pero que muy mal.

Miró el reloj y meneó la cabeza.

—Si no te importa, bonita, me tengo que ir. —Dio un último trago al yogur—. Desde que nos separamos me cuesta conciliar el sueño, y si quiero dormir de cinco a seis horas, he de llevar a cabo un estricto ritual.

—Qué le vamos a hacer —le dije.

—Ya no tenemos edad para pasar toda la noche sin dormir, ¿verdad? —Me dio un pellizco en la cintura, sin medir bien sus fuerzas—. ¿O sí?

—Veintinueve años tampoco es tanto.

—¿Que no? Todavía recuerdo la Ane Basabe de diecinueve años. Guardo intacto en la memoria un momento exacto, y en toda mi vida, en todos los viajes que he realizado durante mi vida, jamás, créeme, jamás he visto una belleza comparable a la Ane Basabe de aquel día.

—¿De qué día estás hablando?

—Bajabas del autobús. Venías de la playa. Sandalias de cuero, un vestido corto blanco, tipo camisón, el pelo recogido en un moño, estabas comiéndote un Calippo… de limón…

—Puede ser…

—Ni siquiera me saludaste.

—No te habría visto.

—Si me viste, pero por tener diecinueve años y por estar como estabas, quedas perdonada.

Me levanté de la cama y me puse una camiseta de Gorka. Fue un gesto lleno de nostalgia: creo que fue en aquel instante cuando interioricé que había terminado, que Gorka era carne de pasado. Quizá si lo de la muela no hubiese sucedido delante de sus narices… No lo sé. Traje de la sala el abrigo de Jon. Sabía que no era la misma que diez años atrás y estuve a punto de decirle que diez años atrás no lo hubiese tocado ni con un palo.

—Sigo teniendo el mismo peso que tenía con diecisiete años, kilo arriba, kilo abajo.

Se lo lancé queriendo parecer indiferente. No podía quitarme de la boca su sabor a menta.

—Todavía eres hermosa.

Lo dijo mientras se anudaba los cordones de los zapatos. Después, me dio un beso en el pelo y me quitó el abrigo de las manos.

—Normalmente suelo salir de trabajar bastante tarde, excepto los viernes. ¿Quieres que te llame?

—No, no quiero.

A pesar de que a destiempo, iba siendo hora de que cada cual volviese al puesto que le correspondía históricamente.

—¿Te ha sentado mal?

—Por favor…

—¿Entonces?

—Quiero ser honesta contigo, nada más.

—Entiendo…

Pensaba que se hundiría. Que me haría una declaración de amor rebosante de fantasía. Sin embargo, parecía feliz. Lo acompañé hasta la puerta. No tuve agallas para esquivar el beso en la boca.

Nada más cerrar la puerta sonó el timbre. Al abrir me encontré la calavera de Jon: con el molde de mi boca a la altura de la suya, hacía ruido de claqueta.

—Hasta luego, Lucas.

—Jon, por favor.

Me lo devolvió. De no ser por el diente de musaraña era casi perfecto. Mientras esperaba al ascensor, él reía y tosía.

—No me llames, por favor.

—Mira, guapa, si hoy estoy aquí es porque tú me has llamado.

Cerré la puerta y, hasta que se fue la luz, me quedé observando por la mirilla. Fui a la cocina y encendí una vela. Puse la dentadura sobre la tabla de la cocina, y con el culo de una botella de vino, la machaqué.

Escondida tras la cortina de la cocina, pude escuchar el comienzo de una canción de Rick Astley, y a continuación, el ronroneo de su Audi. Atravesé la cocina descalza, pisando pedazos de escayola. Cambié las sábanas y me dormí abrazada a la camiseta de Gorka.

OJOS DE ABEJA

—Me voy antes de que me pongan una multa —dice Ander, sacando de su bolsillo las llaves del coche, como remarcando su prisa.

—Solo serán dos meses.

—Dos meses y un océano.

La maleta cumple la función de barrera, se besan secamente. Nada de palabras fastuosas. Mientras lo observa irse, repasa mentalmente sus quehaceres en Buenos Aires, los verdaderos profesionales no lloran en los aeropuertos. En el avión, toma un Orfidal, se le cae alguna lágrima sobre el lavabo y despierta con el aterrizaje. En la fila para atravesar la aduana, el hombre que tiene detrás comienza a hablarle:

—Déjeme que le dé un consejo, señorita, tiene usted cara de buena persona: cuidado con los taxistas, que no la *paseen* por la ciudad.

La chica le da las gracias, le dice que esté tranquilo, que está acostumbrada a viajar, y sin embargo, en medio de tanta realidad, echa de menos que Ander sea un poco más paternalista.

Al atravesar la aduana, el hombre le grita a la chica: «Buena suerte».

En el exterior, un golpe de calor le da la bienvenida, la luna y el sol sobre el cielo violeta. Se dirige hacia el primer taxista que ve.

—Chacabuco y Garay.

Y al repetir el nombre de las calles engulle el titubeo producido por la duda.

El taxista hace amago de coger la maleta, con galantería anacrónica, santos y vírgenes doradas enredadas en mitad de su velludo pecho, los pantalones bien ajustados a la entrepierna.

—¿No querés meter la valija en el baúl, piba?

—No es necesario. —La chica se agarra a la maleta como a un ancla.

—¿Vamos por Brasil?

—Por el camino más corto.

—A esta hora son habituales los embotellamientos y quilombos. Podríamos ir por Caseros, pero es hora pico.

—Ya se me pasó el tiempo de andar en carruseles. —La chica se hace la indiferente, e intenta ocultar su ignorancia de la cartografía.

—¿Tenés miedo de que te pasee, piba?

Es la primera vez que, robados al retrovisor, le ve los ojos al taxista. Ha de volver a mirarlos para comprender: los tiene dorados.

—¿De dónde sos, rubia? ¿Sos gallega?

—Vasca.

La chica responde de mala gana, hasta el asiento trasero le llega el olor de su laca. Se pregunta cómo justifican los machos la utilización de productos de belleza femeninos.

—Al decir que sos vasca querés dejar bien clarito que no sos gallega.

La chica no consigue borrar de su mente las dimensiones del Atlántico.

—¿De dónde, Bilbao?

—De Rentería, cerquita de San Sebastián —le contesta a la ciudad que recién comienza a anochecer, atrapada en las últimas palabras de Ander, con los informes laborales intactos sobre las rodillas. Está agotada.

—Mis abuelos también eran vascos.

En ese momento la chica se hunde en el asiento apolillado por cigarros, siente una repentina comodidad, una simpatía epidérmica.

—¿Vascos? —poniendo sobre la pregunta toda su ansia de libertad nacional. Está tan cansada que siente ganas de compartir su vida con cualquier persona que le resulte simpática.

—Mi padre vino a principios de siglo, desde Bermeo. Mi mamá era francesa, de un pueblecito muy chico. Se conocieron acá.

Pasan por su ventana farolas, un niño vendiendo alfajores, rejas roñosas por la lluvia cubiertas de maleza.

Y a la chica se le ha ido convirtiendo en sonrisa la carne de su rostro, escuchando los ojos del taxista que se apagan al ritmo de las farolas, ayudada por un primitivo instinto de fraternidad.

—Amorrortu Etchechury Anchorena Garat. —El taxista vocaliza con gravedad cada sílaba, lentamente, como si de un título nobiliario se tratase.

—Vasco de verdad.

—Mi papá vino a la Argentina de muy jovencito, en busca de aventuras. Puso un negocio, una empresa de camiones para transportar pescado. —Pendido del retrovisor, un santo de cartón que, a modo de diapasón, marca el devenir de la ciudad en noche—. ¿Estás casada o solita?

La chica siente en un lugar allá en su interior un muelle que chirría, el sinsentido de una respuesta aprendida. Y decide dejar de lado el discurso feminista, total, América es América, y qué demonios, el taxista es ya mayor, y además es descendiente de vascos.

—Solita —le contesta, sintiéndose liberada al pronunciar la palabra, y, por si acaso, lo vuelve a repetir, quién sabe cuándo volverá a decir algo así—: Solita.

Una fragilidad desnuda, sin discurso político, el primitivo rol de la sumisión, el miedo a estar sola, por primera vez en la vida, expresados con total libertad.

—No es bueno que una piba tan linda como vos ande sola en una ciudad tan grande. Deberías buscarte alguien que te acompañe.

—Quizá —le responde, un poco por no hacerle daño, otro poco porque acaba de darse cuenta de que quizá sí, quizá le vendría bien un marido, e imita las maneras de las niñas tetonas que iban al colegio español en uniforme con la boca entreabierta y jugueteando con la trenza.

—Sin un hombre al lado, jamás lograrás ser una mujer de verdad, acordate de lo que te digo.

La chica estudia el machismo del taxista con interés antropológico, y recoge los hombros, doblegada ante la visión que el hombre tiene del mundo.

—¿Y te tienes por vasco?

Las abejas del hombre ríen.

—¿Leíste a Borges? —le pregunta—. Borges decía que la sangre dictaminaba… Así que dejame que te haga yo la pregunta: pongamos que una gata pare en el horno de una panadería, ¿qué serían sus crías, gatitos o pastelitos?

—Así que eres un gatito.

—Así soy, un gatito.

Y, soltando una mano del volante, da un zarpazo en el aire.

—¿Te gusta Borges?

La chica recientemente ha leído en alguna parte que toda mujer desea tener al lado a un fascista, y de repente le parece una frase llena de sentido.

—Cómo no, el gran Borges. Cerca de Chacabuco y Garay hay un parque llamado Lezama, escenario de Borges en muchos de sus libros.

Las abejas chocan con los ángulos del espejo.

—No era muy amigo de los vascos…

—Borges era grande, muy grande…

—Una vez dijo que los negros al menos valían para esclavos, que los vascos ni para eso…

—Ah, no, eso no, no me comparés a un vasco con un negro, eso sí que no, niña. Con un gallego, vaya y pase, pero con un negro… Eso no. —Coge la curva dando un volantazo, y en la oscuridad se dejan ver los blancos ojos de un niño fumando marihuana—. Chismes, no son más que chismes.

—¿Hace mucho que trabajas de taxista? —interroga la chica, antes de que Borges empañe más el ambiente; primero el respeto hacia un compatriota y después la discusión literaria.

—Desde 2001. Antes trabajaba en biotecnología, pero la empresa se fue al carajo, ya sabés.

Bajo un semáforo, en mitad de la carretera, un niño hace malabares.

—Las crisis marcan los ciclos de vida de los argentinos. En contra de lo que muchos creen, las crisis afectan más a la ética que a la economía. Los argentinos se hallan en plena crisis de valores, y eso no lo va a solucionar ningún presidente, no, no. —Señala a dos adolescentes vestidas con uniforme que flirtean con tres hombres de aspecto nórdico.

—No es fácil.

El taxista dice algo ininteligible y acelera.

—Estamos acostumbrados, ya sabés, hay que ganarse la vida… Al menos no nos aburrimos. Ustedes, los europeos, ¡pavada de vida triste que tienen, son unos amargos! —Y rompe en una carcajada cargada de tabaco, recuperando el buen humor—. Y entonces, decime la verdad, ¿viniste de vacaciones o en busca de un hombre?

Súbitamente, en la intimidad del taxi, a la chica le agrada la palabra «hombre». El taxista la utiliza con naturalidad, como «aguacate», o «autobús», o «taza», como si la palabra «hombre» no escondiese nada malo en su interior.

—He venido a trabajar. Pero si encuentro a un hombre, me refiero a un buen hombre, no me voy a quedar de brazos cruzados.

La chica se halla cada vez más cómoda en ese rol que nunca ha interpretado y que quizá jamás volverá a interpretar, y siente un estremecimiento al imaginarse mudada en la piel de esa mujer que pudo ser.

—¡Trabajo! ¡Un marido con plata, eso es lo que necesitás, linda!

Las abejas del taxista vuelan del espejo al escote de la chica, y esta casi puede sentir el aleteo a la altura del mentón—.

Ustedes las mujeres, tantos años luchando, ¿para qué?, ¡y para romperse el lomo laburando!

La chica le ha ofrecido por primera vez una sonrisa a la frase tantas veces escuchada.

—No, no, no. Sos linda. Eso deberías hacer, cuidar bien a tu hombre, ¡y a partir de ahí, lo que querás!

La chica suspira, observa en el reflejo del cristal su pecho abultado y desea que el taxista también pueda verlo, volver a sentir el vuelo de las abejas ahí cerca, le agrada pensar que es una chica bonita que merece un marido que la vaya a cuidar, lejos de Ander, ajena a toda ideología. No es más que una chica perdida en un continente desconocido, ¡maldita sea!

—¿Tú no tienes ningún hijo rico con el que pueda casarme?

El taxista frunce los labios y se seca el sudor de la frente con un trapo que saca de la guantera.

—No debés expresarte así, linda.

—Las europeas estamos acostumbradas a hablar de esta manera.

La chica siente necesidad de pedir perdón.

—Así no vas a encontrar a un hombre con plata.

—Quizá tengas razón.

—Aunque sos bonita, eso no es suficiente. Hay que saber estar, una mujer de día ha de ser una dama y de noche una puta, eso decía mi papá, que en paz descanse, y eso pienso yo también.

—Tienes razón.

La chica vuelve a sentirse cómoda, imita las maneras de las que iban a colegios de monjas, el gesto de arrepentimiento de quien sabe que ha dicho algo feo.

—Vos no sos de esas.

—¿Por qué lo dices?

—Me refiero al rol que estás interpretando, se nota que no sos así.

—¿Perdón?

En un parking, como aparecida, se ve a una mujer, muy grande, vestida únicamente con un tanga, los inmensos pechos al aire, mechones de la coleta le acarician las nalgas.

—Mirá eso, cada vez que paso por aquí siento ganas de atropellarlas.

La chica dirige su mirada hacia la mujer, que subida en las altas botas parece una funambulista, y la imagina aplastada por el coche, un tacón desolado, sangre sobre negro, el taxista encendiendo un cigarro y acelerando.

El hombre acelera.

—Esto… esto también es Buenos Aires.

Y más putas, todas con los pechos descubiertos y esa difusa manera de tenerse en pie. El taxista hace un guiño con los faros delanteros del coche a un grupo de prostitutas.

—Me habían dicho que estaba cerca del centro.

—A la gente le gusta hablar.

—¿Falta mucho para llegar?

—¿No te confiás, gatita?

Para el taxi en la parte trasera de una vieja fábrica, y para cuando la chica mira a través de la ventanilla, el taxista ha tumbado el asiento del copiloto. Se desliza y llena con su cuerpo toda la parte trasera del vehículo. Le tapa la boca. Ella puede sentir los anillos contra sus dientes. Las abejas se despegan de sus ojos y la chica intenta espantarlas de su cuello, de su pecho, de su vientre, gritando a los ojos ahora negros del taxista.

Después, un aguijonazo de una abeja muy gorda. Dolor y el sonido del taxímetro.

Al terminar, la echa del taxi.

—Aún tenés mucho que aprender para ser una dama.

PREFERIRÍA NO TENER QUE MENTIR

El hombre le ha estrechado la mano. La mujer se ha sentado enfrente, con el bolso entre las piernas, dejando al descubierto los talones en sus zapatos de tacón bajo. El hombre la ha mirado por encima de las lentes.

—¿Está tranquila?

—Sí.

—¿Un poco de agua?

—No.

—¿Café, té…?

—No.

—Esther Salarrue Arribalzaga.

—Sí.

—¿Tranquila, entonces?

—Creo que sí.

—Perdone por empezar así: ¿ha tenido algún aborto?

—No.

—Aun así sabrá cuál es el procedimiento.

—No.

—Hace dos años el aborto no estaba legalizado en el Estado. Mejor dicho, para que la ley lo autorizara había que firmar un papel antes del aborto, confesando que una no se sentía capaz de cuidar de un crío. Aprovechar los atajos de la ley, ya sabe, para evitar sanciones.

—Entonces aquí tenemos que hacer algo parecido.

—Sí. Sobre todo de cara a su familia.

—Claro.

—Lo de hoy no va a ser fácil. Va a tener que responder a un montón de preguntas. Es la única manera.

—Bien.

—¿Preparada?

—Adelante.

—Mediante este formulario tendrá que demostrar que no existe otra opción.

—No he venido a mentir.

—Pero puede hacerlo.

—No será necesario.

—No debe preocuparle mentir. Será por el bien de su familia, no lo olvide.

—Sigamos adelante, por favor.

—¿Casada?

—Sí.

—¿Hijos?

—Dos, niños.

—¿Edad?

—Once y siete.

—¿Su marido tiene trabajo estable?

—Sí. Es responsable de exportación en una empresa de turbinas.

—Viaja mucho.

—Sí.

—Eso complica las cosas. ¿Sus padres están vivos?

—Mi madre sí.

—¿Y los de su marido?

—El padre y la madre.

—¿Los abuelos tienen buena relación con sus hijos?

—Mi madre se fue a vivir a Málaga el año en que nació el más pequeño. Los padres de mi marido tienen la relación habitual que se suele tener con los nietos.

—¿Y dónde viven?

—En el pueblo.

—¿Usted trabaja?

—Soy profesora, en un instituto. Enseño euskera.

—Bonita asignatura.

—No le interesa a nadie, los niños de hoy en día son idiotas.

—Entre nuestros clientes háy muchos profesores.

—Me habló de vosotros alguien que fue cliente vuestro. Julián Arozena. Enseñaba Ética y Filosofía.

—Lo recuerdo, era un tipo honesto, inteligente.

—Ahora tiene que hablarme de sus propiedades.

—La casa en la que vivimos ahora era de mis padres, y las escrituras están a nombre de mi madre. Además, hace unos años compramos un bungalow en Las Landas, y este está a nombre de mi marido y mío.

—Necesitaría esas escrituras. Y también las de la casa de sus padres.

—Está bien.

—¿Cuántos metros cuadrados tiene la casa en la que viven ustedes?

—Alrededor de ciento cincuenta.

—¿Coche?

—Dos.

¿De qué marca?

—El mío un Honda Civic y el de mi marido un Renault Espace nuevo.

—¿Alguna otra propiedad a su nombre?

—Creo que el garaje está a mi nombre.

—¿En serio no lo sabe?

—No.

—¿Sitio para cuántos coches?

—Dos.

—¿Rayas o cerrado?

—Cerrado.

—Bien… ¿Ha estado alguna vez en el psicólogo?

—Una vez, después del segundo parto.

—¿Por qué?

—No lo sé muy bien. Siempre estaba cansada.

—¿Y le recetó algo?

—Prozac.

—¿Le hizo algo?

—Depende de cómo se mire…

—¿Qué quiere decir?

—Con la medicina me resultaba más fácil levantarme de la cama y prepararles el desayuno a los niños, hacer la comida y todo eso, ir a trabajar, por ejemplo.

—¿Y el aspecto negativo?

—No conseguía llegar al orgasmo.

—Eso es bueno.

—¿Cómo?

—Hablo del formulario, perdone. ¿Por eso dejó el Prozac?

—Sí.

—¿Terapias de grupo?

—No.

—¿Religión?

—No soy creyente.

—¿Forma parte de la asociación de vecinos?

—No.

—¿Política?

—Tengo a mi hermano en la cárcel desde 2003, desde el 24 de diciembre de 2003. No llegó a la cena.

—Por lo tanto, cree en la política.

—¿Creer? Lleva nueve años en la cárcel, «creer» no es la palabra adecuada.

—En el formulario pone «creer».

—Entonces ponga que sí.

—¿Que sí cree en la política?

—Eso es.

—¿Dónde está su hermano?

—En Cádiz. Por eso se fue nuestra madre a vivir a Málaga.

—¿Va usted a verle?

—Cada vez menos.

—Siga, puede ser interesante para el dossier…

—Cuanto menos voy, menos siento su ausencia.

—Eso puede valer, puede valer. Cuantos más motivos tenga, mejor... ¿Y manualidades, aeróbic, gimnasia, restauración de muebles...?

—No.

—Caminar, montar a caballo, bici, algún otro deporte, montaña...

—No.

—¿Aficiones?

—La lectura.

—Esa opción no figura en el formulario.

—Entonces ninguna.

—¿Sigue alguna de las llamadas «formas de vida alternativas»? ¿Naturismo, nudismo, macrobiótica...?

—Cuido mucho la alimentación, y mi marido y yo empezamos a practicar el nudismo mientras estaba embarazada del segundo niño. Pero cuando nació ya no era capaz de sentirme a gusto desnuda delante de la gente, había dejado de ser bonita. Y entonces me di cuenta de que no era una nudista de verdad, que mi desnudez tenía una parte de exhibicionismo.

—Sigue siendo usted muy hermosa.

—Déjese de cumplidos.

—¿Practica alguna disciplina oriental?

—¿Yoga, tai-chi o cosas así?

—Eso es.

—En una época, antes de empezar a tomar Prozac, empecé a hacer yoga, llevada a rastras por una compañera de trabajo. No terminé el cursillo, me dormía en clase.

—Necesitaríamos un certificado que diga que iba a las clases, o por lo menos la dirección del sitio donde hacía yoga.

—Tengo que tener el teléfono en alguna parte. No me gusta esa gente.

—¿Por qué?

—Siempre con las energías arriba y abajo, como si vivieran en otro planeta, siempre pendientes de si tienen el ombligo limpio o sucio, y sin hacer ningún caso a la mierda de los demás.

—¿Y eso es malo?

—Simplemente no me gusta.

—Tuvimos no hace mucho a un profesor de yoga como cliente, me confesó que había empezado a pegarle a su mujer, por eso acudió a nosotros.

—Nunca se enfadan, pueden comprenderlo todo... No me fío de esa gente.

—¿Tiene buena relación con su marido?

—Sí.

—¿Violencia física o psíquica?

—No.

—¿Fidelidad?

—Que yo sepa, sí.

—¿Usted le es fiel?

—Sí.

—¿Le quiere?

—Le tengo mucho aprecio.

—¿Cree que él la quiere?

—¿Esa pregunta viene en el formulario?

—No, perdone, sentía curiosidad. ¿Qué tipo de relación tiene él con los niños?

—Se entiende bien con los dos, es un padre normal, trata de estar lo menos posible con ellos, para no aburrirse, pero los adora.

—¿Alguna vez les ha pegado?

—Algún que otro azote.

—¿Problemas psicológicos?

—No, es un hombre equilibrado. En exceso.

—¿En exceso? El equilibrio no puede ser excesivo.

—En su caso, sí.

—¿Alcohol?

—Le gusta beber y busca excusas para hacerlo.

—Pero no es un problema, ¿no?

—Depende de cómo se mire. Hoy en día no, pero es cierto que ha influido en nuestra relación.

—Si no le importa pondremos que no cree en política. ¿De acuerdo?

—Preferiría no tener que mentir.

—Lo digo por facilitar el tema del seguro, para que el futuro de sus hijos sea mejor. Al menos económicamente.

—No quiero, quiero decir la verdad.

—A veces la verdad no es el camino más apropiado. Yo ya sé cómo miden en Madrid estas respuestas, hágame caso, diga que no cree en política.

—No, es lo último que voy a hacer, quiero ser honesta.

—Como usted quiera. Cuantas más formas o alternativas de vida fracasadas pongamos, mejor será para su familia, al menos económicamente.

—No cambie nada.

—Ahora lea esto y si está de acuerdo, firme en el recuadro.

—No estoy de acuerdo.

—¿Por qué?

—Aun así quiero seguir adelante.

—¿Por qué no está de acuerdo?

—No me veo capaz de «perjudicar a los hijos o desatender su cuidado», y lo mismo con mi marido.

—Entonces ¿por qué ha acudido a nosotros?

—La respuesta no se adecua a su formulario.

—Dígame una cosa: si no hubiera reunido la valentía suficiente para venir hoy aquí, ¿no cree que algún día hubiese actuado de manera irresponsable en lo referente al cuidado de sus hijos?

—No.

—Pero si quiere seguir adelante tendremos que poner que sí.

—No me han gustado esas frases.

—Dejemos la coherencia para el gran día. Ya le he dicho antes que tenemos que aprovechar los resquicios de la ley, como en los abortos.

—¿Cuándo lo vamos a hacer?

—Habrá que estudiar el calendario.

—Quisiera aprovechar las vacaciones de los niños, cuando empiecen la escuela será más complicado. El más pequeño va a solfeo y el otro a baloncesto, y solo quedan dos semanas para septiembre.

—Tranquilícese, de eso también nos ocupamos nosotros. Ya sabe que antes tenemos que recibir la aprobación, sin el sello del Ministerio de Sanidad de Madrid no podemos continuar. Esté usted tranquila por sus hijos, el día que sea preciso Izaskun irá a buscarlos, es licenciada en psicología infantil. Pero ya hablaremos más adelante de esos detalles.

—¿Cuál es el día más apropiado?

—Los viernes por la tarde. Luego le enseño las estadísticas.

—¿Y cómo vamos a hacerlo?

—Estos son los métodos que mejor se adaptan a su perfil: unas ochenta pastillas de codeína o cien de Valium. Como estas pastillas causan náuseas, le daríamos también pastillas contra el mareo, esas que se utilizan para viajar, las tendría que tomar un cuarto de hora antes. Con la codeína se pierde el conocimiento a los diez o quince minutos, y en tres cuartos de hora llega la muerte. Es muy efectiva. Lo más indicado es tomarlas estando en ayunas, con una bolsa de plástico en la cabeza, y mejor aún, acompañadas de alcohol.

—No bebo.

—Pues estaría bien que tomara estas pastillas acompañadas de alcohol. Lo digo pensando en lograr mejores acuerdos con las aseguradoras.

—No quisiera tomar sustancias químicas.

—Bueno, entonces será más difícil encontrar un método que se adecue a su perfil: no puede utilizar líquidos para limpiar alcantarillas y canales, ni nitrógeno, cloruro de potasio, adelfa, rotenone ni cianuro…

—No me importaría encontrar un método que sea para más valientes.

—El método que está entre la discreción y el espectáculo es el del salto. También es el más efectivo. Maite es psicóloga y la llevará hasta el paraje que usted elija. Mire, aquí tenemos una buena variedad de paisajes desde los que saltar, incluidas las grúas.

—¿Es verdad que tiene una efectividad del cien por cien?

—Todos los que han saltado han muerto, y de los que han elegido este método el... espere un momento, voy a mirar en el ordenador... De los que han elegido este método, han saltado un setenta y dos por ciento.

—Es mucho.

—Sí, es mucho.

—No tengo vértigo, pero me parece un poco violento... Pongamos que no me muero y...

—Este método asegura la posibilidad de saltar dos veces. Pero hasta ahora nadie ha tenido la ocasión de echar mano de la segunda posibilidad. Es un método fino. Elegante. Clásico. Digno. El modo de mirar de hito en hito a lo que va a ser su muerte, de un salto, despierta, sin náuseas, sin embriaguez, con los brazos abiertos...

—Sí.

—Va a ser usted la que atrape a la muerte y no la muerte a usted.

—De acuerdo. Quisiera ver el catálogo de nuevo.

—También hay otra posibilidad. Eso sí, tendría que pagar en negro, y además es más caro.

—No tengo problemas de dinero.

—Es mucho más caro.

—Dígame.

—Le podemos dar aspecto de accidente. Claro está que ese método no está recogido en el catálogo. Los inspectores de Madrid vienen una vez cada seis meses, y ya sabe...

—No.

—¿No?

—No.

—Es mucho más caro para usted, pero sus hijos recibirían mucho más dinero del seguro.

—No.

—Está bien.

—Quiero que quede claro que es un suicidio.

—Está bien.

—Que soy capaz de tomar decisiones sobre la vida.

—El método del salto me parece adecuado. Ha elegido el mejor, sin duda.

—¿Algo más?

—Antes de continuar, debe responderme a una pregunta. ¿Quiere dejar opción para el arrepentimiento? Eso también es importante, no solo en el precio, sino también en la efectividad.

—No, no me interesa.

—Eso encarece el servicio, en un veinte por ciento.

—No hay problema.

—Entonces le recomendaría lo siguiente. Maite, la psicóloga, ha estado en Estados Unidos aprendiendo *coaching*, es muy buena, diría que excelente. De los que no han dejado opción para el arrepentimiento, el… espere un momento, voy a mirar en el ordenador… De los que no han dejado opción para el arrepentimiento han muerto el noventa y ocho por ciento. De los que sí han dejado opción solo han muerto el sesenta y seis por ciento.

—Noventa y ocho es un buen porcentaje.

—Muy bueno.

—¿Y el dos por ciento?

—¿Perdone?

—¿Cómo consiguió seguir con vida ese dos por ciento que no dejó opción para arrepentirse?

—Fue culpa de Maite. Se enamoró del cliente y no le dejó saltar.

—Por lo tanto este método tampoco es infalible.

—Es cierto, puede ocurrir que se enamoren. Pero en su caso será infalible.

—Cuando traiga los documentos que le he pedido, lo mandaremos todo a Madrid, junto con un informe que yo mismo elaboraré. Mientras no recibamos el permiso para continuar, no haremos ningún movimiento.

—¿De cuánto tiempo estamos hablando?

—Depende del caso. En el suyo pueden encontrar falta de motivación, y si es así tendremos que buscar atenuantes, no me lo ha puesto fácil.

—Cuánto tiempo.

—Alrededor de un mes.

—No es mucho.

—¿Está usted bien?

—Muy bien.

—Me alegro, Esther. La llamaré. Mientras tanto aproveche bien cada hora. Todavía estamos a tiempo de recular. En la próxima cita tendrá que pagarme el cien por cien, y si por algún motivo decide echarse atrás, la gestoría le devolvería el ochenta y cinco.

—No se preocupe, no me voy a echar atrás.

La mujer coge el paraguas y camina bajo la lluvia. Las gotas marcan su paso.

El hombre mira a la calle desde la ventana. «Bonito culo», dice para sus adentros, y enciende un purito.

Y POCO DESPUÉS AHORA

—Hasta que lo hice no supe que iba a ser tan fácil. Pero fue hacerlo, y acabar con todas mis preocupaciones. Me daba miedo dar el primer paso, le di muchas vueltas a la cabeza, muchas.

Floren saca un pañuelo de tela del bolsillo y se seca la frente. Su nieto lo mira entre preocupado y respetuoso, sentado en el suelo, en la postura del indio, como ordenaba la maestra. El abuelo le da la espalda para seguir con la tarea del jardín, y continúa:

—Hacerlo y salir, eso era todo, simple y rápido. —Se queda mirando al nieto, y ceremonioso, añade—: Pero había que hacerlo.

Hace un día de mucho calor en Biarritz. Es agosto.

Manex se acerca al abuelo para oírle mejor. El viejo continúa hablando arrodillado, mientras abre pequeños surcos en la tierra para plantar un arbusto. Tiene razón, el primer paso es el más difícil. Le resulta relajante ver al abuelo trabajar la tierra mojada entre sus manos.

—Hazme caso, Manex, el primer paso es el más complicado. En adelante todo vendrá rodado, ya verás. Hay que ser valiente y dar ese primer paso. El resto es coser y cantar, como dirían en mi pueblo.

—¿Cuándo iremos a tu pueblo, abuelo?

—Cuando los conejos anden en bicicleta.

Manex sonríe y deja caer su mirada. Pone ahora su atención en las gruesas alas de una mariquita que camina sobre la hierba. El abuelo tiene razón.

El viejo se seca la frente y se sienta junto a Manex en una silla de plástico. Con la punta de una ramita retira la porquería de las uñas, y atiende. Pero Manex no responde. Continúa observando a la mariquita, no hay nada más que decir, el abuelo tiene razón.

Recuerda la primavera del 37. Aún no consigue recordarla sin sentir su dolor. O no quiere recordarla sin sentir ese dolor. El dolor es lo único que le queda de Manuel. Quizá porque jamás se lo ha contado a nadie, quizá porque los recuerdos se los lleva la lluvia, y entonces, solo quedan unas pocas gotas de lo contado. Y ya ha llovido mucho desde el 37. Pero él nunca se lo ha contado a nadie, ni siquiera a Geneviève en sus últimos días, cuando con las manos cogidas esperaban a la muerte por las tardes.

Silencio pegado a las paredes. Los vecinos mudos como piedras. Nunca se hablaba de los muertos, ni con sus familiares. Con la llegada del nuevo alcalde, los trabajadores municipales sufrieron, digamos, una reestructuración, por utilizar una expresión actual. Echaron a los rojos del Ayuntamiento, o a todo aquel sospechoso de serlo. Los amigos de los fascistas y otros infelices cubrieron las vacantes. A Floren lo mantuvieron. Siempre andaba solo, y no parecía peligroso. En el pueblo lo tenían por el chico raro. Su madre murió nada más nacer él, y tres años después su padre se fue a Pamplona a trabajar. Vivía con una tía que no tenía aspecto de ser subversiva. Así que el alcalde de las botas brillantes mantuvo a Floren en su puesto. Tenía que hacer de mozo para todo, aunque su tarea preferida fuese la de jardinero. Ayudar a vivir a aquellos seres delicados, sentir la frescura de sus tallos entre los dedos, observar de cerca la mengua de sus brotes. De toda la Ribera Navarra, aquel fue el primer Ayuntamiento con flores en los balcones. El alcalde anterior había permitido a Floren colocar grandes tiestos en todos los pasillos y balcones.

Manex no sabe qué es la guerra civil. Se lo explicaron en la escuela, pero esas cosas se olvidan en cuanto te comes el bocadillo de después del examen. Le gusta oírselo contar al abuelo, aunque es difícil imaginarlo en una guerra. La guerra significa muerte y enemigos, aviones y rostros pintados con hollín; y le cuesta relacionar al abuelo Floren con esos conceptos. Le emociona escucharle cómo huyó de la guerra, entonces imagina a este abuelo tranquilo y con boina convertido en delincuente o en héroe de película.

—Aquella semana hizo mucho calor, las cigarras chillaban por las noches. Parecía que iba a caer una tromba de agua en cualquier momento. La radio repitió la noticia del golpe militar en Marruecos desde por la mañana. ¿Sabes dónde está Marruecos?

—En África, en el desierto. —Y encoge los hombros.

—El mando superior de la Guardia Civil pidió tranquilidad, alegando que las fuerzas policiales estaban del lado de la República. ¿Sabes qué es la República?

—Más o menos.

—¿Más más o más menos?

Por la ventana entra el olor de las costillas asadas, al tiempo que una mujer con delantal amarillo grita «À table!», como solo los afrancesados saben hacerlo, «À manger!», en una llamada que sale de lo más hondo de su garganta. Manex y el abuelo se sientan alrededor de la comida. La mujer pecosa se sirve de un tenedor y una cuchara enormes para repartir la ensalada. Manex no se atreve a mirar a su madre, prefiere bucear en el recitar sedante del abuelo, la madre anda siempre medio sombría. El abuelo también prefiere seguir charlando con Manex, que de repente es para él como estar de nuevo con Manuel. Para la madre, en cambio, mejor si Manex y el abuelo continúan con su cháchara privada, no le apetece trasladarse al espacio de la ternura, está cómoda, como siempre, en su imparcialidad.

—¿Y Serge? —pregunta el abuelo, al ver que solo hay tres cubiertos sobre la mesa.

—Ha salido a Burdeos, a una reunión. No volverá hasta la noche.

Contesta sin mirarle, a la vez que sirve sobre el plato de Manex una ración de ensalada. No le apetece contestar a la pregunta encubierta de su padre. Manex se queda admirando las hojas de lechuga, lejos, a miles de metros de las palabras de su madre.

A Floren le pesa la conversación con su nieto, y ha perdido el apetito. Tampoco tiene fuerzas para hacer frente a las muecas de su hija.

—Serge trabaja demasiado, ¿no te parece? —pregunta Floren.

—*Bof.*

Bof, que significa: cállate de una vez, no tengo ganas de hablar, déjame en paz y cómete esa lechuga de mierda, *cette merde de laitue*, me tienes hasta el moño con tus preguntas de doble sentido, come y calla, viejo pesado, y vete por ahí a plantar manzanos y a escuchar la radio.

En la mesa solo se oye el motor del cortacésped del vecino. Seguramente, empujará la máquina con un traje de baño rojo y la camiseta de fiestas de Bayona, con unas alpargatas en las que no le caben los pies, caracoles marinos que no entran en su propia concha. Las hojas de los árboles están quietas, reblandecidas por el calor. No hay nada de viento.

—Le contaba a Manex batallitas de la guerra. Quizá algún día me lo lleve al pueblo, antes de que acaben las vacaciones, ¿qué te parece?

—¿En serio? —A la hija se le ilumina el rostro, seguramente porque hablan de algo que a ella no le concierne—. ¿Y qué es lo que se te ha perdido allí?

—A mí nada. Es Manex quien quiere ir —contesta el abuelo con cierto tono de culpa.

Manex se esconde bajo la visera. Cada vez que sonríe le nacen sendos hoyitos a ambos lados de la cara. Manex es dos hoyitos y una visera. Y unos grandes dientes. Y un montón de pecas.

—Le pediré a Serge que me lleve en coche hasta San Sebastián. Allí cogeremos el autobús —prosigue Floren.

—*Ah bon.* —La hija.

—Quizá mañana mismo.

—*Ah bon.* —Las mismas palabras, el mismo volumen, pero las cejas medio centímetro más arriba, formando un círculo más cerrado con los labios.

—Mañana no puedo, es mi último día en el cursillo de surf, pero pasado mañana sí —interviene Manex, mirando de reojo a su madre.

—De acuerdo, por mi parte no hay ninguna pega. Y sirve las costillas con gesto cansino en los tres platos.

Fue una primavera muy parecida a esta. Había quedado con Manuel en la parte trasera del Ayuntamiento para jugar un partido de pelota. La víspera, en lugar de jugar se tumbaron en la campa, descamisados, mirando al cálido azul, sudando, hablando, mirando. Floren solo hablaba con aquel joven, y con una prima algo menor que él. Aquella tarde en la que no apareció Manuel el calor era sofocante, y Floren se alegró porque volverían a echarse sobre la hierba, a hablar, a sudar, a mirar. Locos y felices. Así era Manuel. Y así deseaba ser Floren. Pensando en todo aquello, llevó la bota de vino y un trozo de queso, pero aquella tarde Manuel no apareció. Y Floren se enfadó, porque pensó que se habría entretenido en una reunión secreta, como tantas otras veces. Floren, por primera vez en su vida, sintió la soledad. Hasta entonces nunca había notado la falta de una persona, ni tampoco su presencia. Y la soledad era algo feo, como robar, como dormir sobre una losa. Aquella tarde en la que permaneció aguardando a Manuel, casi vació la bota de vino. Cuando llegó a casa sin que ya no le cupiera la lengua en la boca, fue su tía quien le dijo, sin apenas coser un hilo de voz, que habían matado a cinco jóvenes del pueblo. Y aquella expresión impertérrita, y cómo continuó cogiendo la leche de la marmita, y luego mezclándola con el arroz y la canela.

Valentín Sarnago: Conejo. Adolfo Belzunce. Mari Garro: el cuñado de Leonor. Luis: el hijo del carnicero. Y Manuel Iroz: Manuel.

Floren sintió el sabor salado de la sangre mezclado con el del vino. Y no se le ocurrió nada más que repetir el nombre de Manuel calladamente, hasta que su tía sirvió la cena. Fue el ruido de los platos sobre la mesa de madera lo que devolvió a Floren al mundo de los vivos, o en este caso, al de los muertos.

—*Ma chérie* —le dice a su hija haciendo caso omiso a las leyes de pronunciación del francés—: Voy a echar la siesta. Este calor asqueroso me ha revuelto las tripas. *Mon pot.* —Se dirige a Manex, y aunque parecía que iba a añadir algo más, calla.

Madre e hijo se han quedado mordisqueando el melón, uno al lado del otro, dibujando dos grandes sonrisas verdes, mirando a la valla que rodea la casa.

Floren se sienta sobre la cama. No tiene intención de dormir. Le arde el corazón, siente hinchada la garganta. Estando Geneviève en su lecho de muerte sintió muchas veces el arrebato de contárselo, hablarle sobre los días que pasó junto a Manuel, pero no pudo. Tras el último suspiro de su esposa la muerte le habitó el ánimo y no volvió a acordarse de él. Hasta hoy. Manuel y Geneviève mordisqueándole el hígado, el olor a sangre y a fiebre, los ojos grises de su hija al otro lado de la mesa. Y los miedos del pequeño Manex.

Al día siguiente, Floren fue a trabajar como siempre al Ayuntamiento. Al subir por la escalera oyó al alcalde desternillarse de risa. Le mandaron arreglar uno de los escalones de la bodega, y aprovechó para guarecerse en ella, pegando unos golpes de martillo de vez en cuando. Aquel día no quedaba en aquel joven rastro de tranquilidad, todo él era fuego y odio. Hacia el mediodía, vio al alcalde y a su secretario en su habitual almuerzo de la taberna, y una vez más, a Floren se le revolvieron las tripas.

—¿Qué vida o qué? —le dijo el alcalde, volviendo el morro grasiento como un animal salvaje.

Vio las patas de cerdo sobre la mesa, una pezuña cubierta en una salsa ocre clavada en el tenedor. El secretario tenía un huevo frito y dos pedazos de chistorra en el plato, y la servilleta anudada alrededor del cuello.

—¿Se te ha comido la lengua el gato o qué?

—Buen día, señor alcalde. —Y lo supo tan pronto como pronunció estas palabras.

Llaman a la puerta. Floren revuelve las sábanas y se tiende sobre la cama. Es su hija.

—Nos vamos a separar. Serge y yo nos separamos. Ha alquilado un apartamento en Bidart. El mes que viene se irá de casa. *Voilà*, eso es todo. No tengo ganas de hablar, así que no preguntes, por favor.

Ha hablado sin soltar la manilla de la puerta, desde el pasillo, sin pisar la habitación del padre. Floren está sentado sobre la cama, y exactamente no sabe qué es lo más adecuado, si alegrarse o intentar un gesto de consternación.

—*Bo* —se atreve.

—Ha sido una decisión acordada entre los dos. Un día de estos se lo diré a Manex, *et voilà*. —Agita las manos como si estuviese enfadada—. Os he dejado pescado. Yo cenaré en casa de Magali. Lo metéis al horno durante veinte minutos, y ya.

Y ha bajado las escaleras dejando en la habitación de Floren el sonido de los tacones contra la madera.

Se da cuenta de que está ansioso por ir al pueblo con su nieto, hace tiempo que no había sentido unas ganas así por nada. Quiso creer que lo de Manuel no fue más que una tonta historia de juventud, pero no lo es. Como en las películas, ahora le gustaría repasar alguna foto, ahora, sesenta y tres años después, pero no tiene ninguna. Durante un tiempo guardó varias cartas que le había enviado la tía, también otras de su prima, una pelota de cuero, y una insignia de la República que le había dado Manuel. Ahora no tiene nada. Las guardó en un maletín que le regalaron en Crédit Agricole. Ahora en ese maletín guarda las cartas que le envió a Geneviève desde París, las respuestas de Geneviève desde Ciboure, uno de los primeros dibujos de Manex, y la foto de boda de sus padres, pero nada le trae ningún recuerdo, ni le enciende la nostalgia, es algo así como tener los puños vacíos. Solo el recuerdo de Manuel lo ata con fuerza a su pueblo, es lo único que le refresca el olor a tierra. Y para ello, no tiene más que rastrear en su memoria.

Floren sabe que fue poco después del asesinato de Manuel, pero no recuerda exactamente cuándo. Le pidió a su prima que le trajese unas semillas de Pamplona. Lo primero fue plantar las petunias en la huerta de casa, y esperar a que florecieran. Era una manera de saborear la venganza: ir todos los días a la huerta, mirar si habían brotado, regarlas, ver cómo se balanceaban en brazos del viento. Primero salieron unos capullitos de colores, algo delicadísimo, con pestañitas, seres totalmente desconocidos a los ojos de Floren. Después, se fueron abriendo hasta tomar forma de campana. Y a Floren le pareció un espectáculo inolvidable. Llevó tierra en una carretilla el día en que las flores se abrieron del todo. Se recuerda a sí mismo en el balcón del Ayuntamiento, preparando la tierra en los maceteros. Tierra fresca y blanda.

—¿Qué pasa o qué? —le preguntó el secretario, desde el terrorífico aspecto que le conferían las brillantes botas de cuero.

—Que voy a adornar el balcón p'al día de la Virgen.

Al secretario lo acompañaba un militar al que Floren no conocía, y ambos se alejaron riéndose a carcajadas por algo que había dicho este. Sus zancadas levantaban el polvo del suelo. Floren apretó los puños, enrabietado, hasta sentir la punzada de las chinas clavándose en su piel.

Manex ha bajado a desayunar con la visera puesta. Lleva una mochila demasiado grande a la espalda, que le hace parecer más delgado de lo que en realidad es. Floren retira los dos vasos de leche del microondas.

—¿No te vas a quitar la mochila para desayunar? Pareces una tortuga.

Manex infla las mejillas, y con las manos imita el nado de la tortuga. Abuelo y nieto toman leche con chocolate, y pan tostado con confitura de arándanos. Floren apenas ha dormido por culpa de los nervios. Lleva más tiempo de lo que creía sin volver al pueblo, y tiene más ganas de lo que pensaba de volver. Oyen la bocina del coche de Serge antes de recoger los vasos. Manex le dice adiós con la mano a su madre; está asomada a la ventana de su habitación, con una taza entre las manos, vestida con el chándal de correr. Floren también se despide, y se montan en el coche que ya tiene el motor en marcha.

—¿Y qué te ha pasado para ir ahora allí? Ojo, que me parece bien, pero es raro, ¿no?, después de tantos años, volver, de repente.

Serge conduce rápido. Vocifera por encima del chasquido de la radio mal sintonizada. A su lado, Manex juega con la Game Boy.

—Quiero enseñarle a Manex el lugar en que nací, tiene curiosidad —contesta Floren desde el asiento trasero.

—*Ah bon?* —Y le da un golpecito cómplice a Manex en la visera.

El chico no separa la vista de la pantalla. Van dejando atrás prados verdes, y vacas con ojos humanos, casas blancas y rojas. Al llegar a San Sebastián, Serge los despide en la estación de autobuses.

—A las ocho en punto estaré de vuelta. *Soyez sages* —grita por encima de la bulla de la radio, y le da otro golpecito en la cabeza a Manex.

Al quedarse solos, Floren y Manex se sienten liberados. Compran los billetes, y suben al autobús.

—¿Has pensado en lo que hablamos?

—Un poco.

—¿Y?

—Pues eso. —Manex continúa apretando los botones de goma de la Game Boy, ahora apagada, con la mirada caída.

—¿Pues eso qué? —pregunta el abuelo, simulando estar enfadado.

—Pues que tienes razón.

—Estoy convencido de que no será para tanto. ¡Has asesinado a un profesor y luego lo has enterrado en el jardín!, ¿es eso?

—No. —El chaval ríe.

—¿Estás planificando matar a alguien?

—¡No!

—¿Has vendido el anillo de boda de tu madre para comprar droga?

—¡No!

—Entonces tranquilo, a tu madre no le va a parecer tan grave.

Y ha seguido pulsando los botones durante un rato, hasta que se ha dormido enroscado entre los muslos del abuelo con la visera sobre la cara. Floren mira atento por la ventana, no quiere perder ni un solo detalle de este día. Es una vuelta atrás a través de su vida, volver al pasado de la mano de su nieto. A medida que el paisaje palidece, la memoria de Floren se dispara. Llegan al cabo de dos horas. De no ser por la iglesia que se ve desde la carretera, no hubiese sido capaz de reconocer su pueblo. Piensa que debería ir despertando a Manex, pero alarga el instante, de tan a gusto que se encuentra solo. Al llegar al pueblo siente cosquillas en los genitales, tal y como le sucedía de joven, por los nervios. Le quita la visera a Manex, y el sol celebra su rostro. Con los ojos entreabiertos, y las comisuras de los labios regadas de saliva, pregunta:

—¿Dónde estamos?

—En mi pueblo —responde, y de repente se siente solo.

Después de Manuel, Floren no ha amado a otro hombre. Antes que él sí, con catorce o quince años, al hijo del lechero, pero ya no recuerda ni su nombre. Se amaban entre las vacas, en la cuadra, sobre la paja con olor a orín, atropelladamente. Y luego bebían la leche caldosa de las ubres, ávidamente. Otro recuerdo que tenía borrado hasta hoy. Pero lo de Manuel fue diferente. Eran amigos. O lo que es aún más importante, iban a ser amigos. Manuel fue su último hombre. Poco después, el mismo año en el que huyó del pueblo, conoció a Geneviève, en Ciboure, y poco después se casaron. Poco después nació su hija, y poco después el hijo que ahora vive en Dax. Y poco después ahora.

Donde antes había campo hoy emergen gasolineras y supermercados, son las viviendas geométricas las que rasgan el horizonte. Han puesto un ambulatorio donde estaba la ermita, y una amplia carretera pasa por encima de la casa en la que nació.

—Yo vivía aquí, Manex.

—¿Sobre la carretera?

Reconoce los acentos, esa manera tan única que tiene aquí la gente de pronunciar las palabras. Siente la necesidad de hablar con alguien, pero en castellano; no lo habla con casi nadie en Biarritz, con un amigo de Behobia y un par más, pero no en aquel castellano de juventud. Desea hablar con alguien de su edad, volver a oír la forma tan dulce y conmovedora en la que se expresan. Aún con cara de sueño, Manex imita los andares del abuelo, las manos cogidas a la espalda, el ceño fruncido, visera en vez de txapela. Se parecen.

Al llegar a la plaza del Ayuntamiento se detienen.

—Yo trabajaba aquí. No creas que ha cambiado mucho. Yo puse esos maceteros, ¿lo sabías? Este fue el primer Ayuntamiento con flores de toda la Ribera.

Escapó del pueblo aquella misma noche, para siempre, sin mirar atrás. Hasta hoy. Enrollados en una manta: dos fotos, un mendrugo de pan, chocolate, un cuarto de queso, una camisa, un par de calzoncillos y de calcetines, y dentro de los calcetines, veinticinco duros.

Lloró por todo aquello que no dejaba atrás. Tras un día de caminata llegó a Pamplona. Era la segunda vez que veía la ciudad, y le pareció que había demasiada gente. Floren contuvo la respiración al pasar junto a unos militares, pensaba que ya lo sabían y que lo iban a fusilar. Pero los militares se alejaron con su eco de botas y Floren se quedó mirando sus alpargatas polvorientas durante un rato. Dos días después cruzó la frontera y se hospedó en Ciboure. Allí conoció a Geneviève, y poco después se casaron. Poco después nació su hija, y poco después el hijo que ahora vive en Dax. Poco después su hija se casó con Serge y nació Manex.

Y poco después ahora.

Floren está frente a los arcos del Ayuntamiento, con Manex, recordando aquella noche. Hay pequeños pinos plantados en los maceteros, y una pancarta cuadrada cuelga del balcón, donde se puede leer PAZ.

—¿Estás llorando? —le pregunta Manex.

—¿Por qué voy a estar llorando?

—Quizá estés triste por haber vuelto al pueblo.

—¿Triste? ¡Estoy feliz!

—Estás llorando —le dice el chico, dándoselas de detective.

—Como decimos aquí, eres peor que una caparra en los huevos. —Pero Manex no entiende qué significa «caparra», ni tampoco «huevos».

Cuando las flores se abrieron del todo, las sacó de la huerta, y las fue tumbando de una en una en la carretilla, como si de recién nacidos se tratara. Tuvo que hacer tres viajes para transportar todas las flores hasta el Ayuntamiento, de noche, y tuvo miedo de que el chirrido de la carretilla despertase a las gentes de aquel pueblo de piedra, más de silencio y más de piedra que nunca. Era una noche cálida y clara. Preparó la tierra de los maceteros y plantó las petunias, con los colores que Manuel y el resto tanto querían: primero las moradas, después las amarillas, y luego las rojas. Muchas. Aquella noche la luna parecía un gran queso, o una mujer muy gorda riéndose. No había nadie en las calles. Floren encendió un cigarro en los bajos del Ayuntamiento. Era hermosa la visión que tenía desde allí. Flores cayendo de los balcones bajo una luna de leche, del color de la traición, del color del grito, meciéndose en el viento. Fue la primera vez que se sintió entero desde que le arrebataron a Manuel, entero, aunque solo.

Tras pellizcar a Manex en el pescuezo, le dice:

—Vamos, tenemos un montón de cosas que ver.

Con las manos a la espalda y el paso corto se encaminan hacia el estanco contiguo al Ayuntamiento.

—¿Tú eres Perico? —le pregunta dulcemente al viejo que se esconde tras unas gruesas y sucias lentes, entre cajetillas de tabaco y frutos secos—. ¿Te acuerdas de mí?

El hombre de gafas cambia de posición el palillo que lleva entre los dientes, pero no contesta.

—¿Sabes quién soy? Soy Floren Ainzúa, el sobrino de la Paca, la huevera. ¿Te acuerdas de mí?

El hombre se quita las gafas, y las limpia con una servilleta de papel de las que utiliza para envolver chucherías. Rescata de la memoria a la mujer que vendía huevos, a aquel sobrino callado y algo raro que desapareció... los recuerdos lo invaden.

—Sí que me acuerdo. —El vendedor de tabaco le alarga la mano por la ventanilla, rápido y temeroso, como si estuviera rayando lo prohibido—. ¿Qué vida o qué?

Floren se la aprieta con fuerza, mostrándole unos dientes aún sanos.

—Mira, este es mi nieto —le dice, con su mano color tierra sobre la cabeza de Manex. Y antes de continuar, pone la mirada en el balcón del Ayuntamiento, y añade—: Solo habla francés y vasco.

ACTUALIDAD POLÍTICA

1

Ha sido después de comer. Ha sentido un picor y se ha soltado el último botón de la camisa, es cuando ha visto que tenía el ombligo enmohecido. Moho que aún no es azul, sino una especie de pelusilla blanca, como aquellos dientes de león que tanto nos gustaban de niños. Así ha pasado un minuto, mirándose el ombligo y soplando; pero nada, no se va.

Frente a la mesa de la cocina, los platos vacíos aún sin recoger, el único color de la sobremesa es el de las mondas de naranja como serpentinas. Son las serpentinas y los berridos del hijo que nunca ha nacido los que alegran el ambiente.

Han divulgado la foto de Joseba en el Telediario. Desde que se refugió hace dieciséis años, es la tercera vez que la enseñan e Idoia se ha puesto nerviosa. En la foto tiene el pelo muy negro, los labios rojos y la piel suave. En cambio, la última vez que lo vio, además de gafas, tenía canas y ligeras arrugas le surcaban el rostro.

Idoia recuerda el día que se hizo la foto, perfectamente. Tenía diecinueve años, y Joseba veinte. Era la primera vez que iba a buscarla en coche a la academia de corte y confección. Le pidió que le enseñara el carné de conducir, y él abrió el documento rosa: la foto, con dieciséis años menos, era la misma de la tele. Salieron del coche y se sentaron en el banco que está detrás del kiosco. A los lados un grupo de álamos vestidos de soledad; la pintura despegada de los bancos; las manos y la carne.

Quizá luego vaya a visitar a Maritxu, la madre de Joseba, a ver si sabe algo, hoy, un día en el que parece que por las calles no silban las balas. Quizá cuando salga de la farmacia.

2

La madre de Idoia odia esa manía de hablar sola que tiene su hija. Desde la cama convertida en féretro, su voz amplifica la sensación de locura. La madre le grita que calle. A Idoia le parece haber oído la voz de su madre. Ha decidido no decirle nada acerca de su reciente enfermedad, y ha envuelto en un trapo de cocina el bote con moho. Tampoco le va a decir que ha visto la foto de Joseba en el informativo, pobrecita. La madre le ha suplicado que se calle, que guarde para sí sus pensamientos, pero Idoia no la oye, y si la oye cree que está delirando, pues le parece haber escuchado la voz de su madre.

3

—No me atrevía a quitármelo yo sola, pero ¿a quién iba a llamar? Al final me he ayudado con una cucharilla, he sacado todo el polvo que tenía en el ombligo y lo he guardado en este bote, era de pimientos. Luego me lo he limpiado bien con jabón, y aquí lo tienes, para que lo analicéis —le ha dicho a Pili.

—No creo que sea grave. —Pili, la boticaria, está harta. Un hartazgo profundo, existencial, casi enfado. Le ha quitado de las manos el bote de cristal, ignorando el nerviosismo agazapado tras los verdes ojos de Idoia—. Haremos una analítica —le ha dicho con escasa credibilidad—. Pásate mañana, hacia la tarde.

—No sabía a quién llamar. Mi madre hace tiempo que no habla, está muy malita. No sé si he hecho bien o mal, quizá lo mejor hubiese sido que me lo quitases tú con unas pinzas, pero ya no aguantaba más el moho en mi ombligo; así que me lo he sacado con una cucharilla.

Pili se tranquiliza. Ha sido al verle los ojos verdes, al recordar la belleza de aquella mujer riéndose tras el humo de los primeros cigarros en la campa de Patxiku. Pili no consigue recordar con nitidez a Joseba, aunque perteneciese a su antigua cuadrilla. Su recuerdo más nítido es la fotografía de la tele.

—Hasta mañana, entonces, y estate tranquila, que no será nada. Oye, ¿sigues fumando? —le ha preguntado Pili con la frescura reencontrada en la hierba mojada de aquella campa.

—No. Lo tengo prohibido. Tampoco puedo tomar café; ya sabes, por los nervios.

Tras mirar a izquierda y derecha, se cubre la cabeza con el palestino que lleva al cuello y sale corriendo de la farmacia. Ha comprado el *Gara* en el kiosco y lo guarda en la carpeta que lleva para ese fin. Una patrulla de la Ertzaintza realiza su ronda rutinaria, y pasa al lado de Idoia. Ella se refugia en un portal, lee y vuelve a leer los nombres y apellidos de los vecinos en los timbres, como si buscase a alguien. Solo cuando la Ertzaintza ha desaparecido al doblar la esquina, ha continuado Idoia su carrera hasta casa.

Se apoya contra la puerta, resoplando. A través de la mirilla se ve un pueblo que parece tranquilo. Puede ver una parte de la plaza. Niños jugando en los pórticos del Ayuntamiento. Las gafas ahumadas de dos guardaespaldas, charlando. Idoia ha nacido en esa casa. Lleva treinta y cinco años viviendo en ella.

Más calmada, se sienta a la mesa de la cocina, deseando encontrar en el *Gara* la razón de su inquietud. «Batasuna augura acciones policiales inminentes.» Busca la foto de Joseba en el periódico, y no la encuentra.

A Idoia le gusta leer el periódico sentada junto a su madre.
Lee los titulares en voz alta. Su madre odia que lo haga, pero
la hija no oye las protestas de su madre.

—La foto saldrá mañana. Mañana también tendré que correr el riesgo de ir a comprarlo, pero qué le vamos a hacer. He
visto unos orificios de bala en la pared de la iglesia, que deben
ser de ayer por la noche. —Pensativa, fija la mirada en el horizonte compuesto por la cenefa de flores—. Estas pastillas me
dejan frita, y menos mal, porque así no me entero ni de la
mitad. Estos hijos de puta, cuándo nos dejarán en paz.

En días como el de hoy, la madre de Idoia se arrepiente de
haberle contado a su hija cosas sobre la guerra civil. Sin embargo, sesenta y seis años después, sigue oyendo en sueños los
alaridos que suben del precipicio. El vuelo de los infelices
atravesando el silencio. Últimos irrintzis como aullidos de
perro. Ignacio. Esteban. Sebe. Martín. Ni siquiera los animales
hacían ruido, alertas como estaban. Recuerda con inocente
memoria infantil las elegías sin letra de los que sabían de su
muerte mientras caían por el precipicio. No solía querer ir a
hacer la colada al río, el agua llegaba teñida de sangre, y las
ramas que se partían bajo sus pies eran huesos jóvenes a medio pudrir. Aún hoy son muchos los que, frente al precipicio,
se reúnen en torno a un sencillo homenaje, como si tantos
años después tuvieran más cerca la libertad. Aún lloran.

Le ha vuelto a salir ese polvillo en el ombligo. Lo va a
guardar en otro bote, por si acaso. No tiene buena pinta. Mañana, cuando vaya a recoger el análisis, le llevará a Pili el bote
nuevo, para que lo compare con el anterior.

Hay dos botes de pimientos sobre el frigorífico: uno está vacío, el otro guarda un pedacito de algodón. Al lado, un reloj

con el hacha y la serpiente tallados, y una consigna: *Bietan jarrai.* Está parado. Pegado a la puerta del frigorífico, el calendario de Seaska. A comienzos de año, Idoia escribió «niño» al lado de algunos nombres y «niña» al lado de otros. Rodeó con un círculo rojo el nombre Amets, «tanto niño como niña».

De la habitación contigua llega el tierno ronquido de una madre de madera. Del cuarto para el niño, un silencio metálico. De la otra, mis palabras, esto no tiene buena pinta, yo frente al espejo del dormitorio, inspeccionando con dedos temblorosos mi ombligo. Más pelusilla.

6

Durante la sobremesa, el espacio que separa el suelo del techo se agranda. Es, sin duda, la peor hora del día, la hora en la que el suelo más se aleja del techo, la sobremesa.

Parece que los álamos piensan lo mismo y a estas horas toman un color como oxidado, como el color del tiempo.

–Ha salido tu foto en televisión. Desde ese instante me persiguen los cipayos, saben muy bien que soy tu mujer. Al salir de la farmacia, allí estaban, esperándome, los muy hijos de puta. He pensado en decirle a Pili que me guarde tus cartas, por si acaso; once cartas en dieciséis años, y ni una sola en los últimos seis. Espero que no te enfades, pero hay veces en que dudo si es cierto que no me escribes por motivos de seguridad. La situación aquí también está jodida, los fascistas nos tienen rodeados, y no nos dejan vivir como vascos. Estamos todos controlados. El pueblo está tomado. Desde que cogí la baja solo salgo de casa una vez al día, por la mañana, a comprar el *Gara* y a hacer los recados, nada más. La situación de la amatxo también es dura. La pobre no habla desde que murió mi aita. Continúa postrada en la cama. La guerra es triste, y no solo para quienes estáis en primera línea de batalla. Quiero un hijo, un retoño que dé continuidad a la lucha. Le llamaremos Amets. Tiene que ser antes de que sea demasiado tarde, ¿sabes?, estoy enmoheciendo; por eso te escribo esta carta, para concretar una cita: el domingo en San Juan de Luz, en el parking del Petit.

Tras anudarse el pañuelo alrededor de la cabeza, Idoia, con la carta metida entre las bragas, se dirige a la Herriko Taberna. Se quedará frente al escaparate hasta que no vea a ningún policía por los alrededores, como un caballo desbocado. La lluvia ha mojado el suelo y la acera resplandece.

«El Congreso aprueba la ilegalización de Batasuna.» Piensa que el tiempo corre en su contra, y entra en la Herriko. Sabe bien que se encuentra en un lugar peligroso, que en tiempos de guerra es mejor no entrar en este tipo de locales, pero es la única salida que le queda para poder contactar con Joseba.

Antes, cuando recibía sus cartas, las contestaba utilizando el mismo camino de ida. Ahora, sin embargo, no hay camino, no hay cartas.

—Quiero hablar con el director. Es urgente —le ha dicho al camarero greñudo.

El joven la mira entre aburrido y malhumorado.

—En las Herrikos no hay directores, señora.

—Pues entonces con algún encargado.

—Tampoco. ¿Qué quiere?

Idoia se fija en la piel del camarero. Es un chaval. No aparenta más de diecinueve años. No lo conoce, pero el brillo del águila plateada que pende de su lóbulo le inspira confianza. Sabe que le ayudará. Le pide papel y boli. «Soy la mujer de Joseba Amilibia. Necesito hacerle llegar esta carta. Ayúdame.» Se la entrega junto con el sobre y sale del bar ocultando su rostro con el pañuelo palestino. El chaval no sabe qué hacer. Le suena el nombre de Joseba Amilibia, pero no sabe de qué.

Cuando su novia va a tomar el café le cuenta lo sucedido, sin añadirle ningún acento de misterio al relato; la chica le dice que el aro que se ha puesto en la nariz le sienta bien, mucho mejor que la bolita, y el chico contesta que ella también está guapa con el pelo liso. Media hora más tarde se olvida de la existencia de la carta y de la nota.

7

Los gritos que llegan desde la habitación se asemejan a los de una parturienta. Cualquiera diría que la madre de Idoia está pariendo, que se está rompiendo en dos. A veces le parece que ella es la culpable de la situación de su hija, sobre todo, cuando le traiciona la conciencia; pero enseguida se le olvida. Al momento se le olvida que ella es, en gran medida, la culpable de la situación que sufre su hija.

—A veces tengo la impresión de que mi madre grita. Sospecho que se está dando cuenta de todo; la guerra se huele, no hace falta salir de casa. Más si ya ha vivido otra guerra. En el Eroski empiezan a escasear las cosas. Hoy, por ejemplo, no había atún, y muchos estantes estaban medio vacíos. Empiezo a comprar provisiones. Parte te las llevaré allá. Maite continúa trabajando de cajera; y lo que aún es más difícil, sigue siendo de las nuestras... No como Arantza: desde que dejó el supermercado y empezó a trabajar en el despacho de Antxon, se pasea por el pueblo con *El Diario Vasco* bajo el brazo. Le he hecho un gesto a Maite, pero no me ha contestado, por miedo, seguramente. Ella tampoco ha tenido hijos. Dicen que es lesbiana.

8

Al día siguiente, Pili le dice que no tiene nada, que está sana y que no se preocupe, que lo del bote no son más que restos de algodón de alguna prenda. Idoia le pide que le devuelva los botes, pero la boticaria se niega, alegando que no sirven para nada. Finalmente Idoia se sale con la suya, resentida envuelve los botes en papel de periódico y sale de la farmacia.

Son las cuatro de la tarde. Es al mismo tiempo demasiado pronto y demasiado tarde para que haya gente en la calle.

Idoia camina deprisa. Los animales de una veterinaria la persiguen con la mirada y ella les contesta con una mueca grotesca. Los taxistas bostezan al otro lado de la calle y las mujeres posan en el suelo las bolsas de la compra antes de continuar su camino.

En casa, Idoia se quita el palestino y se dirige al cuarto de la madre, llorando. Se acurruca en su regazo, esta le acaricia el pelo, y le pregunta: Qué te pasa, qué te pasa, qué te pasa; Idoia solamente escucha un quejido seco e interminable.

Mientras hierve el arroz que prepara para la cena, Idoia vuelve a encontrarse moho en el ombligo. En la cocina vacía se escucha el eco de su voz, que repite: «Tendré que ir a ver a un especialista».

El reloj con forma de tomate anuncia como cada día la hora de los noticiarios. El chapoteo del hervor se entremezcla con la voz del presentador: «La Policía gala ha detenido en un camping de la localidad francesa de Arlés al presunto etarra Joseba Amilibia y a su compañera Dominique Paulus. Los detenidos, junto con su hija de tres años, se disponían a abandonar el camping cuando un agente de la Policía francesa les pidió la documentación».

Idoia se acaricia el vientre, escudriñando su ombligo con espanto, mientras mira las imágenes de televisión. Es Joseba. Y una mujer rubia. No hay imágenes de la niña, y piensa que es mentira, que se trata de otro intento más de manipulación. Pero las imágenes, a pesar de ofrecerlo algo más verdusco que en la realidad, muestran a su marido. Y a esa rubia...

Para cuando se ha dado cuenta, Idoia tiene el ombligo y las uñas ensangrentadas. Se ha quedado sin aire tras un largo lamento. La madre de madera se levanta de su blando ataúd con movimientos de árbol. Bajo el camisón color crema, los pies transparentes buscan el grito de su hija, y avanzan hacia la cocina. El presentador vuelve a dar la noticia de la detención de Joseba. El borboteo es cada vez más violento, pero ni la madre ni la hija se percatan del olor a arroz quemado. Están sentadas en el banco de la cocina, mirando a la pantalla cogidas de la mano. El vapor ha humedecido el televisor, y las imágenes, el Joseba de la televisión, el presentador y los policías, se distinguen ahora como los álamos a través de la ventana. Los rostros de Idoia y de su madre también se borran más que de costumbre. Las palabras no tienen peso, no se oyen, no se dicen.

VIAJE A LA SEMILLA

Este relato de mi vida es el relato de la vida
de mi madre, al mismo tiempo que es el de
mi vida; y sin embargo, vuelve a ser el relato
de la vida de los hijos que nunca tuve, así
como su relato sobre mí. Es el relato de la
vida de un ser al que no le permitieron ser,
es el relato del ser que yo misma no me permití ser.

JAMAICA KINCAID,
Autobiografía de mi madre

La leche fresca del amanecer se mezcla con las últimas colillas
de la noche. Es la primera vez que Zigor y Elena salen juntos
en fiestas del pueblo, una prueba a superar para las parejas
recién estrenadas. Ya es algo de lo más vulgar que el doctor
Jekyll se convierta en míster Hyde, y más aún que dentro del
galán más comprensivo renazca el instinto troglodita y falo-
céntrico, sobre todo media docena de rayas y dos litros de
cubatas después. Pero no ha sucedido, y a pesar de la lógica
borrachera, ninguno de los dos ha sufrido variaciones psíqui-
cas extremas. Están en la plaza de toros, es el segundo día de
fiestas, los besos con sabor a Coca-Cola son dulces, y Elena
le dice que, tras los toros, irán a casa a hacer el amor. Zigor le
mete la mano en el bolsillo trasero del pantalón, estampa un
beso miope contra sus minúsculos labios. El griterío de la
gente ha echado a perder el instante, y la pareja se gira hacia

la plaza en busca del porqué del clamor. Un cincuentón que imita la cornamenta con los dedos trata de embestir a la vaquilla arrodillado sobre la arena. La vaquilla lo sacude como a un muñeco de trapo. Cuando consigue reincorporarse, se saca el pito, y mea contra el hocico del animal. La vaquilla parece concentrada, haciendo un esfuerzo ingente por comprender el comportamiento de ese ser. Mientras tanto, un joven ganadero sujeta al hombre por el brazo, haciendo caso omiso de los silbidos del público.

Elena está pálida. Zigor se revuelve de risa, grita Torero, torero.

—Vamos —dice ella retirando la mirada.

—¿Qué te pasa?

—Vamos.

Se enfada, y estalla en un gimoteo etílico sobre la colorida blusa de Zigor.

Zigor le acaricia la cabeza, sin comprender muy bien qué sucede. Ella confiesa que el borracho zarandeado es su padre, y él contesta No pasa nada, amor en tono simpático.

—El mío también se agarró una buena en Navidades, y mi madre estuvo dos semanas sin dirigirle la palabra. Imagínate qué cogorza.

—La única diferencia es que tu padre no es alcohólico, ¿verdad?

Cierra los ojos para llorar, se aprieta fuertemente contra Zigor, quiere desaparecer, y en diez segundos se le ocurren diez destinos posibles, la Isla de Pascua y la estepa siberiana entre ellos. Zigor vuelve a introducir las manos en los bolsillos traseros del pantalón, repitiéndole al oído Tranquila, cariño dos o tres veces.

Zigor empieza a descifrar a Elena. Elena empieza a amar a Zigor.

Regresan a casa. Han caminado en silencio, a pesar de que Zigor se haya esforzado por iniciar una conversación. Paralelamente, y al tiempo que barajaba distintos temas, empieza a comprender el comportamiento de Elena, por ejemplo el hecho de que nunca le haya hablado de sus padres; y le estrecha la cintura con fuerza.

Zigor prepara el café mientras Elena se ducha. Querría poder quitarse de encima toda la suciedad acumulada, el alcohol, el ciego, la noche, el padre. Frota su cuerpo con esponjas naturales, y llora. El aroma del café recién hecho la devuelve a la realidad, y recuerda que Zigor está en la cocina, esperándola. Es encantador, tierno, pero aún no tiene claro si quiere hablarle acerca de su padre. Sabe que ese tipo de confidencias fortalecen las relaciones, y a Elena le da miedo, o pereza; siempre lo ha evitado. Además, no quisiera convertir a su novio en un confesor. No sabe. Piensa en ello en los instantes previos a pasar de la fantástica niebla del cuarto de baño a la desnudez de la cocina.

—He traído cruasanes —ha dicho Zigor como si nada hubiese sucedido.

—Preferiría no hablar de eso ahora, ¿vale? —Elena, cariñosamente—. Al menos hasta que se me vaya el clavo.

Zigor le acaricia el cabello con un gesto que roza el paternalismo. Pero a Elena le gusta.

Hacen el amor con más violencia que de costumbre, y la chica suelta un aullido grave, tanto que al vecino le parece el lamento de una mascota. Antes de dormir, Elena dice·

—Tengo ganas de morirme.

Duermen.

Están recién enamorados. Elena duerme en el nido creado bajo el brazo de Zigor. A Zigor, los cabellos de la chica le cosquillean la nariz. Se pone a llover, y el charco del parqué crece. Hasta la gotera es perfecta en casa de Elena. Sin gastar un solo céntimo, le da a la casa el aspecto bohemio que ella busca. El amanecer se marchita, y los brazos amarillos de Homer Simpson marcan las ocho de la mañana, las siete, las seis, las cinco, las cuatro. El sol vuelve a salir, y vuelve a ponerse, y vuelve a salir mil veces. Los pechos antes llenos de Elena menguan, hasta convertirse en tímidos bultos. La casa de Elena se va deshaciendo, los obreros sudorosos llevan los ladrillos en carretillas, el tercer piso, el segundo, el primero, hasta llegar al solar, suben los sacos de cemento al camión, y el camionero remolón los lleva a un depósito mientras escucha Los 40 Principales. El arquitecto pasea fumando por el solar, con el móvil colgado del cinturón, y discute con un socio constructor acerca de las acciones de Euskaltel.

Cada vez que hay lentejas o algún potaje o sopa tiene que hacer un esfuerzo tremendo de concentración para evitar mirar a su padre y llevarse la cuchara a la boca. La cuchara viviente, los ojos nublados del padre, y ella allí; oye caer el líquido, y cuando choca contra el plato, imagina la camisa azul del padre salpicada de marrón, a pesar de que continúa contando los azulejos de enfrente, de arriba abajo y de izquierda a derecha; nunca se equivoca, en la cocina hay 112 azulejos blancos y 32 floreados. Tiene catorce años.

Hoy se ha dado cuenta de que su madre no come como el resto de las madres, de que hace cosas extrañas, de que su madre es extraña en general, y que por eso no invita a nadie a comer a casa. La mira limpiarse las juntas de los dientes con una espina de pescado. Y mastica la comida haciendo malabarismos, en silencio, ensimismada. Dos años atrás, el día de su duodécimo cumpleaños, pidió permiso e invitó a Leire a comer. En aquella época, Leire era su mejor amiga, una niña rubia y lista, marginada por llevar un parche en el ojo, pero poco a poco, sobre todo desde que llevaba gafas, había ido cobrando carisma. Todos los niños lo hacían, invitaban a un compañero de clase a comer a casa, y por la tarde se lo contaban al resto, y después, en la parada del autobús, le hablaban al oído al nuevo mejor amigo, intentando mantener lo más lejos posible de aquella parcela de complicidad recién conquistada a los otros niños, siendo la mirada celosa de estos la principal fuente de entusiasmo. Ella no quería ser menos importante. Por eso invitó a Leire. Pero no salió bien. La comida fue la de siempre, con la excepción de que alrededor de la mesa había una infiltrada. Leire no suavizó aquel ahogo plúmbeo, y el ruido de cucharas continuó siendo demasiado agudo. No comieron ni espaguetis, ni salchichas, como hacía el resto de los compañeros en aquellas ocasiones, sino garbanzos y trucha sin jamón.

Las palabras del padre rompieron la monotonía. Solo entonces abrió la boca, cuando la madre se ensució la camisa:

—No seas cerda, que tenemos invitados.

Y después de comer, Elena, cabizbaja, caminó al lado de Leire, y en la parada del autobús no consiguieron la complicidad que otros habían conseguido. Al día siguiente, a la hora del recreo, Elena fue con los chicos a jugar a fútbol, y no volvió a arrimarse a Leire hasta la semana siguiente.

En la escuela, las tizas de la pizarra crecen, se redondean, pierden el polvo, y se convierten en cilindros perfectos y brillantes. En el rostro de la maestra se suavizan tres arrugas, y las mejillas se enternecen. Es primavera de 1984.

Juega con un compás clavado en una goma de borrar frente al televisor, hasta que se parte en dos. El chirrido de vajilla de la madre se propaga por las esquinas de la geometría de la casa y Elena clava el compás en lo que intuye es el epicentro de la goma. Escucha que los pasos arrítmicos del padre se acercan. Escucha a la madre decir Aparta y vete a la cama, y más tarde Que estás que das asco. Tenía que haber entregado el ejercicio de dibujo la víspera, y, atemorizada, libera el compás de su estuche. Cuando se le acerca, desea estar muerta, o mejor, desea no haber nacido, porque la muerte es pérdida, y la pérdida dolor, y ella no quiere sentir más dolor del que ya tiene. Retira de su cabeza la mano enrojecida del padre, con el mismo movimiento tantas veces observado al gato del vecino. La mano del padre agarra el compás, y Elena le arranca de sus garras los brazos metálicos: Deja, le preguntaré a la maestra cómo se hace, tú no sabes. Quiere morir, pero aún no sabe qué es la muerte. Piensa que es algo fácil de conseguir a través de la concentración.

—Anda que no sé cómo no te da vergüenza que tu hija te vea así —la voz amarga de la madre entra a través de la cerradura del cuarto.

Como queriendo ahogar con sordina los gritos de los padres, Elena se tapa y destapa los oídos, y recuerda el rumor de las olas. Escondida bajo la almohada, desea desaparecer para siempre, del aliento del padre, del dedo apuntador de la maestra, de las pestañas marchitas de la madre.

Más allá de la ventana del cuarto, las hojas de los castaños que reposan sobre la acera vuelven a los árboles y se convierten en brotes temblorosos, el frontón deja de gritar Socialismo e Independencia, y todas las letras van a parar al bote de spray rojo que esconde un joven rubio.

Llamaron a los padres a la primera reunión de la escuela. Aquel mismo día, antes de la reunión, la maestra le preguntó si sus padres hablaban euskera. No. ¿Tu madre sabe? No. ¿Tu padre tampoco? No. Y sintió una enorme tristeza, la confusión en sus labios recién florecidos, y desde sus ojos nublados y húmedos observó a la maestra insistir con su lista. Fue la primera vez que se avergonzó. Se sintió muy pequeña al recordar que su padre siempre estaba borracho y la madre, enfadada, llorando o viendo el televisor. Y deseó ser diminuta, como cuando no tenía memoria, volver a la época en la que su madre le quitaba los piojos.

A Elena le gustaba el protocolo que había que seguir con los piojos, gracias a ellos la madre la bañaba con sus pecosas manos, y tenía la sensación de que pasaba horas junto a ella, arrancándole los piojos uno a uno; y le decía Me pica mucho, instándola a seguir buscando muchos más. Solo deseaba que le enredase el pelo húmedo, tenerla cerca y preocupada, contándole historias relativas a su trabajo que Elena no entendía. Pero el placer duraba poco. En cuanto se oía el portazo, antes de que los zapatos como reptiles se escurriesen hasta el cuarto de baño, la madre decía Venga, ya vale, y todo terminaba.

Y como si la borrachera del padre fuese culpa de una compañera de clase de Elena, cierto día, en cuanto oyeron el portazo, le dijo Seguro que es la Andrea la que te pasa los piojos; su madre es una marrana y siempre lleva a la chavala con el chándal sucio de huevo. Pero para entonces, a pesar de ser una niña, Elena ya era consciente de que la causante del enfado de su madre no era Andrea.

Los piojos recogen sus liendres, y vuelven a la cabeza de un compañero de clase, allí recogen más liendres y recorren las cabezas de cinco compañeros de clase, hasta que se acomodan en los rizos de un muchacho gafótico de un curso superior.

Le viene a la memoria la primera herida, anterior al aliento del padre. Una niña de clase, Joana, una niña bonita y presumida que tenía una madre bonita y presumida le dijo Qué gorda está tu madre, parece una vaca. Para entonces era consciente de que tal vez no quería a su madre, pero el día que escuchó Qué gorda está tu madre, supo que querría a su madre aunque fuera el mismo demonio. Más tarde, se enfadó y la llamó así, Gorda. Aquel día nevó, y la madre obligó a Elena a que llevara paraguas, a pesar de que la niña, como todos los niños, ansiaba convertirse en un muñeco de nieve. Fue entonces cuando le gritó Gorda, pensando que era lo más grave que se le podía decir a una madre. Y caminó llorando bajo la nieve.

Antes de derretirse, los copos retornan al cielo bajo, y lo llenan de parches. Un grupo de jóvenes despega carteles de aquel local que en su día fue pescadería, un señor guarda en una carpeta el cartel de Se vende, y la calle se vuelve a impregnar de olor a pescado.

Es mediodía, y la madre de Elena sale del trabajo directa a hacer las compras. Está embarazada, y tiene las manos y los pies hinchados. Lleva un vestido verde de flores, está hermosa. Pide un chicharro. La pescatera le pregunta qué nombre le van a poner:

—Seguramente la llamaremos Elena. —Y coloca su mano sobre la barriga.

Con el embarazo, el rostro de la madre de Elena parece una manzana roja. Su primera hija nacerá en dos meses. Podría decirse que está contenta. El padre de Elena también está contento. Tras salir de trabajar, toma unos vinos con la cuadrilla, y se dirige a casa para terminar el dormitorio de la hija. Está fabricando una cuna de madera, a pesar de que la mujer le ha dicho que no hace falta, que ya tienen la de su hermana. Pero el padre de Elena quiere una cuna hecha con sus propias manos, y cuando trabaja en ello le embarga una emoción casi insólita. Quiere hacerla bien, quiere la cuna más hermosa para su hija, construida por él. La madre de Elena lo mira hacer orgullosa. Desde que está embarazada no vuelve tocado, y para las ocho ya está en casa. Ama a su hombre más que nunca, y se lo dice en otras palabras:

—Estás hecho un padrazo.

El hombre deja las herramientas, se sacude las astillas del pantalón, y apoya la oreja sobre el vientre de su esposa.

Los pechos antes llenos pierden leche y caen en la inmensidad del sujetador. El diámetro del vientre se desinfla hasta dibujar un abdomen liso, y lo que serán el cráneo, los brazos y las piernas de Elena se van difuminando en la acuarela amniótica.

Elena desaparece. Las mejillas de la madre se apagan. Un valiente renacuajo abandona la calidez del óvulo y, cabizbajo, vuelve a través de las trompas de Falopio al solitario reino del hombre.

Los padres de Elena regresan de una boda, es tarde. El padre está borracho, la madre cansada. Le duelen los pies, durante todo el día ha bailado sobre unos zapatos que le vienen pequeños. Lo han pasado más o menos bien. Las paredes de la habitación estrenada hace apenas un mes están desnudas. El padre, sentado sobre la cama, soltándose los cordones. La madre haciendo contorsionismos para sacarse el vestido sin ensuciarlo de maquillaje. El padre la embiste por los muslos, y la tumba sobre la cama con una llave que parece de judo. La madre de Elena ríe, y sin perder tiempo en retraimientos, se deja llevar por eso que a primera vista no es más que otro revolcón. Aún húmeda, la madre duerme en el nido creado bajo el brazo de él.

Zigor intenta despertarla, como sin querer. Con los dedos de los pies le roza los empeines, le lame la axila. Ha atardecido, y sudan. Buenas tardes, cariño, dice Zigor. Elena se sienta hábilmente sobre él. No le apetece recordar el espectáculo de la mañana, ni siquiera dar opciones de que le pregunte cómo está en tono dramático. Se mueve, primero despacio, cada vez con más violencia.

La hiedra ha trepado con firmeza, y los fragmentos de pintura de las ventanas han volado lejos durante los días de lluvia. Los muebles habitan la casa de Elena, y en las paredes crecen fotografías y carteles.

Como si todos los días volviese a empezar, como si el sol de hoy fuese el mismo de ayer.

EL VERANO DE OMAR

—¿Lo tengo mal? Dime qué tal estoy, Xabier.

—Estás guapa, pero ¿no crees que es demasiado joven para ti?

—Qué tonto eres...

—Tiene once años...

—Luia, dime la verdad: ¿qué tal tengo el pelo? —le preguntó a la niña tras soltarse el cinturón de seguridad y ponerse de rodillas en el asiento.

Hábilmente, la niña borró la huella que había dejado la noche sobre el peinado de mamá.

—Mejor así.

—Este maldito remolino... el día de tu comunión tuvieron que alisármelo dos veces, ¿te acuerdas? Menos mal que tú tienes buen pelo... Todavía eres pequeña para darte cuenta de la suerte que tienes de tener el pelo liso... Cuando te des cuenta, te quitarás esa coleta para siempre, te lo digo yo.

—¿Y por qué es bueno tener el pelo liso? ¿Qué tiene de malo mi pelo? —preguntó Xabier, haciéndose el indignado.

—El pelo no debería ser rizado. El pelo debería ser liso. Lo que hace que el pelo en vez de liso sea curvo, es un pequeño fallo en un gen.

—¿Qué gen?

—Un gen, yo qué sé cuál.

Elena se apretó las sienes. Xabier movía los ojos en un peligroso juego de pelota, de la carretera al espejo retrovisor, ofreciéndole a la niña un castillo en el que esconderse, o mejor, un pasaporte con el cual huir de aquel lugar. Siempre sucedía de la misma manera: la niña retiraba sus ojos de los del padre, aceptaba con elegancia el destino que le había sido dado, y desde el borde de la horca, ofrecía al público una última sonrisa desdentada.

El aeropuerto era un puñado de chatarra en medio del azul. Al apagar el aire acondicionado, una corriente de calor rodeó a la familia. Eran las cinco de la tarde.

—Todo saldrá bien, Elena. —La mano de Xabier se posó como un águila sobre el muslo de su mujer—. ¿Verdad, Luia? ¿Verdad que todo va a salir bien?

Tanto Xabier como Elena estaban acostumbrados a no oír la respuesta de Luia a sus preguntas.

Enseguida vieron el cartel de «Vacaciones en paz». Una joven, a la que conocían de las reuniones, tendió a Luia una cartulina con el nombre de «Omar»: dentro de la *o*, dos ojos y una sonrisa. Elena no consiguió ocultar el ansia que sentía por tener aquella cartulina entre sus manos; Luia dilató todo lo que pudo la tentación de no dársela.

Mientras el avión aterrizaba, la familia de Luia se mantuvo alejada del grupo formado por otras cuatro o cinco familias, en silencio, inmóviles, aislados, formando un triángulo. Luia observaba a su madre. Elena acariciaba la cartulina, con la mirada fija en ningún lado. De cuando en cuando, Xabier se giraba para comprobar que su hija continuaba allí, y después agitaba los bolsillos del chándal, haciendo ruido de monedas. A excepción de Luia nadie más se daba cuenta de que formaban una comunidad especial. Escucharon atentamente las últimas instrucciones:

—Si necesitáis algo, llamadme, si no, tal y como fijamos en la última reunión, nos veremos dentro de dos semanas, el domingo, día 14, en la piscina. Pasadlo bien y aprovechad al máximo las ganas de paz y de alegría de estos niños y niñas...

En cuanto oyó la última frase, Elena se puso las gafas de sol, que hasta aquel momento habían reposado sobre su cabeza.

Omar fue uno de los primeros en salir. Caminaba al lado de una niña de aproximadamente su misma edad, y cuando Elena gritó su nombre, tras despedirse con fervor de la muchacha, corrió en busca del grito. Tenía las paletas rotas, vestía una camiseta de Spiderman, de su hombro colgaba una bolsa de rafia y de su cuello la cartulina con su nombre. Elena le dio un solo beso, contenido, y haciendo uso de todos los músculos de sus labios recién pintados, pronunció:

—Bienvenido, Omar.

Xabier le dio un abrazo deportivo, y dando palmadas en el aire, dijo:

—Elena, Xabier y Luia.

—Omar.

Luia se le quedó mirando, agarrada a las asas de la mochila.

—Dale un besito, chica —le pidió la madre.

Luia esperó a que fuese él quien se acercase. Omar olía dulce, un olor a juguetería o a panadería, un olor que jamás antes hubiese asociado a una persona.

—¿Has traído maleta? —preguntó Elena.

—No, nada. —Hablaba despacio, mirando a todos.

—Entonces podemos marcharnos. Tenemos alrededor de una hora de viaje de aquí a casa. —Xabier le ofreció a Omar la llave del coche—. ¿Conduces tú?

Hacía tiempo que Luia no se avergonzaba.

—Papá…

—Era broma.

Omar devolvió la llave a Xabier, y caminó a su lado. Tras ellos marcharon Elena y Luia, quienes, por el rabillo del ojo, miraron a la niña que acababa de despedir Omar: estaba con una pareja mayor, sujetaba una Hello Kitty enorme entre los brazos, y estaba rodeada de cachitos de celofán.

—Quizá le teníamos que haber traído algún regalo —le susurró Elena a su hija.

—Ya te lo dije, mamá.

El verano de Omar, Elena pidió una excedencia en la tienda de decoración en la que trabajaba. Luia solía pasar los veranos en casa de la abuela. A la niña se le iba el tiempo contemplando la piel morena y llena de lunares de la abuela, los pechos que se derramaban por todos los lados y las conchas que se colocaba sobre los ojos cuando se tumbaba para tomar el sol. También observaba a los niños y niñas de su edad, sobre todo a las niñas: miraba cómo hacían ellas. Cómo lo hacían.

Estaba destinado a ser el verano de Omar. Pero también el de Elena y el de Luia.

—Seremos tus padres en el País Vasco, ¿quieres? Y Luia será tu hermanita vasca, ¿quieres?

Luia y Omar se sentaron en los asientos traseros, dejando entre los dos más espacio del necesario. En cuanto sentía que alguien se dirigía a él desde el espejo retrovisor, Omar dejaba a la vista su dentadura imperfecta.

Luia lo escrutaba con impunidad.

—Te has cortado el pelo —le dijo Luia en voz baja.

—Sí.

—¿Tenías piojos?

—No, nos lo cortaron a todos, un día antes de venir.

—¿Tú me imaginabas así?

—No lo sé.

—Quizá me imaginabas rubia.

—No.

—Yo ya sabía cómo eras, por la foto. ¿Solo tienes esa camiseta?

—No, pero me gusta esta. Tengo el traje entero, pero no lo he traído.

—¿Cuántas camisetas tienes?

—No sé, un montón.

—Mamá me ha dicho que no tenéis nada. Solo arena y palos. Y que jugáis a fútbol con una piedra.

—Yo tengo el balón de la Real, el verdadero.

—Pobres —murmuró Luia, y tenía una voz tan suave que, antes de llegar a casa, Omar había hecho desaparecer el espacio muerto que separaba a ambos.

Xabier no hizo nada por ocultar la prisa que tenía por largarse de allí.

—Te quedarás al cuidado de mis dos mujercitas mientras yo aparco el coche, así que cuidadito. Es broma.

—Mientras, le enseñaremos la casa, a ver si le gusta.

Elena quería llegar a casa cuanto antes y subió las escaleras con menos gracia que nunca. Los niños la siguieron.

—Ta-chán... —dijo.

Había dos globos con forma de corazón atados a la manilla de la puerta. Soltó uno y se lo entregó a Omar.

El niño tenía un aire pícaro. A pesar de que llevaba el pelo cortado al ras, su cabeza estaba cubierta de espirales borrosas. Tenía la misma altura que Luia, pero era más fibroso y más tieso. Antes de entrar en casa, dejó las chancletas al lado de la puerta.

—Mira lo que ha hecho, mamá.

—No hace falta —le dijo Elena, conmovida.

Antes de volvérselas a poner, Omar la miró con indiferencia.

—Nosotros no somos como... tan maniáticos como tu familia anterior.

Elena se había pasado toda la semana organizando la habitación de Luia. Primero, en una hoja blanca, mostró a su marido y a su hija la nueva disposición de los muebles. Posteriormente, compró un armario pequeño, una mesa que haría la función de mesilla, un flexo y retales de telas. Reorganizó la habitación sin pedir ayuda a nadie, hablando para sus adentros, armando gran alboroto.

Ahora, el deseado inquilino estaba con ellas, con aquella bolsa enorme colgada del hombro.

—Tú serás el primero en estrenar esta cama.

—No es cierto, mamá. El año pasado durmió la abuela. En Nochevieja.

—Tienes razón.

—Y tú también has dormido muchas veces. Una vez durante tres noches seguidas, ¿te acuerdas?

Elena alisó las esquinas de la alfombra con la punta del zapato.

—Me refiero a que serás el primer niño en estrenarla. Luia no es muy sociable, no le gusta mucho la gente, pero te acostumbrarás… También sabe ser dulce.

Ambas camas quedaban a la misma altura, separadas por un hueco de unos cinco centímetros. Estaban vestidas de blanco, cubiertas de cojines de diferentes tamaños y tejidos. Sobre la cama de Omar había un pijama de verano rojo desplegado y unas zapatillas de casa como impacientes por que alguien les diese cuerpo. Luia se agazapó en la mecedora y observó la escena sin dejar de mecerse.

—Espero que sea de tu talla. Mañana iremos a la playa y el lunes a comprarte ropa —le dijo Elena a Omar, arrodillada, sujetándole las manos—. Por las mañanas, supongo que ya lo sabrás, irás de colonias con otros niños de tu… tierra, igual que otros años. Y después, tendremos todo el día para estar juntos. Entiendes lo que te digo, ¿verdad?

—Sí —dijo Omar, y abrazó a Elena, al principio con reservas, pero cada vez con más crudeza.

Luia los observó con la respiración contenida.

—Omar, estamos muy felices de tenerte entre nosotros. Y tú también vas a estarlo, ya verás.

Elena tenía los ojos colmados de lágrimas. Miró a su hija fijamente, hasta estar segura de que la niña se había percatado de su estado. Después se encerró en el baño y lloró casi sin sollozos, sonándose la nariz con gran estruendo, cerrando y abriendo una y otra vez el grifo.

Era la primera vez que Omar y Luia se miraban frente a frente. Omar se tumbó sobre la alfombra de la habitación. El vientre del niño era muy oscuro y su ombligo estrecho y profundo. Sonreía al techo.

—Mamá dice que a mí me hicieron mal el nudo y que por eso parece un garbanzo cocido, mira.

Luia se levantó la camiseta y Omar dejó de sonreír.

Xabier llegó a casa de noche, cuando la mesa ya estaba puesta.

—He pasado por Decathlon, y he traído ropa para todo el campamento, ¿qué os parece? No hay derecho. Omar, dime, ¿qué culpa tienes tú? ¿Cuáles son tus pecados? Di a tu gente que estamos con ellos, y sobre todo, que no desesperen, ¡que aguanten!

Cuando llegaba tarde a casa venía transformado.

El niño no encontró el apoyo que buscaba y no le quedó más remedio que escabullirse de la mirada llorosa de Xabier. Luia, apoyada contra los azulejos de la pared, lo miraba sin hacer un solo gesto.

—Vamos a cenar, me imagino que estarás hambriento. Siéntate ahí, al lado de Luia —dijo Elena a Omar.

—Yo no quiero cenar, me duele la tripa —dijo Luia.

—¿Otra vez con lo mismo? Serán los nervios, hija, por Omar. Todos estamos un pelín nerviosos, ¿verdad, Omar?

—Sí, un poco.

—Yo no estoy nerviosa, me duele la tripa —dijo Luia.

—Yo tampoco —le contestó Omar en un susurro.

—Quizá sí que lo estáis pero aún no lo sabéis —resolvió Elena.

Xabier, de pie, sorbió cuatro espárragos, formando una línea recta entre la columna vertical y la verdura.

—Xabier, por favor, ¿te puedes sentar?

El hombre ofreció al niño la bandeja de croquetas, pero este no se sirvió, su rostro palideció.

—¿No tienes hambre o es que no te gustan las croquetas? —preguntó Elena—. Puedes comer tranquilo, hemos ido a un montón de reuniones. −Elena le habló con dulzura−. Hemos sabido que muchas familias os han engañado diciéndoos que era pavo cuando en realidad era jamón. Pero en esta casa no se va a comprar cerdo mientras tú estés aquí, Omar. No sé si tuviste alguna mala experiencia con la familia anterior…

−Sí, lo intentaron.

−¿Ves? Ya os decía yo.

Luia sacó una taza de manzanilla del microondas.

−Me dijeron que eran salchichas de cordero, pero luego, me di cuenta de que era mentira.

−Madre mía, ¿qué les dijiste?

Omar no contestó.

−Pero ¿qué se cree la gente? Y si a ellos les diesen perro diciendo que es cordero, entonces ¿qué? ¿Qué pensarían entonces? −Elena estaba furiosa.

−La gente no sabe nada acerca del respeto. ¿Para eso te acogieron, para reírse de ti y de todo tu pueblo? ¿Para eso? −En ocasiones como aquella, Xabier seguía la corriente a su mujer.

−¿Puedo tomármela en la cama, mamá?

−Sí, pero cuidado, no te quemes.

Para cuando Omar se acostó, Luia estaba enfadada de tanto esperar y continuó haciéndose la dormida, dando la espalda al muchacho.

Tras las cortinas se entreveía una luna precaria.

Omar sacó una alfombra de la bolsa de rafia y la tendió en el suelo. Con gran cuidado, llenó la bolsa con la ropa que había traído Xabier, tras lo cual murmuró un largo rezo.

Al día siguiente fueron a la playa. Los cuatro. La marea estaba baja, y Elena, con inusitada energía, retó a Omar a jugar una partida de palas.

−De joven era buena, no te creas. ¿Has jugado alguna vez?

—Sí, pero con pelota de tenis.

—Así es más divertido, ya verás.

Luia sintió la traición cuando su madre sacó de la bolsa las palas de madera.

—¡Quema! —gritó Elena.

Los pies de Omar se perdieron bajo la arena.

—¡Pero si está fría!

—Luia, ¿verdad que quema?

—No, no quema. Está templada.

—¿Podrías contar los tantos, cariño?

—No, que los cuente Omar.

—¿Y tú qué vas a hacer?

—Mirar. —Sorbió ruidosamente un batido de fresa—. ¿Sabes contar? —preguntó Luia a Omar.

—Claro.

—¿Más de diez?

—Todo.

—Si no, puedo hacerlo yo.

Omar hizo una burla a Luia sin ser visto por los padres, y la niña sintió que estaba con él, que el resto era teatro. Sacó Omar. Elena soltó una carcajada al fallar y Luia se dio cuenta de que hacía mucho que no escuchaba reír a su madre.

—Una a cero.

Xabier sacó una cerveza de la nevera y abrió el periódico.

—Siete a dos —dijo Omar, serio.

Luia se aburrió de esperar una mirada de Omar y fue a bañarse con la única idea de dejar muy lejos la orilla. Cuando el agua se volvió muy fría, sintió que había llegado al lugar que buscaba. Sabía que en algún momento su madre interrumpiría el juego, era muy miedosa, y llegado ese instante, se sumergiría hasta que sus pulmones no diesen más de sí.

Al volver a la superficie pudo ver a Omar y a su madre mirando al mar, sin palas. No la vieron. Respiró hondo y se sumergió.

Al cabo de un rato regresó a la orilla, contenta porque su madre estaría enfadada.

—Hemos estado buscándote para jugar otra partida —le dijo Elena, con la respiración entrecortada a causa del juego.

—He ganado yo: veinte-seis —dijo Omar.

—Ahora tendrás que esperar a que terminemos. Vamos dos a cero, a favor de Omar. Jugarás contra quien gane, ¿vale?

Luia se sentó al lado de su padre. Temblaba.

—¿Qué tal está el agua? —le preguntó, sin apartar la mirada de las páginas de deporte.

—Buena.

Aquel día, Luia descubrió todos y cada uno de los matices del reloj de su padre. Se esforzó por no mirar la partida. Con el calor, el tiempo iba aún más despacio. Luia sentía náuseas. Los pies quebrados de Omar se pararon frente a sus ojos. Le tendió la pala.

—He perdido, por un tanto. Te toca.

No recordaba haber jugado jamás a las palas contra su madre.

—Es encantador, ¿no te parece? —dijo Elena, dibujando con el talón una nueva cancha, esta vez más cerca del mar.

—Es raro.

—¿Raro?

—Ayer me asustó.

—¿Ayer, cuándo? —Elena soltó la pala y se arrodilló frente a su hija.

—Por la noche.

—¿Qué te hizo?

—Estuvo hablando en su lengua, durante mucho tiempo.

—¿Te tocó? ¿Te hizo daño?

—No sé, quizá estuviese rezando, pero no sé, no podía verlo, estaba asustada.

—Pero ¿te tocó?

Luia abrió mucho los ojos.

—No.

—¿Estás segura?

—Sí.

Elena abrazó a su hija, y sus pechos, tibios, se desplegaron sobre el huesudo cuerpo de la niña.

—¿Quieres que hable con él? Podemos decirle que lo haga en otro lugar.

—No, me acostumbraré.

Sacó Luia.

—Una a cero, mamá. ¿Estás cansada?

Por las mañanas, Omar iba a las colonias con el resto de niños de «Vacaciones en paz». En cuanto el niño salía de casa, la abuela llamaba preguntando si todo iba bien, con el talante de alguien que piensa que todo va mal. Cada vez que llamaba repetía que quería conocer a Omar, y Elena le contestaba que no podían ahogarlo con tanta gente nueva —y al decir «gente», sentía cierto placer por haber sometido a esa categoría a quien, además de la vida, le había dado la casa—, que si no podía esperar una semana más.

Después, Elena y Luia quedaban relegadas a ser simplemente madre e hija. No tenían costumbre de pasar tanto tiempo juntas y tuvieron que aprender a llevar la extrañeza. Elena observaba a su hija viendo la tele, hojeando los suplementos semanales o bien tomando el sol sobre la cama con las ventanas abiertas de par en par. Había veces en que la enviaba a hacer algún recado, con la esperanza de que volvería cambiada, alegre y dicharachera. Luia escuchaba a su madre recortar con tijeras fotos de las revistas de decoración, cambiar los muebles de sitio, abrir y cerrar el frigorífico. Todas las mañanas, telefoneaba a Amaia, una compañera de trabajo, en un registro desconocido para Luia:

—Creo que le ha venido bien. Nos hemos dado cuenta de que ha comenzado a hablar un par de tonos más alto. O más. Y el niño es maravilloso, de verdad, se le nota que no necesita nada para ser feliz. ¡Y guapo…!

Así supo Luia que a ella y a su madre les había venido fenomenal aquel acercamiento.

Y que el solo hecho de mencionar el regreso de Omar hacía que a su madre le temblase la voz.

El día que quedaron en Zara con Amaia, Luia pudo comprobar que era de carne y hueso. Hablaba con dulzura, con tanta que a Luia le producía hostilidad.

—¡Pero si parece sacado de un anuncio! —dijo, agachada frente a Omar—. ¿Y esta es tu hija? No te imaginaba así... Pero qué piernas tan largas... Y qué ojeras tan interesantes...

—Si no fuese porque siempre anda intentando derrocar a su madre... Pero sí, es bonita, qué te voy a decir. Si vieses fotos mías de cuando yo era pequeña... ¡igualitas!

Luia era consciente de que era la pequeña enemiga de su mamá. Las cosas habían surgido así, no las había provocado ella, y estaba aprendiendo a interpretar aquel papel.

Amaia y Elena no descansaron hasta elegir tres conjuntos para Omar. Elena, con intención de hacerle un obsequio a la madre de Omar, desplegó un vestido azulado en el aire.

—Andamos haciendo compras desde que llegó, y aún no he conseguido comprar nada para su madre. Son un poco machistas, ¿sabes? Cuando vio que Xabier también cocinaba se puso a reír. Diferencias culturales, ya sabes. Pero ya aprenderá, ¿verdad, Omar?

El niño sonrió. Luia los observaba en carambola desde los espejos: Omar le pareció un hombrecito de negocios, atento a lo que decían ambas mujeres, dejando caer o haciendo volar sus largas pestañas según lo requiriese la situación, saciando los caprichos de las mujeres a cambio de un cargamento de ropa. Luia no le quitó ojo mientras duró el trueque de emociones y prendas. Era un pequeño seductor, y sintió un pellizco de alegría, tan dulce como el tacto del vestido blanco que le trajo Amaia.

—Vas a estar más bonita que una gaviota. Quiero regalártelo. No van a ser todos los regalos para el recién llegado...

Luia y Omar se pusieron en la cola de los probadores. Elena y Amaia continuaron hurgando entre las bolas de ropa. Luia se quitó una sandalia y enroscó un dedo pequeño en el dedo pequeño del pie de Omar. Sus mejillas se hincharon y sus oscuras encías quedaron al aire. Tras ver que se encontraban a solas, agarró a Luia de las orejas.

—Ahora, hasta que yo te diga, vas a ir adonde yo te ordene y vas a hacer lo que a mí me dé la gana. —La voz del niño se había agravado.

Para dar credibilidad al juego, Luia hizo ademán de zafarse.

—Arrodíllate. Vas a estar así hasta que yo lo diga.

—¡Sin hacer daño!

—Entra ahí y pruébate ese vestido, rápido.

Por no arruinar el juego, Luia entró al probador caminando de rodillas. En cuanto traspasó la cortina, Omar la soltó.

—¿No entras? —le preguntó Luia desde el suelo.

El niño miró hacia atrás.

—¿Qué haces ahí? ¿Todavía no te lo has probado? —dijo Elena, con su mano apoyada en el hombro de Omar.

Fue un verano de mucho calor. La orquídea regalo de la abuela murió y Elena sepultó sus pétalos en un libro de recetas. Únicamente sobrevivieron los geranios, ya que el resto de plantas, aunque con más discreción que la orquídea, fueron marchitándose poco a poco.

A mediados de julio, la gente se iba al pueblo o a algún otro lugar de vacaciones. Y del escaso círculo de amigos que tenía Luia, ella era la única que año tras año se quedaba sin salir, puesto que las vacaciones de Elena y de Xabier nunca coincidían. En aquella época del año, intentaba levantarse lo más tarde posible, soñando con poderle robar una hora o dos al tiempo que tendría que pasar sola o con su abuela. Pero aquel verano fue diferente: antes de ir a trabajar, Xabier despertaba a los niños. Omar y Luia se levantaban a la vez y Luia imitaba para sus adentros todo lo que hacía Omar, prometiéndose a sí misma que en adelante haría lo mismo: venerar las tostadas, sorber con fruición el zumo, vestirse con alegría. Escrutaba cada gesto de Omar tratando de descubrir de dónde sacaba tanta energía.

El niño daba dos besos a los de casa antes de salir, y ellos quedaban conmovidos, guardando cada uno un secreto imposible de desvelar a los demás. Se avergonzaban los unos de los otros, se tenían miedo. Madre e hija, apoyadas en la ventana, miraban al niño irse. Después, el tiempo. El calor. Las ganas de vomitar. El asco.

A medida que se acercaba la hora de ir a buscar a Omar, Elena y Luia comenzaban a rondarse la una a la otra a través de frases cortas, suspiros, toses o puertas que se cerraban con demasiada fuerza. Antes de llegar ese momento, las dos extrañas pasaban la mañana sin violar sus respectivos espacios, y si, en un descuido, se cruzaban en el pasillo, sin reverencias, pero con gran educación, una concedía a la otra el placer de ser la primera en pasar. Sin mediar palabra al respecto, habían acordado que la cocina sería el terreno neutral que permitiría el reencuentro: allí se decidía qué comer y adónde ir por la tarde.

Tras pasar toda la mañana separadas, cada día era mayor la sorpresa que sentían al encontrar a la otra vestida de calle, cada cual más hermosa, cada cual más perfumada, cada cual en su correspondiente edad y tamaño.

Madre hija rehicieron aquello que alguna vez habían hecho juntas e hicieron cosas que jamás hubiesen hecho de no haber estado Omar por medio. Se bañaron en el río, fueron a Senda Viva, pasearon por Cristina Enea, anduvieron en poni y vieron películas de miedo. Elena había confeccionado una lista de actividades en una hoja que llevaba por título «Cosas que podemos hacer con Omar», y cuando no elegían algo de la lista, algo que Elena no consentía fácilmente, los niños se quedaban en el barrio. Esas veces, Elena intentaba disuadirlos diciendo que hacía demasiado bueno como para quedarse pasando la tarde sobre el asfalto, o que hacía demasiado malo y mejor pensaban un plan más adecuado, o que era demasiado pronto o demasiado tarde para salir a la calle. Aquellas veces, Omar se quedaba a la espera de la defensa de Luia, un par de pasos detrás de ella, quien contestaba a su madre con desgana, o bien bufando estrepitosamente, o bien dejando que el sofá la engullese. La sentencia solía hacerse esperar un par de minutos, el tiempo que tardaba Elena en firmar la libertad condicional: «Pero a la vuelta, traed un pack de leche».

A Luia le encantaba ir a la chatarrería.

—No se lo digas a mamá, no le gusta que venga por aquí.

Tras la puerta de hierro hacía frío y estaba oscuro, como si el verano terminase allí. Montones de literas sin colchón, con ruidosas ruedas, roñosas, puestas en fila. En algunas había cartón, en otras chatarra, y un hombre añoso las movía de un lado para otro, a empujones. Después ponía los fardos de cartón sobre la balanza y tomaba notas en un pequeño cuaderno.

—¿Hasta qué hora vas a estar? —le preguntó Luia con rutina.

—Hasta tarde.

—Vendremos luego. ¿Tienes cajas?

—Están donde siempre.

Luia le señaló un rincón a Omar. Tomaron dos cajas y Luia les ató sendos cordeles.

—Suelo hacerlo con mis amigos. Ahora, tenemos que ir de tienda en tienda y preguntar si tienen cartón para tirar. Lo recogemos, todo lo que podamos, y lo traemos aquí. Antón nos dará dinero.

—¿Y dónde están tus amigos? —le preguntó Omar al salir de la chatarrería.

—En el pueblo.

—¿Cuánto dinero nos dará?

—Según lo que recojamos. —Luia comenzó a silbar, como un obrero curtido.

—Quiero un Porsche, rojo. Pero me lo va a comprar tu madre, me lo dijo ayer.

—Ya os oí. Pero no importa. Ya veremos en qué gastarlo, vamos.

Cuando le pareció que ya había sido suficiente castigo, Elena llamó a su madre para invitarla a ir con ellos a la piscina.

—Nos reuniremos con todo el grupo.

Como Elena, Rosario también tenía ciertos problemas para manejar sus emociones con normalidad, y lo mismo podía suceder que reaccionase con demasiada sequedad o con euforia desmedida a un sentimiento de alegría. Aquella vez, sucedió lo primero.

—Como quieras. Si no quieres no voy, no pasa nada, hija, de verdad.

Años atrás, Elena se hubiese puesto nerviosa al ver a su madre en bañador delante de Xabier. Antes, sentía pavor de que el deseo de Xabier quedase trastocado por asistir a la proyección de aquello en lo que un día podría convertirse su mujer. Pero lo superó. Tras dar a luz, le entraba la risa de solo pensar en algunos de sus ancestrales miedos. Además, a pesar de todo, seguía sintiéndose atractiva. «A quienes tenemos la suerte de tener los ojos claros y la piel oscura no se nos nota la vejez», le había repetido siempre Rosario. Ambas tenían los ojos verdes.

Los domingos de agosto la piscina solía estar repleta de familias y de moscas. Xabier conquistó la sombra de un árbol con la nevera y las mochilas, y al cabo de un rato, se le unió el resto de la familia.

—He discutido con un tiparraco. Decía que había llegado antes que yo, el muy hijo de la gran puta.

En cuanto terminaron de instalarse, vino una de las educadoras que trabajaba en la asociación. Llevaba una carpeta con una gran pinza.

—¿Qué tal va todo?

Elena se ató el pareo antes de levantarse.

—Todo bien, no tenemos ninguna queja, es un niño muy fácil, muy educado… Ahora no lo veo, estará en el agua.

—Hoy es un día muy importante para ellos —dijo la educadora mientras hacía crucecitas en el formulario.

—Con solo pensar que un día de estos va a marcharse…

—Bueno… Ayer hablamos con un voluntario que está allá. Nos dijo que estaban a cincuenta y un grados. Ahora, aquí están mejor que en su tierra, pero esto es un oasis. Y ya sabes, el oasis necesita del desierto para ser oasis.

Xabier abrió una segunda cerveza.

—¿Comemos o qué?

—Por mí, sí —dijo Rosario.

—No veo a Omar, ¿alguien sabe dónde está?

Luia estaba arrancando hierbas, con las dos manos. Tenía las mejillas coloradas.

—Allá.

A Elena se le endurecieron los músculos de la cara al ver a Omar sentado al borde de la piscina junto a la niña que despidió con tanta prisa.

—Ve a buscar al niño, Xabier.

Madre e hija lo observaron irse: a pesar de haberse deteriorado mucho en los últimos cinco años, seguía conservando algo de su antigua planta. Cuando regresó con Omar a Elena y a Luia se les ablandaron los labios.

Rosario sacó de la fiambrera los filetes empanados y comenzó a rellenar bocadillos.

—Echarás de menos a tu familia, ¿verdad? Ten.

Omar nunca quería ser el primero en aceptar comida.

—Solemos hablar por teléfono.

—¡No sabía! ¿Y qué tal te arreglas con la pequeñaja? Este verano no quiere estar conmigo, ¿verdad, preciosa? No es que me moleste, al contrario, me parece muy bien…

Luia sentía cariño hacia su abuela, quizá era algo que había que entender dentro de su estrategia de hacer la contra en todo a su madre.

—Es mi hermana vasca.

—¿Tu hermana? ¡Menuda ocurrencia!

—Somos su familia vasca, mamá, se lo hemos dicho nosotros.

—¡Pues entonces menuda ocurrencia la vuestra! ¿Y tú qué opinas, Luia?

—Que lo hemos alquilado.

—¡Anda la otra! —dijo Rosario, salpicando trocitos de pan.

—Se llevan fenomenal, no la pinches. Cuando hay gente se pone tonta, ya sabes cómo es.

Hasta la hora de merendar, Omar no volvió adonde su familia vasca. Se pasó el día jugando con el resto de los saharauis, y sobre todo, revoloteando alrededor de aquella niña. Omar le hablaba al oído, como si le estuviese dando pistas acerca de quién iba a ser el caballo ganador, y la niña recibía de buen humor la información que iba a enriquecerla.

Cuando no miraba a Omar y al resto de los niños, Luia observaba las fibras de una brizna de hierba, los rizos de una toalla, o el temblor de una gota de agua sobre una margarita. La única vez que se metió en la piscina, pasó al lado de ellos, se colocó de pie sobre el bordillo dando la espalda al agua, y saltó dando una voltereta en el aire. Contó el tiempo que pasó sumergida, sin oír, sin ver, pero sobre todo, sin tener que mirar a nadie, únicamente a aquellas estúpidas burbujas que se abrían camino entre sus mechones de pelo convertidos en algas. Al salir a la superficie, la amiga de Omar estaba sola, sentada en el bordillo de la piscina, salpicando agua con los dedos de los pies. Luia nadó hasta que estuvo segura de ser vista por Omar, que estaba en la parte que no cubría y tenía los labios amoratados.

—¿No sabes nadar? —le preguntó Luia.

Omar salió en busca de un balón.

—¡No sabes!

Encontró a su madre sentada sobre la toalla. La estaba esperando.

—No me acordaba. Eres una gran nadadora, pareces un delfín. ¿Cuánto tiempo hace que no veníamos juntas?

Luia creyó percibir compasión en su voz, pero cuando se giró hacia ella encontró algo diferente: ella también miraba a Omar.

Nada más empezar a recoger las cosas, Omar apareció como si nunca hubiese existido aquella niña, con su sonrisa rota en medio de la hierba. Elena y Luia dejaron en manos de Xabier y de la abuela la bienvenida y el resto de los festejos. Madre e hija rieron a la sombra de un chiste privado, como si nada hubiese sucedido aquel día, y de haber sucedido, como si a ellas les trajese sin cuidado. Omar se sintió perdido.

Xabier llegó a casa cargado de marisco.

—Me ha tocado en una rifa —se excusó, y vació las bolsas sobre la mesa de la cocina, dejando caer al suelo la mitad de las almejas.

Elena continuó mirando por la ventana, ajena al alboroto, y para cuando se giró, encontró el horno encendido y las gambas extendidas sobre la plancha. Tenía los ojos enrojecidos, y en esas ocasiones, Elena alzaba exageradamente el mentón, hasta que todo volvía a su ser. Luia aprovechó para perseguir a Omar con una cabeza de cigala metida en un dedo, en la mayor exhibición de felicidad y alegría jamás realizada ante sus padres. Elena enseguida agachó la cabeza, y aunque sin mediar palabra con Xabier, la cena transcurrió con normalidad, explicando a Omar dónde vivían aquellos extraños seres y lo caros que se vendían.

—Hoy os vais a librar de recoger la mesa, niños —les dijo Elena—. Idos a dormir, mañana os espera un día duro.

Luia y Omar sabían que aquel no era el motivo de que los mandasen a la cama, pero les dio igual. Lo que tenían Xabier y Elena se quedó encerrado en la cocina, y lo que tenían Omar y Luia en el cuarto.

Nada más cerrar la puerta apagaron la luz principal y encendieron la de la mesilla.

—Me duele aquí —le dijo Omar a Luia señalándole el talón.

Omar se recostó en la cama, con una pierna doblada y la otra en el aire.

—Se te ha metido un cuerno de langostino, ¡qué dolor! Yo, de pequeña, agarré un cactus con las dos manos, y mi abuela se pasó toda la tarde quitándome los pinchos. Te va a doler, te aviso.

Luia llenó de palabras el momento previo a tocar el pie de Omar. Después, lo agarró como si se tratase de un pez recién recogido del suelo. Era oscuro. Sin embargo, la planta era casi tan clara como la suya.

Para esquivar el dolor, Omar no paraba de retorcerse, provocando el campaneo de lo que tenía bajo el pantalón corto. Luia sabía esconder la mirada frunciendo el ceño, y aprovechó el silencioso dolor del niño para examinar aquello con atención.

—Ya está —le dijo Luia poniendo la presa sobre la palma de la mano de Omar.

Omar estaba más juguetón que nunca.

—No tengo sueño.

—Yo tampoco, pero apaga la luz.

De un salto, Omar obedeció. Se miraron frente a frente, cada uno al borde de su colchón, iluminados por la pobreza de la noche.

—¿Vendrá?

—Nos ha dicho «hasta mañana».

—¿Y tu padre?

—No creo. Cuando están así se quedan hablando en la cocina hasta muy tarde, ya verás.

—Son buenos.

Luia tuvo la duda de si Omar había utilizado la palabra con propiedad u obligado por su escaso vocabulario; sin embargo, para no enrarecer el ambiente, no preguntó.

—Tienes las plantas de los pies blancas.

—Es por andar descalzo.

—¿Qué más tienes blanco?

—Los dientes.

—Qué más.

—No sé.

—Piensa.

—Esta parte del ojo —dijo tocando la esquina de un ojo de Luia—. Lo de adentro.

—Más.

—Los huesos.

—¿Cómo lo sabes?

—Porque lo sé.

—Más.

—No sé.

—¿Eso?

—¿El qué?

—Eso.

Omar apretó su cuerpo contra el colchón.

—¿Quieres verlo?

—No sé.

—Tienes que decir. —La respiración de Omar se había vuelto pesada.

—No lo sé.

El niño levantó la sábana y se bajó el pantalón hasta la mitad de los muslos.

—Es marrón —dijo Luia—, y negro en la punta.

—Ahora tú.

Luia se levantó el camisón y se bajó las bragas hasta el límite del sexo, sin dejar de mirar cómo miraba Omar.

—Es blanco —dijo el niño—, y un poco rosa.

Y su pene se enderezó ligeramente, como si quisiese husmear lo que tenía ante sí.

—Toca —le pidió el niño, sin creerse del todo lo que estaba diciendo.

—No.

Se besaron. Luia se dio cuenta de que el pene se movía con los besos, y no se atrevió a tocarlo. Omar puso su mano entre las piernas de ella, que las tenía muy prietas, aunque consiguió relajarlas de manera que dejó un hueco para que justo le entrase un dedo.

Antes de que Elena abriese la puerta oyeron el ruido de tacones. En el cuarto se oía la respiración profunda de los niños, y sintió ganas de pasar la noche sentada sobre la alfombra escuchando. Cuando Elena le dio un beso en la esquina de la boca, Omar se asustó.

—Shhh… Sigue durmiendo.

Primero le acarició la mejilla y después los labios con la yema de un dedo, hasta que Xabier la llamó:

—Vamos, los vas a despertar.

Se marchó dejando olor a limón.

Omar se sentía inquieto.

—¿Qué llevaba en la boca?

—Se lo pone para no rechinar los dientes, tiene bruxismo. Esa cosa asquerosa se llama férula.

Aquella noche no consiguieron volver a acercarse. Estuvieron sin poder cerrar ojo, cada uno en su colchón, cada uno con su cuerpecito a punto de estallar.

A medida que iba acercándose el día de su partida, Omar fue cambiando. Como si de repente se hubiese hecho un hombre, hasta le cambió la voz. Hablaba más a menudo con su familia, pero también más brevemente, como si estuviesen tratando sobre cosas técnicas. Omar siguió mostrándose alegre, pero era una alegría comedida, sosegada, sin dientes rotos. Además de Luia, también Elena se dio cuenta. Cuando recogían cartón parecía más concentrado que nunca y doblaba con gran precisión las cajas que les daban en las tiendas, para luego colocarlas en su carro, sin apenas hablar.

—¿Tienes ganas de marcharte? —le preguntó un día Luia desde la cama, cuando Omar se incorporaba de rezar.

Omar se la quedó mirando y, antes de abrir la boca, masticó sonoramente la contestación.

—Sí y no.

—¿Por qué sí?

—Tengo ganas de ver a mi madre y a mis hermanos, a mis amigos de la escuela… también tengo ganas de comer sémola con azúcar, no sé.

Luia puso cara de asco. Sabía que mostrarse melindrosa era un buen método para parecer interesante.

—¿Y por qué no? —preguntó Luia, intentando imitar con total exactitud el tono y la intensidad de la pregunta anterior.

Cuando el silencio se hizo insoportable, Omar la besó. Luia sentía miedo, rencor y deseo a la vez, pero no era capaz de distinguir ninguno de los tres sentimientos. Cuando la conmoción causada por los besos comenzó a declinar, fueron a por más.

Lo de Omar parecía una zanahoria, crecida desde la vez anterior. Luia se levantó el camisón y se bajó las bragas, no del todo.

Estuvieron luchando al borde del precipicio que había entre los dos colchones.

Omar agarraba su pene con una mano y dibujaba círculos sobre el vientre de la niña. Luia apretaba los muslos con fuerza, cuidando de que la presión ejercida no escondiese del todo su vulva. Sin que ninguno de los dos se moviese de su cama, finalmente consiguieron encarrilar el pene en la raja de ella. Omar se balanceó hacia delante y hacia atrás, despacio, deslizándose por entre sus labios hasta el límite de aquel desconocido lugar que ella protegía utilizando la fuerza.

Desde aquel día y hasta que se marchó Omar, lo hicieron cada noche. Nunca sabían demasiado bien cuándo parar. A veces lo dejaban al oír algún ruido, otras seguían obstinados hasta quedar doloridos. Después, cada cual volvía a su lugar, y Luia se apretaba el sexo con ambas manos hasta apaciguar los latidos. Omar se dormía tras tocarse un par de veces o tres.

Al día siguiente andaban alejados el uno del otro, Omar a las órdenes de Elena, más serio, más circunspecto, y Luia como aletargada, como era antes de que Omar llegase a su casa. Solo se encontraban cómodos cuando estaban a solas.

Un día, tras regresar de la playa, Elena esperó a que Luia se fuese a la ducha para hablar con el niño.

—Ven, quiero que me cuentes algo.

Salvo el día en que llegó a aquella casa, Omar no había estado en la habitación matrimonial.

—Luia y tú, ¿os pasa algo? ¿Estáis enfadados?

—No.

—Mira, esa que ves ahí es ella, el día en que cumplió cuatro años. —Le señaló una foto muy colorida que había sobre la cómoda—. Qué bonita, ¿verdad?

Elena se quitó el vestido sin dejar de mirar a Omar. Después se soltó la parte superior del bikini. A cada lado de las caderas tenía un lazo. Se podía oír el ruido de la ducha.

—Entonces ¿qué pasa? ¿Que tienes ganas de marcharte?

Omar contestó sin pensárselo dos veces:

—Sí y no.

—Cuéntame cómo es eso.

—Echo de menos a mi madre y a mis hermanos. Naoufal, mi hermano mayor, ha estado fuera estudiando. Llevo tres años sin verle, pero cuando vuelva estará allá. Y la escuela, también la echo de menos.

Los pechos de Elena tenían una hermosa caída, como dos gotas de agua inmortalizadas por la cámara. Los pezones eran gigantescos.

Se oyó el golpe de la mampara del baño al abrirse. El ruido del agua calló. Elena se puso un albornoz y se ató el cinturón con firmeza.

—¿Y por qué no? —preguntó Elena, dispuesta a oír un secreto.

Luia pasó por delante de la puerta, con la toalla enrollada sobre el cuerpo y desenredándose el cabello con un cepillo de púas. Elena introdujo sus manos bajo el albornoz y se soltó los lazos. Era la primera vez que Omar veía en vivo un sexo peludo.

—Por vosotros.

—¿Estás triste por nosotros? ¿Porque no volverás a vernos hasta el año que viene?

—Sí.

Se sentó sobre la cama, al lado del niño. La mujer olía a suavizante. Al abrazarse, uno de sus pechos quedó fuera del albornoz, a la par de la boca de Omar. Elena estrechó al niño contra sí y Omar acarició el pezón con la punta de su lengua, tan suavemente, que no supo si Elena sintió algo.

—Tengo que ducharme, querido —le dijo, con el pezón brillante de saliva—. Y luego te cortaré el pelo con la maquinilla, como cuando viniste.

En cuanto Elena abrió el grifo de la ducha, Luia apareció en la habitación de sus padres.

—¿Qué haces aquí?

Omar se levantó antes que nadie. La víspera, Elena le metió dos billetes en los dobladillos del pantalón.

—Dáselos a tu madre, sabrá de sobra en qué emplearlos.

Aún de noche, tomó los pantalones del respaldo de la silla y se los puso con sumo cuidado. También Luia le había entregado lo que habían ganado con el cartón: eran cuatro monedas.

La niña continuó durmiendo, acurrucada hacia el lado en el que dormía Omar. Pero la cama de Omar estaba vacía, recién hecha, como si nunca jamás nadie se hubiese acostado allí.

Tras cerrar las cremalleras, llevó a rastras hasta la cocina las dos bolsas de rafia que estaban a punto de reventar. A continuación se duchó sin prisa y despertó a Luia.

—Despierta, que me voy.

La noche anterior, Luia le había dado el colgante de oro con su último colmillo de leche engarzado, regalo de la abuela. Aquella noche jugaron con más violencia que nunca, y le dolía.

—No le digas a mamá que te he dado el colgante —le pidió Luia.

Llevaba unas bragas de mariposas, estaba sonrosada y sus pestañas enredadas.

Omar guardó el tesoro en el bolsillo de la bolsa.

—¡Despierta, que es tarde!

Luia estrenó el vestido blanco que le había regalado Amaia y Elena también apareció vestida de blanco en la cocina, ambas engaviotadas. Se quedaron de pie alrededor de las bolsas, sin tocarse, avergonzados.

Omar señaló el reloj de la pared, con una sonrisa que desbordaba los márgenes de su rostro, imposible de ocultar.

Xabier se contagiaba rápido con el buen humor ajeno.

—Moveos o llegaremos tarde —dijo y dio un aplauso en el aire.

Elena apretó los tirantes del vestido de Luia y la niña le susurró algo al oído.

—Luia no quiere ir porque le duele la tripa. Así que me quedaré con ella —dijo Elena asegurándose de que las gafas de sol que llevaba sobre la cabeza seguían en su sitio.

Tan solo se oyó el sonido del grifo. Aquella mañana Omar pidió permiso para lavarse las manos por última vez.

Xabier agitó las monedas que tenía en los bolsillos del chándal, mirando a Luia.

—Tu madre te hará una manzanilla. Nosotros tenemos que irnos, andamos muy justos de tiempo. —Y la invitación a escudarse tras los ojos del padre, y después la desolación.

Omar guardaba la misma distancia hacia las dos mujeres. No sabía por dónde empezar. Finalmente, se acercó a Elena y se quedó a la espera. El llanto hacía que se le moviesen los pechos y Omar se inquietó. Después llegó la vez de Luia. La niña se le acercó sin dejar de sujetarse la tripa con una mano. Omar se agachó, le agarró esa mano y se la besó.

—*Shukran* —les dijo Omar, e hizo una frágil reverencia.

Elena y Luia no salieron a la ventana. Cada una se tomó una manzanilla, las dos hermosas, las dos elegantes, cada una en su edad y tamaño correspondientes, como si nada hubiese sucedido, o de haber sucedido algo, como si a ellas les diese igual.

UN POCO LOCA

Matilda observa el labio superior de Begoña cuando enciende un cigarro, o cuando, sentada al borde de la cama, le dice: «Acércate –la cabeza entre sus piernas y la mirada fija en ella–, hoy estás muy dulce». Y ahora, sin embargo, agarrada a la barra del autobús, Begoña es otra mujer más, con el cabello marchito, los párpados hinchados y los ojos enturbiados. Ahora, ahí, su aliento es una mezcla de café con leche y sueño, sus patillas las alas de un cuervo viejo, de no ser porque consigue imaginarla de rodillas al borde de la cama, entre sus piernas, con los labios mojados.

Begoña le cuenta lo de su madre, pero en la cabeza de Matilda bulle la noche anterior, únicamente puede observarla, sin escuchar, su boca, cómo se pliega, el delicado vello, la peca azulada que le nace en el límite de la cara, esa especie de nido de paja a medio hacer bajo el brazo.

–¿Qué vas a hacer después? –pregunta Matilda.

–Quiero ir al cementerio, hoy es el cumpleaños de mi madre.

–¿Y estás triste?

–No, me gusta ir. ¿Te apetece venir?

Matilda contesta que no, con el tono de quien se niega a hacer un favor.

–Teníamos una relación muy bonita, sobre todo durante los últimos cinco o seis años. Siempre fue una mujer de armas tomar.

Matilda siente envidia al oír a Begoña hablar así de un muerto, y piensa que ella ni siquiera podría decir nada parecido de ningún ser vivo, o es que quizá no tenga alrededor a nadie que merezca esas palabras.

—¿Cuántos años cumpliría?

—Sesenta y ocho.

El padre de Matilda cuarenta y nueve. Matilda casi no sabe qué es la muerte. En su día, su padre fue un honesto trabajador, de esos que llegan a la hora de comer con el pan y el periódico bajo el brazo. Cada vez que se iba de viaje, le pedía a Matilda que le dejase llevar una de sus muñecas (siguió pidiéndoselo aun cuando a ella se le hubo pasado la época de jugar con muñecas), y le firmaba la cartilla de las notas al final de cada evaluación.

—Cuando supo que era lesbiana, cambió. A Arantza y a mí nos ayudó mucho con los papeles de adopción.

—No me gusta Arantza.

—No la conoces. Al dejarlo, mi madre se llevó un gran disgusto.

—¿Le has hablado de mí? —Es una pregunta con regalo, hay veces en que suplicar es hacer un regalo, y Matilda desea que Begoña se sienta poderosa, segura de sí misma, feliz e imprescindible.

Begoña ríe sonoramente, y a Matilda se le antoja una risa de escenario, la risa de alguien que ha malentendido el regalo.

—Lo haré hoy. Le diré que eres bonita, un poco loca, pero buena chica. ¿Y tú a la tuya?

—No.

—¿Y se lo piensas decir?

—Eres mi primera chica, no quiero darle disgustos innecesarios.

Matilda le besa la axila. Es quince años menor que Begoña y le gusta el rol de jovencita, hacer preguntas propias de alguien aún más joven, leer cómics de ciencia ficción o pedir Cola Cao en los bares mientras Begoña toma tónica o Bitter.

Se cambian de ropa antes de fichar, y se visten el buzo de trabajo, tan blanco. Matilda se siente contenta al recordar que por la mañana se ha puesto las bragas de Begoña. Son bragas anchas de señora, y siente que se le van deslizando a cada paso. Le gusta ponerse la ropa interior de sus amantes cuando sale de sus casas. En un tiempo, coleccionó calzoncillos de Paul. Meten sus pies en los zuecos. Frente al espejo, se ajustan los gorros de papel, y después los guantes de plástico, que les llegan hasta los codos.

—A veces me siento en un banco de piedra y leo, o, si no, simplemente me pongo a tomar el sol, totalmente despatarrada. Voy a menudo. —Begoña introduce en su cabello la última horquilla que le queda entre los dientes.

Sobre la cinta de goma, bandejas de porexpán. Su trabajo consiste en colocar ordenadamente cuatro pimientos rellenos en cada una de ellas. A Matilda le gusta tocar los pimientos a través de los guantes de plástico, hundir sus dedos en esa masa blanda que bien podría ser carne o víscera, cerrar los ojos y escapar.

El encargado les llama la atención por hablar, pero no les importa.

—Le contaré que nos vamos a Estambul. Pero no le diré lo del avión, siempre la han aterrorizado esos trastos.

—Pero ¿lo haces en voz alta?

—No, hija. Es una manera de hablar. Me sentaré a su lado y pensaré en ella.

Matilda asiente, con ganas de poner fin a la conversación. Hay veces en que se siente emocionalmente minusválida, ya que no es capaz de dirigir sus sentimientos tan bien como Begoña.

—¿Me acompañarás a comprar unas calas?

—No puedo. Tengo cosas que hacer.

Pasa como puede las cuatro horas que faltan para terminar la jornada, casi sin decir palabra, arqueando las cejas para hacer callar a Begoña, con la excusa de que tiene detrás al encargado. Tiene cosas que hacer. Ella también irá al cementerio, pero no se lo dirá a Begoña. Suficiente poder le otorga la edad, y a Matilda le agrada, lo acepta, le da juego, ya que se trata de una cuota de poder que aún puede gestionar adecuadamente. El encargado les dice a los operarios que cojan tres bandejas de pollo y elijan entre cuatro flanes o cuatro arroces, casi sin mirarlos, mientras se ata un cordón del zapato, como el director de prisión que perdona la pena de muerte a un grupo de reclusos.

Matilda está pensando qué decirle a su padre. Ha comprado un ramo de margaritas en el mercado, de muchos colores, es la única flor que le gusta, el resto le parecen flores para viejos. Quizá tenga razón Begoña, el cementerio es un lugar tranquilo, aunque Matilda no mirará las lápidas de niños. Tampoco sus flores ni sus fotos. Intenta imaginar a Begoña en esa situación, y la visualiza con sandalias de herboristería y gafas de sol pasadas de moda a modo de diadema, sentada en un banco, sacando los pies de las sandalias, con el relax de quien se encuentra en medio de un pinar en Las Landas. Matilda vuelve a sentir envidia al imaginársela y se sienta en el primer banco que encuentra. Deja las margaritas a un lado y se libera de los zapatos, pero el suyo es un rincón sombrío, y sentir frío en un cementerio es sentir más frío que en cualquier otro lugar, y continúa caminando, observando cada lápida, flor de plástico, jarrón oxidado y foto. Fotos de personas que entonces estaban vivas pero parecen muertas.

Finalmente da con un banco vacío al sol. Le gusta estar sola. El hecho de estar sola espanta el miedo a quedarse sola, y al igual que algunos pintan o tocan el piano para no perder mano, y hay quienes hacen deporte para estar en forma, Matilda nunca deja de cultivar el arte de estar sola. Con Begoña, en las contadas ocasiones en que no se ha sentido sola, ha sabido recular y hacer un alarde de soledad con la mayor destreza posible. Es su manera de amar, algo incómoda, pero, al fin, una manera de amar. Begoña ni siquiera lo sospecha, cree que van a hacer montones de cosas juntas. Pero si Matilda no se sintiese sola al lado de Begoña, no estaría con ella; a pesar de que le gusta dárselas de adolescente frívola y de tortillera novata, opina que nada es equiparable al hecho de poder sentirse segura en su soledad. La más grande de las pasiones no puede igualar ese sentimiento de poder y plenitud, esa libertad. Y cuando alguna vez ha sentido, junto a Paul, por ejemplo, una o dos veces, que la soledad se puede vencer uniéndose para siempre a otro ser, quizá haya sido cuestión de un segundo o dos, no más, cierto día en un prado nevado caminando de su mano, hundiendo las katiuskas en la nieve y haciendo maniobras circenses para dar el siguiente paso, en esos momentos se ha sentido vulnerable, ha sentido pánico.

Solo una vez ha estado sola sin saber estar sola, sucedió en la escuela. Atravesó los pasillos de la mano de su padre, que iba dando tumbos. Matilda había perdido el autobús y él la llevó en coche. Ni uno ni otro fueron capaces de encontrar la clase, pero en la familia de Matilda no está bien visto manifestar desconocimiento o indefensión, no se puede preguntar nada a extraños, dónde se encuentra tal calle o si en el supermercado tienen tal producto. Hasta que llegó la hora del recreo, Matilda y su padre permanecieron sentados en un banco del pasillo, examinándose los zapatos. En cuanto sonó el timbre, ella encontró refugio entre los gritos de sus compañeros. Ni siquiera miró hacia atrás, y, de vuelta a casa, no mencionaron el asunto. En adelante, tendría que estar preparada para situaciones de ese tipo y, para ello, no podía faltar a un solo día de entrenamiento.

El sol no calienta como debiera y Matilda vuelve a introducir los pies en las sandalias. Le gustaba ir a pescar con su padre, al riachuelo que está al lado del camposanto; con una botella de sidra vacía amarrada a una cuerda, esperaba a las truchas, agarrada a la cuerda, sin perder de vista el cuello verde que sobresalía de la superficie, mientras el padre leía el periódico. Él solía tener otra botella de sidra, llena, anclada entre las rocas, y cuando se la terminaba, Matilda entendía que había llegado la hora de marcharse. De vuelta al pueblo, su padre la invitaba a tomar zumo de naranja, utilizaba esa palabra, «invitar», y él se bebía una copa de vino, que casi siempre eran dos, en absoluto silencio.

—Papá —ha comenzado para sus adentros—, nunca he sabido qué decirte, tampoco hoy, pero aquí estoy, ya ves.

La gente hace ruido al caminar sobre la gravilla del cementerio. Una señora coloca un girasol sobre una lápida musgosa, besa las yemas de sus dedos, y después, como si fuera posible llevar el beso a la tumba, pone la mano sobre la piedra. Intenta visualizar de nuevo a Begoña, trata de hablar imitándola, y, para eso, se coloca las gafas de sol sobre la cabeza.

—Estoy trabajando para sacar algún dinerillo. Me gustaría alquilar una habitación en septiembre. Todavía no le he dicho nada a mamá. ¿Qué te parece? —Tan pronto como ha terminado de hacer la pregunta se siente idiota—. Quería decirte que te entiendo, que no me debes ninguna explicación, y que quizá ya no seas el héroe de mi infancia, pero tranquilo, hace ya tiempo que no necesito personajes de ese tipo en mi vida.

Ha permanecido observando la lápida escogida durante largo tiempo. Se trata de una lápida severa y a la vez sencilla, en la que es casi imposible discernir el nombre y apellidos del muerto. Le gusta reconocer que ama a su padre, hace que se sienta bien. No sabe cómo despedirse, lo único que tiene claro es que no va a posar ningún beso sobre la piedra, semejante locura. Le promete volver.

Intenta pensar en Begoña, queriendo dejar atrás el cementerio, pero aún no se le han borrado de la mente sus feas patillas, ni la verborrea profética posterior al sexo, con el labio superior aún brillante. Siente lástima. En vez de a Begoña llama a su madre para anunciarle que irá a cenar, y se encamina hacia la verja; margaritas de colores abandonadas sobre el banco, algunos pétalos diseminados por el suelo, y Matilda con las manos en el bolsillo delantero del suéter.

Recibe una llamada de Begoña:

—¿Dónde andas?

—Acabo de salir de la biblioteca.

—¿Quieres cenar conmigo?

—Le he dicho a mi madre que voy para allá. Desde el viernes no he aparecido por casa.

—Haces bien, tienes que pasar más tiempo con ella.

—Sí —le contesta Matilda, con ganas de finalizar la conversación, tan empalagosos todavía los labios y sudores de la víspera.

—Cariño, hoy le he hablado a mamá de ti, que estás un poco loca, pero que eres inteligente y buena chica.

—¿De veras? Espera, hablamos mañana a las nueve, tengo el móvil a punto de morir, Bego.

Lo apaga, sin dejar un segundo más para el amor, y continúa cuesta abajo, con una canción temblorosa entre sus dientes, intentando quitarse de las manos el tinte morado de las flores, siguiendo bajo el sol su sombra alargada, cada vez más deprisa, cada vez más inalcanzable, cada vez más cerca de casa. No utilizará sus llaves, tocará el timbre, para que su llegada sea lo más natural posible. Quiere a su madre de par en par bajo la puerta, no desea estar buscándola por casa, buscar su beso.

—Qué pronto.

—Estoy hambrienta.

—¿Has comido?

—Sí.

—¿Dónde? —pregunta su madre, y antes de corroborar que no habrá respuesta, añade—: Estoy preparando una ensalada de tomate y anchoas rebozadas. Los tomates son de la huerta de Manuel.

La hija se limpia las manos amoratadas en la pila y su madre le pregunta si ha vuelto a pintar, arrepentida al mismo tiempo de hacer la pregunta: no deberías dejar de pintar. A continuación, solo se oye el quejido del frigorífico.

—¿No vas a pasar por la sala? —La madre cierra el grifo, con la plata de las anchoas entre los dedos, las vísceras formando un montón a un lado del fregadero—. Hoy está bastante bien.

Matilda coge una manzana de encima de la mesa, y, sin limpiarla, le da un mordisco. Apoyada en el quicio de la puerta de la sala, ve a su padre, tumbado a lo largo en el sofá, el batín granate por encima de la ropa de calle, los zapatos sobre un cojín.

—Buenas noches —le dice Matilda, y da otro mordisco a la manzana.

El padre levanta ligeramente la cabeza.

—Buenas noches —contesta una voz lejana.

Matilda no atraviesa la puerta.

—¿Vas a cenar aquí? —le pregunta, al tiempo que se percata de que está tumbado sobre el mando del televisor. Con manos aleladas, emprende su búsqueda.

Matilda da otro mordisco a la manzana y, con la boca llena, contesta:

—No, tengo que irme.

El padre, como si no hubiese escuchado la respuesta, continúa buscando, apoyando todo su peso sobre un brazo, y después sobre una pierna, palpando el sofá bajo el arco formado por su cuerpo.

Matilda se dirige hacia su madre, que está asomada en la ventana del patio tendiendo la ropa, con medio cuerpo a la sombra y el otro medio iluminado.

—Me voy.

La madre vuelve a la oscuridad, con una sábana blanca entre las manos.

—¿No te quedas a cenar? —Y sin dejar espacio para contestar—: ¿Vendrás a dormir?

Mientras da vueltas en la boca al último pedazo de manzana, Matilda lanza el corazón por la ventana, sabiendo que su madre no la va a reprender. Tras ayudarla a doblar la sábana, la besa, y, acercándose a la puerta de la sala, pero sin rebasarla, se despide del padre. No obtiene respuesta, solamente un leve ronquido; le desea la muerte, con más violencia de la habitual.

Tras cerrar la puerta, vuelve a tomar el camino del camposanto. Para decirle lo que no le dijo en vida.

—Estamos a punto de cerrar —la avisa el vigilante.

—Solo serán cinco minutos.

Por el camino, llama a Begoña:

—¿Me invitarías a cenar?

EL TERCER REGALO

La visión de la ikurriña, iluminada por el sol y sacudida por el viento, en un rincón del aeropuerto, entre metal, la desconcierta, y hace que se le encojan los pulmones. Saioa vuelve a ser la muchacha que cuatro años atrás dejara la casa de sus padres, pero ya sin los olores a tierra y monte.

Telefonea a casa, tres veces, hasta que su madre responde, con la voz de quien no ha pronunciado una palabra durante meses.

—Entonces ¿ya has llegado?

—Sí. Pregúntale a padre si puede venir a buscarme a Zarautz.

—Se lo voy a preguntar. Vuelve a llamar dentro de cinco minutos, que sale caro llamar a esos cacharros.

Nada más llegar a Zarautz, ve a su padre aparcar la Express, la parte trasera repleta de sacos.

—Sube —le dice con sonido de martillazo sobre yunque.

En la radio una balada del grupo Ganbara.

—Estás esmirriada.

—Ha pasado mucho tiempo —le responde su hija en cuatro golpes, y después apenas se escucha nada en la herrería, solamente llamas laboriosas tratando de huir del horno.

Saioa sujeta la maleta entre las piernas y mira el paisaje verde que se balancea cuesta arriba, los sólidos caseríos que se alzan en las laderas, cuando una rama cargada de castañas choca contra el coche y rompe la tregua.

—He dejado al tío matando gansos. Últimamente no para de trabajar, ¡y hay que aprovechar!

En la última cuesta antes de llegar al pueblo, tropas de castañas se abalanzan sobre ellos, miles de pinchos apuntándolos.

—Mañana voy a venir a por castañas.

Saioa entiende que es una invitación.

—En Londres no hay castañas, ¿lo sabías?

El padre pisa el freno, deteniendo la furgoneta a un lado de la plaza del pueblo.

—¿Has visto? —Le señala el ascensor de aluminio y vidrio construido en la entrada del Antiguo Palacio, convertido ahora en casa de cultura—. Es moderno.

Saioa sabe que su padre le ha mostrado el ascensor suponiendo que a ella le iba a gustar, por agradarla, aunque sabe que a él semejante despropósito en el Antiguo Palacio le resulta espantoso.

—Esto parece Londres.

—Lo pusieron a principios de año. Quieren hacer muchas casas. El pueblo se va a poner de moda.

—Muy de moda.

Saioa advierte que el aire burlesco de su padre no ha cambiado en nada, ni tampoco el suyo.

—A partir de ahora los jóvenes no tendrán que irse a Inglaterra.

Los frenos de la Express aúllan: de frente, el caserío, blanco y oscuro, verde y húmedo. La madre y el tío están en la entrada, la madre sin quitarse los guantes de goma, el tío con el cuchillo en la mano.

—Mira, Rogelio —le dice el padre a Saioa señalándole un ganso lleno de barro, y el universo que esconde ese nombre estalla súbitamente. Una carrera loca en el prado, un ganso gigante degollado, los últimos latidos en el plumaje ensangrentado, y un ganso más pequeño persiguiéndole.

—¡Dale! —le grita el tío al padre.

—Estás escuchimizada —le dice su madre, al tiempo que el ganso decapitado se tumba a los pies de Saioa, con algo de vida aún en el vientre. El primer beso ha sido el suyo, prieto y mojado—. ¿Y ese aro?

Saioa arruga la nariz y emite un mugido.

—¡Esta chica!

—¿Qué tal está la señorita? —pregunta el tío, restregándose en los pantalones de mahón el rojo de las manos, y luego le pellizca la mejilla, con tanto ímpetu que a Saioa se le balancea el pendiente de la nariz.

—Hemos preparado una merienda-cena.

Llevando la ramita de entre los dientes al otro lado de la boca, el padre encabeza la comitiva sobre la hierba que va oscureciéndose. Atrás han quedado los muñones desesperados. En la cocina, mientras comen queso y un trozo de longaniza, la madre hunde a Rogelio en agua hirviendo, el ano amarilleado a la vista, y lo va desplumando, y tras cada manojo de plumas arrancadas mira con cariño a su hija que continúa sin poder soltar la maleta. El padre y el tío están alrededor de la mesa, todo venas y sudor.

—Me voy a la cama, estoy reventada.

—Hemos utilizado la habitación del tío para la patata; por la humedad, te he preparado la del abuelo —le advierte la madre.

—Yo me voy a quedar en la tuya —ha dicho el tío, pellizcándole la mejilla sana.

Desde que murió, únicamente nombran al abuelo en contadas ocasiones. Era el padre del padre, pero fue la madre quien lo cuidó durante los diecinueve años que tardó en morir. Aunque la gangrena le había devorado las piernas, el viejo gobernaba la casa como un general acostumbrado a ganar batallas. Después, cuando envejeció todavía más, dejó de hablar. Un tubérculo. Aun así, mientras vivió, lo cuidaron como amenazados por el poder que un día ejerció. A Saioa le sorprendía la capacidad de sacrificio de su madre.

El padre la ayuda a llevar la maleta a la habitación. La madre va tras ellos, con el trapo de cocina colgado del delantal, y Saioa se da cuenta de que lleva los pendientes que le regaló la primera vez que vino de Londres.

—¿Qué tal el cursillo de reflexología? —la interroga en busca de confesiones cuando el padre las deja a solas.

A la madre, como cada vez que se turba, se le han secado los labios:

—Calla, niña, que estos no saben nada.

—¿Todavía no? ¿Y quién te lleva a Zarautz?

—Tu padre. Piensa que voy a que me den masajes.

—Dile que es un regalo mío, que pagué yo el cursillo.

—¿Sigues con dolor de oídos?

—Cada cambio de estación me atacan.

—También hemos aprendido a curar eso.

La madre cierra la puerta, y Saioa la oye alejarse. La madre se mueve como los animales: con precisión, sin hacer ruido; parece una geisha: pálida, sonriente, amable. Desde la habitación, aún se escuchan las inmersiones del animal.

Saioa solo ha sacado de la maleta lo necesario para estos días. Encontraron allí mismo al abuelo, endurecido como un bacalao. Lo encontraron su madre y ella. Tenía un mendrugo de pan en la mano y la boca abierta.

En la habitación no queda ningún rastro suyo.

La madre siempre dormía al lado del abuelo, para que no se ahogara al quedarse sin oxígeno. «Para que no muera ahogado», decía siempre la madre, con la extraordinaria soltura que tenían para hablar de la muerte en aquella casa. Ahora, esa cama está envuelta en plástico. Saioa nunca ha sabido durante cuánto tiempo estuvo observándola, pero un día que no fue a clase a causa de una huelga, la madre se acercó como los gatos a aquella habitación, como ahora, y encontró a Saioa tapándole la nariz al viejo. «Déjale», le dijo, sin gravedad. «Déjale», sin levantar la voz. Nunca volvieron a mencionar el asunto. El viejo murió al cabo de un año, y la madre y la hija lo prepararon para la tumba con la misma ceremoniosidad con la que se doblan unas sábanas.

En el tanatorio permanecieron con las manos unidas, como infundiéndose valor, a semejanza de los recién casados que van a iniciar una nueva vida.

—Con la mitad nos hubiese bastado —le susurró la madre a la hija ocultando una sonrisa.

El ataúd era del tamaño de un hombre con piernas. Saioa no puede dormir. Alguien ha puesto en la mesilla la foto de su primera comunión: dos trenzas le delimitan la cara y flores blancas le adornan la cabeza. Se le ve un dedo hinchado a causa de un anillo que no le cabía. Aquel día su madre le regaló un órgano, y Saioa le prometió que iba a aprender a tocar una canción para ella. Fue «Bésame mucho», se la enseñó el cura, después de catequesis. Saioa la tocaba cuando no estaban los hombres, para ver bailar a su madre. Como si no tuvieran derecho a mostrarse felices ante ellos.

De la habitación contigua le llega el sonido del chorro de orín del tío contra el orinal, seguido de un gargajo y luego un ronquido que se funde con el canto del gallo.

Saioa se levanta a la hora de comer, cuando la madre toca a la puerta.

—¿Se han ido a por castañas?

—Sí, por la mañana temprano. Estarán al caer. —El oído alerta como si estuvieran esperando a la Policía—. Ahí vienen, ¿los oyes?

Saioa coge la botella de leche del frigorífico. Acostumbrada a la de soja, le ha causado asombro sentir verdadera leche de vaca descendiendo por su garganta.

—Por fin te has puesto los pendientes que te regalé.

—Me ha costado, pero ahora no me los quito.

—¿Te dijo algo?

La madre los acaricia.

—Si iba a caldereros.

—¿No te daban alergia?

Son pendientes hechos en India, de plata. Hasta entonces su madre solo había tenido un par de pendientes, de oro. En la época en que le hizo el regalo, Saioa ansiaba abrir las ventanas del reducido y sombrío mundo de la madre.

−¿Qué tal estás?

−Qué pregunta, chica. ¿Cómo quieres pues que esté?

Cuando el marido y el hermano andaban por los alrededores, a la madre le afloraba el arte de responder a las preguntas sin responderlas.

El tío ha traído un saco de rafia lleno de castañas.

−Unos cinco kilos.

La madre coge un puñado para observar su aspecto, parecen erizos momificados. Saioa consigue oler a musgo. Ahora sí, se siente en casa.

Los hombres se atan la servilleta al cuello. Mientras comen apenas hablan, como si tuvieran la mente y la fuerza puestas únicamente en los alimentos y en los movimientos necesarios para engullirlos.

−Han dicho en la radio que se avecina nieve −dice Saioa.

−Después de comer tenemos que hacer leña −advierte el padre. Está mirando por la ventana. Nunca ha distinguido las órdenes de las demandas de ayuda.

−Tormenta de nieve −añade el tío.

−¿Has visto lo que han hecho con el Antiguo Palacio? A ti te va a gustar. −La madre se dirige a Saioa con aire de burla. Tan pronto como aparecen el padre y el tío, madre e hija se someten inconscientemente a sus reglas.

−Padre me lo enseñó ayer. Prefiero como estaba antes, la verdad.

−Van a hacer casas de protección oficial. Van a venir los de Zarautz a vivir, y hay que modernizarlo, ya sabes.

El tío se lleva a la boca los restos de fideos y gallina untados con pan, y le entrega el plato a la madre. Esta sirve el contenido del horno al marido, al tío, a la hija y, por último, a sí misma. Una cobaya asada para cada uno.

−¿No vas a apuntarte? −pregunta la madre.

Saioa considera que es un tema para discutirlo a solas, pero aun así contesta:

−Soy responsable de una tienda biológica en Londres, madre, por ahora tengo la intención de quedarme. Además, tengo casa gratis, y estoy ahorrando bastante. —Hunde los cubiertos en las costillas mínimas.

—Eso está bien.

—El dinero nunca está de sobra.

—Quiero aprender mejor el inglés. ¡Lo hablo casi mejor que el castellano!

—¡Pues el castellano lo hablas muy bien! —celebra el padre mientras mira a la madre de reojo y pone los huesitos de su cobaya en un montón más grande en medio de la mesa.

Cuando los ojos del tío al otro lado de la mesa hacen que se sienta molesta, Saioa saca del frigorífico un paquete de flanes y lo deja encima de la mesa. El padre, el tío y la madre dan la vuelta al plato y dejan que el flan se deslice sobre su reverso. Lo comen con la cuchara de la sopa.

—Tu padre se va a jubilar el año que viene. Me ha prometido que iremos a Londres.

El padre no hace el más leve movimiento, pero Saioa sabe que se siente avergonzado.

—¿Ah, sí? —le azuza la hija.

—Habrá que ir.

Y tras aflojarse el cinturón y sacudirse las migas de pan del pantalón, sube a hacer la siesta. A Saioa le ha parecido más viejo.

—¿Y tú, tío?

—Yo nunca jamás me voy a subir en un cacharro de esos.

Y pela una manzana con destreza y, después de comérsela sin soltar el cuchillo, en silencio, él también se encamina a hacer la siesta.

Saioa y la madre se quedan fregando. Sea cual sea la casa en la que haya vivido, Saioa siempre ha estado dispuesta a ocuparse de la vajilla. Nunca ha podido entender la pereza de muchos, para ella limpiar los platos representa un momento íntimo y dulce, quizá porque en casa siempre se han ocupado su madre y ella.

—Si quieres vamos a tu habitación y pongo en práctica lo que he aprendido en el curso. A ver si curamos esos oídos.

Saioa se tumba en la cama, su madre le quita los calcetines y pone los pies sobre sus muslos. Saioa puede notar en sus tobillos la humedad del delantal. Las manos de la madre son carnosas y manipula los pies de Saioa con sabiduría de panadero.

—¿Qué tal estás?

Le aprieta los dedos con fuerza.

—Aquí están esos dolores de oído, por eso te duele tanto al apretar.

—¿Qué tal estás, entonces?

—¡Cuántas veces me lo vas a preguntar! Ya te he dicho que bien.

—Ya sé lo que has dicho.

Al quedarse en silencio, Saioa advierte una suave sombra en su rostro.

—Te he traído un regalo.

Saca de la maleta la caja envuelta en papel de regalo. La madre la pone a la altura del oído y la sacude.

—¡Suena como un cencerro!

Saioa se ríe, ver a su madre convertida en niña la conmueve.

Quita el papel con cuidado y lo pone encima de la cama, plegado. Tras abrir la caja, deja caer su contenido en la palma de la mano: dos bolas del tamaño de pelotas de golf unidas con una cuerda.

—Se llaman bolas chinas —responde Saioa al modo de hacer preguntas sin hacer preguntas de su madre.

Saioa la deja a solas. Del pasillo llegan los ronquidos del padre y el tío. En la cocina, una canción de Juan Carlos Irizar, uno de esos programas donde la gente pide la canción que quiere escuchar. Pone a cocer un puñado de castañas, con unos granos de anís.

Después, con la ayuda de una pequeña hacha, hace leña para la noche. Sudar le sienta bien.

LOUIS VUITTON

—No toques las esquinas. Tienes que poner la lima completamente recta, así. Mi madre siempre dice que a la gente se le nota su origen en las manos.

Tras hojear una revista, me mostró la foto de una mano femenina anunciando un reloj.

—Sabemos que la dueña de esta mano es guapa, o por lo menos que es especial, que socialmente está por encima de la media. A veces no hace falta más: unas manos cuidadas, una nariz vanidosa, unas piernas finas… y todo está dicho.

Nos cubrimos las manos con una espesa capa de Nivea.

Alex arreglaba el cajón de la mesilla del dormitorio de June. La que antiguamente había sido una sola habitación estaba ahora dividida por un delgado tabique con una puerta en medio. Yo quería creer que los martillazos le impedirían oír la voz de June.

—Ahora un poco de esmalte y ya. Es duro ser como ellas, ¿no crees?

Estábamos soplándonos los dedos cuando Alex irrumpió en mi dormitorio.

—¿Habéis escogido lo que os vais a poner?

—Te estábamos esperando —dijo June.

Había llegado la víspera por sorpresa, aprovechando que su primo camionero hacía un viaje a París. Desde que llegó nos hablaba a June y a mí como si fuésemos una única persona, dirigiéndonos a cada una de nosotras la misma cantidad de miradas, y el verbo, se trataba sobre todo del verbo.

Sobre la cama se encontraba la ropa que había superado la criba. Todo era de June, excepto la camisa y la falda que llevé en la boda de mi hermano.

–Tenemos que ponernos en el papel de turistas. Ricachonas, pero turistas. No podemos ir vestidas de cóctel, sino como dos chicas que han venido a París a hacer shopping, que incluso aprovechan el estar aquí para vestirse como no se vestirían normalmente –dije.

June daba vueltas por el dormitorio. Llevaba uno de esos sujetadores de fantasía para pechos tiesos y recogidos, y un pantalón barato que le dejaba a la vista los hoyos de la parte inferior de la espalda. Me pareció demasiado que se quitara los pantalones antes de cubrirse por arriba, y al contrario de Alex, aparté la mirada y seguí acariciando las telas y desplegando la ropa al aire. Sabía que lo hacía adrede, ya que nunca conjuntaba la braga y el sujetador, a no ser que tuviera cita con algún chico o con el médico. Se probó mi falda sin molestarse en abrir la cremallera. Después se enfundó un pantalón negro.

–Así estás perfecta –le dijo Alex.

June se probó dos o tres modelos más antes de decidirse por el señalado por Alex: la camisa de la boda de mi hermano, pantalón negro y zapatos de tacón.

Cuando me llegó el turno June y Alex me observaron sentados sobre la cama. Yo era algo más alta y robusta que June, y aunque a ella mi ropa le iba de maravilla, a mí la suya me quedaba o demasiado corta o demasiado estrecha. Aun así, no se puede decir que yo no fuera hermosa. Era hermosa, tal vez no tanto como June, pero mucho más de lo que entonces creía. Además, tenía veintidós años.

Quería acertar a la primera y me puse la falda de la boda de mi hermano, una camiseta negra y una gabardina beige de June. En los pies, sus bailarinas atigradas, que me venían pequeñas.

–Súbete las mangas hasta el antebrazo, te hace más elegante –me aconsejó–. ¿Te das cuenta? *La classe!*

A menudo sentía que mi ansia de belleza despertaba su compasión.

—Estás guapísima —dijo Alex—. *Estáis* guapísimas.

Aconsejé mantener la sobriedad, no arriesgarnos a llevar accesorios. Cualquier nimiedad —un cinturón ajado, un collar de chatarra, bolsos de vinilo— podía arruinar nuestra representación.

Mientras nos maquillábamos advertí que Alex husmeaba entre los libros del dormitorio de June. Conociéndola de un modo superficial, los títulos podían deslumbrar a cualquiera. Así estaba Alex al volverse hacia nosotras: extasiado, aturdido, alterado.

Quise decirle que eran todos míos, que June se llevaba a su habitación todo lo que yo leía, y que tras manosearlo lo abandonaba en la estantería. Pero me callé.

June me ordenó que me sentara en la cama; oscureció mis mejillas con suaves brochazos, pintó mis labios con su dedo meñique.

—Listo. No sé por qué no te maquillas más a menudo, ¿verdad, Alex? ¿A ti cómo te gusta más?

—Parecéis hermanas —nos dijo pasando del dormitorio de June al mío.

A veces, muchas veces, dormíamos sin cerrar la puerta que unía los dos dormitorios.

Ignoro lo que sintió ella, pero yo sentía una leve sensación de felicidad, persuadida de que las palabras de Alex me convertían en alguien tan bella como June. Tuve que negar el dolor que me hacían las bailarinas para no estropear el momento.

—Estoy nerviosa —dijo June, y aquella candidez suya no hacía sino disparar su encanto.

Alex le frotó los hombros, dándonos un último toque.

—No podríais estar más guapas, en serio.

—Yo también estoy empezando a ponerme nerviosa —dije.

Para mí la belleza era entonces tan primordial que debía abarcarlo todo: mi dormitorio, la casa en la que vivía, la carpeta de los apuntes, mi caligrafía, hasta el molde de los bizcochos. No bastaba con estar bien, todo debía ser especial. Me pregunto ahora si convertir a June en mi mejor amiga no era un modo más de saciar aquella necesidad mía. Quizá porque sabía que lo mío era coyuntural, que la genética me condenaba a terminar con un culo gordo sobre unas piernas enclenques. Quizá porque una vez, antes de venir a París, metí inconscientemente a Alex en casa de mis padres (en mi casa), y nuestra relación se ensució con los muebles, con la decoración, con el albornoz de mi padre, con la manta podrida del sofá. No era casualidad que me hubiera largado a París a hacer el doctorado.

—Esperaba que fuera algo más sofisticado —me dijo Alex el día en cuestión—. No solo la casa, también tus padres. No te enfades, no me lo esperaba, sin más.

Aquel mismo día fuimos a Koldo Mitxelena, a tomar prestados algunos libros, no recuerdo cuáles. Después tomamos un café en una cafetería cercana. Era el comienzo de nuestra relación y nos gustaba hablar de celos y de amantes.

—Vosotras, las mujeres, conocéis a alguien atractivo y perdéis la cabeza —me dijo.

Fue el primero en tratarme de mujer, aún recuerdo la sensación.

—Mira, en este mismo momento podría follar con prácticamente cualquiera de las tías que hay aquí. Para nosotros es normal sentir constantemente deseo por las mujeres. Para vosotras no, a vosotras os pasa raramente, de ahí que mitifiquéis *ese acontecimiento tan especial que es el deseo,* y la necesidad consiguiente de follaros al que os lo ha provocado.

Yo me reía, sin prever el eco de sus palabras en mi cabeza.

June y yo vivíamos cerca de la estación de Place d'Italie, frente a la escuela de diseño en la que estudiaba June.

—¿Cómo os habéis puesto en contacto con la mafia china?

—A través de un conocido de June. Y son japoneses, no chinos.

—Pablo lo ha hecho dos veces, y las dos le ha salido bien —dijo June.

—Entonces, conocéis a alguien que ya lo ha hecho…

—Claro —dijimos.

—En Japón no hay tiendas Louis Vuitton, pero parece que hay mucha demanda… las niñas lo piden como regalo de graduación y así. Estos lo venden de contrabando, vete a saber a qué precio.

Alex fumaba tabaco de liar. Rulaba los cigarrillos sin perder una brizna de tabaco y los encendía siempre como si fueran el último.

—¿Van a aparecer con el pelo engominado? ¿Con sombrero de ala ancha y abrigos largos? —Me gustaba que al echar humo se le pusiese cara de malo.

—Nuestro contacto es una mujer —aclaré.

—Una geisha, tal vez —dijo June.

—Se llama Madame Ado.

Buscamos tres plazas libres en el metro. Por tener modales, me quedé apartada, y Alex y June hicieron el trayecto frente a frente, algunas filas delante de mí. Tal y como lo había previsto, June se rio demasiado, dejando al descubierto su único defecto: sus pequeños dientes. Los mismos que yo hubiera considerado distinguidos, si al poco de conocernos ella misma no me hubiera confesado que le disgustaban.

—Ahora pasa —me dijo, como sugiriendo: «Si tuviera dientes bonitos mi belleza resultaría insoportable»—, pero imagíname cuando esté hecha una abuelita.

Y mordisqueó el aire como un ratoncito.

Tal vez había llegado el momento de usar el símil en su contra. De decirle a Alex: «¿Te has fijado en que tiene dientes de roedor? La pobre, en cuanto come algo duro, pierde un cachito; no puede comer frutos secos, y pan, solo de molde».

No era la primera vez que lo hacía. Anteriormente había intentado contrarrestar el esplendor de June exagerando delante de Alex las asquerosas costumbres que tanto ella como toda su familia gastaban en la mesa, pero fue en vano.

Mientras tanto, ajena a la muchedumbre circundante, veía a Alex hablarle a June con la misma pasión que emanaba cuando me enamoró, y a June, tan atenta como estaba yo cuando me enamoré de él. Alex era un amante a la antigua usanza. En nuestra generación no quedaba nadie más como él. Más que con Alex, June estaba fascinada con su modo de amar. Lo sabía.

Fue June la que me metió en aquel negocio. A las personas que no han conocido la precariedad económica les gusta, sobre todo cuando son jóvenes, presumir de falta de dinero, y lo hacen en tono confidencial, pero de modo que les oigan el mayor número posible de personas. Por eso le resultaba a June fascinante que Alex hubiera venido a París en la cabina de un camión. Si en vez de tener un padre abogado y una madre profesora hubiese sido hija de un taxista y un ama de casa, no estaría tan orgullosa.

—No es difícil. Tenemos que hacer que somos lo que no somos, eso es todo.

—Y si nos pillan, ¿qué?

—No nos van a pillar —me prometió June—. Y si nos pillan se lo contaremos a nuestros nietos.

Madame Ado nos citó en el Burger King de los Campos Elíseos. Le pedí a Alex que se sentara a una mesa junto a la entrada. La japonesa tenía alrededor de treinta años y estaba sola delante de un helado blanco. Sobre la mesa había un bolso negro con cadena dorada; en una mesa alejada, dos yakuza con las piernas abiertas. Madame Ado nos habló en un pésimo inglés:

—Ya conocéis el procedimiento. El diez por ciento de lo que compréis será vuestro. Podéis gastar un máximo de veinte mil francos. No compréis nada de color verde, a los japoneses no nos gusta el verde. Tampoco compréis nada de piel de cocodrilo, y más vale muchas cosas pequeñas, que una y grande.

Sacó del bolso un fajo de *Traveller's cheques*, y me pregunté si también llevaría un arma.

—En cuanto terminéis nos reuniremos aquí y os daré el porcentaje que os corresponde. ¿Alguna pregunta?

Guardé los cheques y Madame Ado continuó con su helado.

Louis Vuitton estaba situada en una esquina de los Campos Elíseos y en cada uno de sus escaparates se mostraba un único objeto. Desde fuera no podía verse el interior, pero se adivinaba. La máxima del erotismo llevada al comercio, tan simple como eficaz. La puerta principal estaba custodiada por guardas jurados africanos.

—¿Y ahora qué tenemos que hacer? —le preguntó June a Alex, en el papel de ingenua desprotegida que tan bien le iba.

Hasta tal punto le iba bien que a veces —más veces de lo que hubiera deseado— me entraban ganas de adoptarla y enseñarle algunas cosas sobre la vida.

—Ahora entrad ahí y actuad con la misma naturalidad y desparpajo que en las rebajas.

—¿En serio que parecemos ricachonas? —continuó June.

—Pero ¿qué os creéis que es esa gente? La mayoría son nuevos ricos que hasta ayer rellenaban quinielas y rascaban boletos, gente bastante más inculta que vosotras.

Al lado de Alex no había imposibles.

—Venga. Sois más guapas y más listas.

—Le diremos al vendedor que leemos a Milan Kundera —concluyó June, y le dio un beso en la mejilla.

Alex se rio con el chiste que June acababa de robarme.

No debía, pero lo dije:

—Si no lo has leído.

June y Alex no me hicieron caso. Seguramente, por el bien de todos, no querían ponerme en peor lugar del que estaba.

Alex me besó, quizá para que me callara, después me dio una palmada en el trasero.

Nada más entrar, sobre una isla de mármol negro, había media docena de bolsos dispuestos con una indiferencia planeada. En los nichos cuadrados de una de las paredes, bajo la misma iluminación de los museos, carteras, llaveros, cinturones y cajitas. La mitad de los clientes era asiática, la otra mitad, continental. Se movían con cuidado, hablaban bajo, como si estuvieran cansados. En una silla tapizada, aferrado a una muleta, se encontraba un viejo al que le sobresalía del bolsillo de la chaqueta un pañuelo salpicado de porquería. Una chica que bien podía ser su nieta o su amante, o ambas cosas a la vez, se le acercó tirando de una maleta adornada con las iniciales LV, y el viejo le tendió la cartera sin mediar palabra.

A June y a mí nos resultaba difícil no manosearlo todo, y yo iba con los puños cerrados, clavándome las uñas en las palmas de las manos. Tras un comienzo despistado, nos dirigimos a la segunda planta, y allí nos separamos. Los hombres trajeados con auriculares en los oídos parecían relieves de las columnas grises.

June escogió un par de guantes morados de piel de avestruz, un kit para arreglar las uñas y una especie de mochila de cuero. Yo opté por una sombrerera, un bolso y una cartera, todo del mismo juego, que no hubiera comprado ni siquiera teniendo dinero.

—Te has pasado —me susurró June—. Me parece que te has pasado.

—No, lo he contado mil veces. No llega a las doscientas cuarenta mil pesetas. ¿Y tú?

—Por ahí, no sé.

—¿Cómo que no sabes? Tenemos que estar seguras.

Al susurrar se acentuaba su apariencia de roedor y yo sentía deseos de arrancarle todos los dientes.

—Al final no te has hecho el bigote —me dijo, bizqueando los ojos.

—No.

—Te lo tenías que haber hecho. Creía que te lo habías hecho.

—Con la visita de Alex se me ha olvidado.

—Pues debería ser al revés, ¿no?

Me miré en un espejo de mano que estaba a la venta, desfigurando el labio de arriba con la lengua. En los bordes de los labios tenía una pelusilla clara y abundante, de la que no tuve conciencia hasta conocer a June.

—Vamos —me dijo enfadada.

—Tranquila. Estamos en Zara, en las rebajas, y entre las dos nos hemos gastado mil pesetas.

—Vamos.

Echó a andar delante de mí. Subida encima de los tacones, con el culo que le sobresalía exquisitamente, perfectamente podía tratarse de la hija de un traficante saudita, de la joven mujer de un ganadero andaluz, o de la heredera de un casino de Mónaco.

Pusimos nuestras adquisiciones sobre el mostrador y la mujer trajeada que era mucho más bella que June y yo juntas se las acercó al pecho. Tecleó los precios uno a uno con sus uñas nacaradas y cuando apareció el total en la pantalla saqué mi chequera. La chica hizo ruido con sus pulseras. Luego, sin cerrar sus pestañas opacas, miró a June, después a mí.

—*Un moment, je vous prie.*

Llamó por teléfono.

—*J'ai ici deux filles espagnoles qui souhaitent régler avec des traveller's cheques. Vous êtes bien espagnoles, n'est-ce pas?* —nos preguntó tapando el teléfono, sin perder la cortesía.

Parecía increíble hablar tan deprisa y con tanta destreza en aquella lengua demoníaca.

Un hombre flaco y calvo nos condujo hasta la puerta, «s'il vous plaît», advirtiéndonos de que no lo intentáramos de nuevo. Nosotras le preguntamos por qué, quizá demasiado alto.

—*Sécurité?* —dijo por el micro que le salía de la oreja.

Cuando los guardas jurados hicieron ademán de acercarse, el hombre les dio el alto y, dibujando con la mano giros en el aire, nos animó a salir.

Nos alejamos con débiles protestas, mientras la chica recogía los objetos del mostrador como si se tratara de criaturas heridas, y sin herir la paz de los negros de la puerta.

Alex se había alejado unos metros y nos esperaba sentado en un banco, con un *pain au chocolat* en la mano.

—¿Qué, nada?

June le pidió un trozo de bollo, dejándome a mí la responsabilidad de dar cuenta de lo ocurrido. Cuando Alex le acercó el bollo a la boca me pareció que June le chupó los dedos. June —he ahí otra lección de belleza— nunca hablaba con la boca llena, y yo no sabía qué responder.

—Nos han pillado —dije.

—Pero ¿por qué?

—No puedo entenderlo. A lo mejor por el acento.

—No tiene sentido, he visto entrar a un montón de turistas, no todos los clientes son gabachos —dijo Alex.

—No sé lo que ha pasado, cómo se han dado cuenta.

June no se molestó en decir nada, el silencio era su castigo.

En los Campos Elíseos siempre hay una luz cegadora. De día porque es una avenida amplia y ni los edificios ni los árboles obstaculizan el sol; de noche porque da la impresión de que la Navidad se prolonga durante todo el año. Cuando salimos de Louis Vuitton era esa hora rara entre las dos luces.

En el Burger King, nos encontramos a los tres japoneses sentados frente a sendas cestitas de patatas fritas, cada cual con su tenedor de plástico, esta vez los tres alrededor de la misma mesa. Alex vino con nosotras.

Estaba asustada. Todos estábamos asustados. Sentía que Madame Ado nos estudiaría de pies a cabeza, en busca de algún detalle revelador. Acto seguido, se pondría hecha una furia y azuzaría a los yakuza para que nos diesen una lección. Con solo mirar la bolsa podía imaginar el peso de la pistola.

Sin embargo, aceptó la chequera sin hacer preguntas. Verificó que estaba completa y continuó comiendo.

—Se lo contaremos a nuestros nietos, June, no es para tanto —le dije a la salida.

—Qué remedio.

Iba más rápido que nosotros, dando pasos pequeños.

—Está decepcionada —me dijo Alex.

—No, no es eso. Antes de que vinieras también estaba un poco rara, no te preocupes. Alguna historia con sus padres. Déjala tranquila.

Sabía que si dejaba a Alex tratar de consolar a June llegaría incluso a hacerla estallar de risa, y que podrían seguir haciendo como si yo no existiera, riendo, fantaseando, admirando la belleza de un adoquín. Debía evitar, a toda costa, la intervención de Alex.

—¿Por qué no entramos ahí? —le dije.

Era un Sephora. A las dos nos gustaban los perfumes. A diferencia de lo que pasaba en otros muchos campos, en materia de perfumes nuestros gustos estaban perfectamente delimitados y eran intransferibles. Se nos fue el tiempo humedeciendo bandas de cartón. Mientras esperábamos el metro, Alex me dio un bote de muestra que había robado, y June no pudo ocultar su enfado.

—Es mejor el bote que su contenido —le confesé a June en un momento en que Alex estaba despistado, queriendo proteger nuestra hermandad.

June me husmeó la muñeca y me dijo, de forma que Alex pudiera escucharlo, que a ella no le parecía tan malo.

Cuando entramos en el metro puse todos los sentidos en alerta para conformar parejas naturales y dejar al margen lo que debía quedarse al margen.

June encontró un asiento aislado y Alex y yo hicimos el camino agarrados a la barra de aluminio, de pie, más y más cerca el uno del otro a medida que avanzaban las estaciones, sin soltar la barra cada vez más llena de manos.

—¿No te ha gustado?

—Sí, sí, mucho. De verdad.

—Lo he elegido por el bote.

—Es muy bonito.

—¿Te pasa algo?

—No, nada.

Examiné todas las manos de la barra, reparando en la que tenía los nudillos enrojecidos y ajados. Era la mía. La solté. Hinché con la lengua el labio superior y me acaricié una y otra vez la pelusilla.

—No hagas eso —me dijo Alex—. Te afea.

Busqué a June al fondo del vagón. Parte de su rostro quedaba oculto tras *La inmortalidad* de Kundera. Era mío. Cuando estaba sola se ponía seria, aterradoramente bonita. Movía los ojos de un lado a otro, y me pareció que estaba leyendo de veras. Me asusté.

LA SEMILLA

Ya han pasado cinco meses. Estoy fumando en la ventana. Medio cuerpo fuera y el otro medio pegado al suelo de la cocina, he aquí la metáfora de lo que soy. Aunque (dando un paso atrás y sin apartar la mirada de mi cintura) aseguran que he recuperado mi figura. No soy la misma, eso yo ya lo sé, y el resto también lo sabe. Saben que no soy la misma de antes.

Hasta hace cinco meses, a pesar de tener el útero a punto de estallar, a pesar de mis tobillos y labios hinchados, a pesar de haber perdido el rastro de mi cuerpo hacía tiempo, aún recibía propuestas laborales y de otro tipo. Era un producto que estaba en el mercado, un producto negociable. La gente seguía sembrándome, algunos ofreciéndome trabajo imaginario, otros invitándome a un café, compartiendo conmigo proyectos que no habían compartido con nadie… Algún día llegaría la hora de cosechar, y quizá la posibilidad de que aquella pequeña semilla, oferta laboral, café, invitación a un concierto, se convirtiese en una hermosa planta. Los caminos para revolcarse con el prójimo son inescrutables.

Sin embargo, ahora estoy en barbecho. Como si fuese un producto defectuoso. Ahora que tengo más tiempo que nunca para tomar café y escuchar ofertas. Ahora que, además de haber recuperado mi cintura, también he recuperado la capacidad de moverme en la cama sin la ayuda de una grúa. Oigo caer puñados de semillas en tierra ajena. También puedo escuchar el sonido de aspersores roñosos girando bajo el sol.

Soy un tabú. Innombrable. Intocable. No mencionan mi nombre, no marcan mi número ni tan siquiera por equivocación. Al igual que los padres sobre sus hijos, el mundo tiene puesta sobre mí su prohibición: «No tocar». O bien: «En caso de querer probarla póngase en contacto con el vendedor».

Siento que vivo rodeada de diplomáticos, pero que en vez de corbata visten de Pull and Bear y no chapurrean más de dos idiomas. Los diplomáticos activan el protocolo en cuanto me ven: «¿Qué tal el nene?», «Estarás que no paras», «¿Qué tiempo tiene ya?», «¿Es bueno?», «¿Os deja dormir?». Respuestas que no interesan a nadie excepto a mí. No me miran a la cara, y hay veces en que me repiten la misma pregunta, alejándose antes de que acabe de articular la respuesta. Se los lleva la corriente de la vida, con apenas tiempo para agitar en el aire un inmaculado pañuelo blanco y decirme adiós. Seré yo quien me quede, fumando, en este lugar donde nada sucede.

Solo sirvo para saciar las necesidades fisiológicas de otros. En ese sentido soy una vaca, soy una cocinera mediocre, soy una fulana que ha conocido épocas mejores. Funcional, como una batidora. Aprieta aquí y ponme en marcha. Previsible, sometida, inconsistente. Nadie me espera, no al menos con el ansia y el abismo que conlleva esperar a alguien, y en ese sentido soy una mosca.

Otro cigarro mirando por la ventana, fumado por esta mitad que vive hacia fuera. Allá, al otro lado, solo se mueven las hojas y los kleenex usados. También ese tomate que quedó espachurrado en mitad del camino, ya que es de justicia reconocer movimiento a todo aquello que está en estado de descomposición. Aquí, las sábanas; solo las sábanas tienen vida. El reloj. El frigorífico. Es tan agradecido y tiene un tamaño tan ideal… Me hace sentir tan segura mientras el niño duerme, que lo he abrazado en más de una ocasión al muy tembloroso.

Tiene hora de despertarse, pero aún me queda tiempo para otro cigarro. Tres cigarros en catorce meses, qué es eso.

A pesar de que quiero tener la cabeza y los ojos lejos de aquí, soy una mujer dividida con los tentáculos bien adheridos al suelo. Mis pies son ventosas, a pesar de que la mitad del cuerpo que sobresale de la ventana desee volar. Desde que parí no me he curado. Y lo que es peor, no creo que vaya a curarme. Soy crónica.

Pero no represento peligro. Ya no soy peligrosa. Para nadie. Todos saben dónde estoy y dónde voy a estar en las próximas doce horas, en los próximos doce meses. Todos saben con quién estoy y qué me arrebata el sueño. El único peligro que puedo tener es el de caer en una depresión. Caer en depresión y asustar a todos. La señora que metió a su bebé en la lavadora, el hombre que en pleno agosto dejó que sus mellizos se cociesen en el coche… cada vez que me preguntan «¿Qué tal estás, cariño?», toda esa literatura televisiva trabaja a mi favor en las previsibles y estrechas mentes de familiares y amigos. Es uno de los pocos resquicios de peligrosidad que quedan a mi alcance.

Mi marido debería estar aquí. Hoy también llega tarde.

Al final terminamos casándonos, queriendo mostrar la más absoluta normalidad, quizá, ya no recuerdo. No fue una decisión largamente meditada: no nos hacía ilusión, pero tampoco teníamos grandes impedimentos. Fue una boda discreta. Tras la comida, quizá por necesidad de sentir que éramos los mismos de antes, mi marido y yo entramos a una sala de cine. Fue hermoso.

Tras trece años no sé si es mi marido o mi primo. Compramos esta casa. Compró. Compraron. Sus padres. Al casarnos. Como contrapartida, hemos de soportarlos domingo tras domingo. He. De soportarla. El viejo suele acomodarse frente a la tele con mi marido, para ver el partido de pelota. A veces se echa la siesta. Se echan. La otra y yo solemos charlar acerca de las reformas que podrían hacerse en un futuro: cerrar la terraza con mamparas y ganar una habitación más, por ejemplo; poner otro baño en caso de que volvamos a ampliar la familia, así no habría que hacer cola para cagar o masturbarse. Obviamente, jamás se formula esta última parte.

Así no tendréis que pedir una hipoteca, nos dijeron, me dijo, su madre, mientras buscábamos casa. Quizá hasta puedas dejar de trabajar, me dijo, mientras examinaba la robustez de una pared golpeándola con los nudillos. Vayámonos de aquí, concluyó, esta casa es de chocolate. Mi marido y mi suegro andaban comprobando el sistema de cierre de las ventanas.

Y lo he dejado. El trabajo, me refiero. Pero no porque yo haya querido. Sino porque otros han querido. No hablo de mis suegros, sino de otros. Desde que me quedé embarazada dejaron de llamarme, ni siquiera para hacer el papel de embarazada. Preferían a una mujer sin defectos, tocable y nombrable con un cojín de poliéster. Tras dar a luz tampoco hubo suerte: para hacer de madre les basta con colorear las mejillas a alguna chiquilla que aún no tenga la regla.

Más de año y medio desde que me dieron el último papel. Fue para un largo. Profesionalmente, el papel más importante que jamás he interpretado: ayudante de taxidermista. Aunque comienza siendo un personaje secundario, hacia el final, cuando se descubre que tras sedar a la gente les saca los ojos con la ayuda de una cuchara para después ponérselos a animales disecados, gana protagonismo. No soy imbécil, no es el papel con el que sueña una actriz. Pero hasta entonces no había hecho más que de enfermera, amante, amiga, compañera de estudios, novia, prima y profesora de aeróbic… Cuando interpreté a la ayudante de taxidermista, creí que había terminado, que por fin había dejado de ser el espumillón del árbol de Navidad. Estaba equivocada. Siempre me equivoco. Una equivocación sin remedio la mía.

Cuarto cigarro. Hay tanto silencio que puedo oír cómo se chamusca el papel. Había olvidado que el Marlboro sabía a caramelo.

El niño se va a despertar de un momento a otro. Ahora duerme plácidamente. Algún día me verá como madre, sin apellidos, una madre genérica.

Hay veces en las que me causa tristeza verlo dormir.

«Hueles a madre», me ha dicho hoy por la mañana un aspirante a director de cine. «¿Y cómo es ese olor?», le he preguntado. «No sé, como a magdalena», me ha contestado, y que estoy muy bella, que desde que he sido madre tengo pequitas alrededor de la nariz, que ya me llamará cuando ande más tranquilo para ofrecerme un trabajo imaginario. La última parte es de mi cosecha, naturalmente. Se ha acercado al niño, ha alargado un brazo sin mover un ápice el tronco, como si bajo la manta hubiese algo radioactivo. Después me ha besado en un punto equidistante entre la oreja y la boca. «Cuídate.» Como si tuviese algo mejor que hacer. Se ha marchado corriendo.

Nunca tuvimos nada, pero había un resquicio de quizá-algún-día-algo, que hacía que yo no me durmiese ante la narración de sus proyectos, que hacía que él los desgranase con un convencimiento infinito. Después, mucho después de que se enfriasen las tazas, solíamos despedirnos con un abrazo y con la promesa de que en breve tomaríamos un café más largo, quizá aquella misma semana o la siguiente. Y el eco de aquel café vibraba en el aire, a veces convertido en un polvo contra la pared, otras en un beso nervioso y musculoso, a pesar de que jamás nos llamábamos para corroborar la firmeza de aquella promesa. Pero cada vez que nos encontrábamos, nuestro erotismo se renovaba. Hasta parir. Más que deseable, me sentía significativa. Quizá esa sea la diferencia entre el antes y el ahora, entre el aquí y el allá. Ahora, aquí, solo soy significativa para mi hijo. Según ese director de tres al cuarto huelo a magdalena.

No es un mero asunto de fornicio. El sexo no es el objetivo, al igual que en la compra de una vivienda el objetivo no es ni la robustez de las paredes ni el sistema de cierre de las ventanas. La clave está en la cotización, en cuánto valgo, dónde estoy situada, qué tipo de gente vive en el barrio y quién me quiere comprar. Conforme a eso nos asignan un baremo, en contraste con el deseo del otro. Y todo lo demás es mentira. O al menos, no es verdad.

Casas, bajeras, actores, actrices, longanizas y yo.

Vivo esperando que alguien me invite a algo, soy consciente. Ese tipo o alguien por el estilo. Ya no pienso en la transacción económica, de ninguna manera. En adelante no me van a contratar, me van a invitar, si es que, al margen de los parientes más cercanos, aún existe alguna persona sobre la faz de la tierra que no haya borrado mi número de teléfono. Soy una candidata a invitada, educada, bien maquillada y mejor vestida. En cuanto salgo de casa, tras el último toque de perfume, quisiera gritar al mundo que yo también quepo en esa fiesta, que no estaría fuera de lugar, es más, estaría por debajo de la media en lo referente a gasto en comida y en bebida. Barata. Barata y hermosa.

Hace tiempo que perdí la huella de mis amigos. Además de otras madres y de los hijos, nadie suele querer estar con las madres.

Mi marido debe de estar al caer. Mi madre dice que son igualitos. Su madre también dice lo mismo, cada vez. Una mentira que las mujeres han dicho siglo tras siglo, apagando posibles dudas acerca de la ilegitimidad de la criatura, y protegiendo así a la puérpera y a su vástago del asesinato o del abandono. Ya que la especie ha conseguido salir adelante gracias a la mentira. Vendrá y pasarán diez minutos antes de que se dé cuenta de que su hijo está en la habitación de al lado. Se le olvida. Dicen que hasta que el niño no cumple los dos años, el padre no es consciente de su paternidad.

No tengo especial gana de que llegue, y a su vez, estoy esperando su llegada. Cómo se le va a retorcer el gesto de la cara cuando me vea fumando. O quizá no se entere, quién sabe. Quizá se le ha olvidado que hasta hoy por la mañana era exfumadora.

El niño debería haberse despertado. Siempre compruebo que la sábana tiene un leve movimiento a la altura de su abdomen, que sigue con vida, que soy necesaria. Algún día se convertirá en alguien parecido a su padre, que tendrá al lado a alguien parecido a mí, alguien que no tendrá especiales ganas de verlo aunque lo esté esperando.

Quizá tenga tiempo de fumar un último cigarro antes de que se despierte.

El problema no es la belleza. El problema es que yo ya no soy alguien que pueda causar una riña entre cazadores. ¿Quién es el estúpido que desea matar de un tiro a una liebre enjaulada? ¿Quién quiere mostrar al resto del grupo una pieza cazada en esas circunstancias? Eso no es divertido. Los cazadores quieren jugar, olfatear aquí y allá, escuchar atentamente lo que dicen los perros, sentir el sudor antes de apretar el gatillo, una sombra tras una brizna de hierba, ladridos nerviosos, levantar la escopeta, cerrar un ojo y disparar: el olor a plástico quemado, el animal moribundo aún palpitante, «¡Tres!». Los cazadores solo pueden admirar sus piezas en contraste con las de otros cazadores.

Imposible negar que me siento engañada. ¿Es esto la vida? ¿Esto es todo? ¿Tanta vuelta para esto? Y todavía treinta, cuarenta, cincuenta, sesenta años por delante. ¿Alguien podría decirme para qué necesito yo tanto tiempo?

Ya está aquí, puedo oírlo, esos andares... suena como si llevase pegamento en las suelas. Ha llegado. Por favor, ¿podría alguien indicarle el camino? Nunca ha sido hábil en la oscuridad.

Un pequeño aplauso para él.

Buenas noches, cariño. ¿Qué tal te ha ido el día? Yo, aquí, sin novedades, ya sabes, el niño por fin ha hecho caca, yo creo que era eso, era por eso que estaba rabioso, estoy segura, una caquita muy negra y muy dura, iba a guardarla, pero finalmente la he tirado; si no, ya sabes, aquí, sin novedades. Tu madre ha llamado, que la tía de tu padre está en el hospital y que pensaban ir a verla.

Ah, y también han llamado del taller, que pases cuando quieras a recoger el coche.

Pero siéntate, cariño, siéntate, cuéntanos cómo ha sido tu día. Se te hará raro hablar ante tanta gente, pero no tengas vergüenza, una vez que empieces ya verás.

Te hemos guardado ese sitio, a ti y a tus padres, aunque ellos no han podido venir. Lástima, por una vez tenían la ocasión de verme trabajar, en un formato modesto, pero al menos con un texto que es muy mío.

La función está por terminar, y es que has llegado media hora tarde, cariño. ¿Quieres subir a ver a tu hijo? Este no, que es de vinilo, me refiero al de verdad, el que está ahí atrás, en el backstage.

CENIZA

Para Arrate

Desde que él murió, iba una vez por semana a ver a su abuela Lucía. Así lo acordó Nora con su madre a la entrada del tanatorio, en la tibieza de las cenizas de su abuelo: «Celso Peña Martín falleció el día 27 de febrero de 2005, a los 89 años de edad. Te queremos».

Las orejas gigantes, la piel de color tierra, el hombre que disimulaba su sordera con risotadas y su boina convertidos en un puñado de ceniza.

Colocaron el recipiente al lado del chófer y la madre se sentó atrás. «Ahora hay que ir más a menudo a ver a la abuela», dijo Nora en tercera persona, como cada vez que se enternecía delante de su madre. Esta le respondió de un modo similar: «Habrá que hacerle más caso, sí». La madre de Nora nunca se tomaba tiempo para suspirar, tampoco para llorar, y las risas las utilizaba como paréntesis para envolver frases.

Eligió un recipiente con cruces vascas talladas, y le dijo al cura que el mayor defecto del muerto fue haber nacido en Burgos, y al enterrador con aspecto de enterrador le preguntó dónde tenía que pagar, si aceptaban tarjeta.

Visitaba a la abuela entre semana, a las tardes, excepto cuando tenía cita en la peluquería. Nora lo hacía los festivos. Durante un año, desde el último día de febrero del año pasado hasta hoy.

Nora llamaba por el interfono, tres timbrazos cortos que anunciaban su llegada, y abría la puerta con su propia llave. La abuela Lucía siempre aparecía en bata y con los labios recién pintados. Un golpe de olor a limpio la invadía, y tan pronto como respiraba, aquella higiene fabricada se mezclaba con algo que era más agrio, más rancio o más oscuro. Por eso, en casa de la abuela, Nora hacía respiraciones cortas.

Desde que murió el marido estaba apagada. Su rostro parecía un puño, casi sin ojos, las facciones amontonadas, el cabello blanco y espeso, como el plumaje de un ave. Primero abría la puerta y después encendía las luces, y Nora se preguntaba dónde habría estado hasta entonces: «Con todas las habitaciones cerradas, ¿habrá estado vigilando junto a la puerta, convertida en gaviota?». Tras una leve aspiración, besaba ruidosamente a aquella mujer sin airear y se dirigían a la cocina.

A medida que la bombilla económica ganaba en intensidad, la abuela se iba endulzando, como si fuera la misma persona de hacía un año. Y no había nada más imposible que eso, ya que un año antes hubiera tenido al abuelo sentado en la mesa de la cocina, y entonces nadie hubiese ido a visitarlos.

—Café, chocolate, Fanta, Coca-Cola —decía la abuela imitando a los vendedores de refrescos de la playa. Y en cuanto el sonido de insecto de la bombilla económica cedía, el rostro de puño de la abuela se aflojaba del todo—. Mañana va a hacer un año —y se frotó las manos, manos que en comparación con el cuerpo eran demasiado grandes y jóvenes, mirando a su nieta, como pidiendo explicaciones—, un año.

Mientras la vieja estaba poniendo al fuego un recipiente con agua, Nora le pidió que le hablara de la guerra. De espaldas, Lucía era una fortaleza, un búnker hecho de carne. No le respondió, y Nora paró la grabadora. Había venido con el propósito de hacer el último intento, ansiosa por documentarse para escribir una narración.

—Qué quieres que te diga, que hacía chicharra, que hacía tanta chicharra que los gorriones caían muertos de las ramas, así, plop, como piedras. —Y la chica le pidió que lo repitiera, que tenía la grabadora apagada—. Hoy no me nace —concluyó la vieja—, otro día.

Y vertió el agua caliente en dos tazones. Lucía tenía aprendida la medida exacta para dos, nunca se equivocaba.

Nora miraba al reloj mientras intentaba alentar a su abuela. Pasó la hora entera derritiendo la esfera, acariciando la correa. No era una chica frívola y siempre le habían gustado los relojes de agujas: pensaba que el tiempo era eso, un poco de ruido, otro poco de quincalla… Agujas, dolor, muerte, las tres dimensiones de la misma situación.

—Mañana va a hacer un año —dijo, a semejanza de la blanda maestra que quiere dar más tiempo para pensar al alumno.

Nora le tocó una mano con el dedo meñique y le preguntó si había estado paseando.

—No tengo ganas —contestó ella—, ya no tengo ganas de nada.

Una frase sin pesar, con la violencia que adquieren las palabras cuando solamente tienen su significado propio. Las de la abuela eran palabras vírgenes, palabras que estallan, como cuando los niños pronuncian «puta» por vez primera, palabras con una potencia tal que ninguna reprimenda, ningún argumento pueden silenciarlas. Nora hubiera preferido no escucharlas.

Sacó el cuaderno del bolso, para escribir aquello sobre los pájaros: «Caían muertos de las ramas, así, plop, como piedras». Hubiera querido escuchar relatos sobre la guerra. Opinaba que la vida consistía en sacarle provecho al tiempo, además le hubiera ayudado a ensamblar alguna narración con cierta épica. Para Nora, el tiempo tenía algún sentido.

Al levantar el bolso sintió el peso de la grabadora. Hizo ademán de marcharse, con una excusa. Le pareció oler a carne en estado de putrefacción. Un día de estos, también la abuela se convertiría en ceniza. Quién quiere acariciar, amar a alguien que se va a convertir en un montón de ceniza que el viento se va a llevar, alguien que ya ni siquiera es de hueso. Quién puede.

—Cuando voy a la compra, suelo ver a nuestra vecina Gloria en el secadero —le dijo la abuela, señalando con el mentón en dirección a la residencia. Jamás dejó de decir «nuestra».

—Es un asilo, abuela, el secadero es para los alcohólicos.

—He dicho secadero y he dicho bien. No hay más que verlo, ponen a los viejos al sol, para que se vayan secando. Al menos, así decía el abuelo Celso. Cuando los hijos sacaban a Gloria a pasear por la avenida, el viejo solía decir: «Mira qué bien va la marquesa en su carroza».

La abuela repitió estas palabras imitando la voz del abuelo Celso, con tanta maestría que Nora dio un respingo.

—Menudo era el viejo —dijo la abuela, y la chica le recogió la mano, del mismo modo que hubiera agarrado una manzana.

—Me tienes que contar cosas de la guerra, abuela, la próxima vez te tengo que grabar.

Pero la abuela le dedicó unos ojos azulados, y que a la mañana había hecho rosquillas para ella, «por lo menos para todo el mes», si no quería tomar otro café antes de marcharse.

Lucía empujó la mesa para poder levantar su cuerpo de la silla, y las flores de plástico del tiesto siguieron temblando hasta que Nora cerró la puerta. La vieja le pellizcó la mejilla y le dijo que había salido más vaga que su hermana. Aceptó un abrazo que bien hubiera podido ser el de un boxeador, y volvió a respirar brevemente.

Con las manos metidas en el bolsillo del suéter y el mp3 en marcha, Nora atravesó la larga avenida, pasando por delante de la residencia de ancianos. Distinguió a contraluz las siluetas de hombres y mujeres que habían sido colocados mirando al río. Era de noche y no verían nada, solamente algún pato a la luz de una farola, y la luna. Un chico joven de andares bailarines iba completando la fila, aparcando geométricamente a los viejos que estaban en las sillas de ruedas. Buscó a la que podía encarnar a la marquesa de su abuelo.

Nora se acordó de las rosquillas que había dejado junto a la puerta, y regresó a casa de la abuela, sin prisa, sin ganas de volver a verla, acariciando el junco blanqueado por la luna, en el mp3 el bandoneón de Piazzolla estallando, montones de lágrimas en los recovecos de los ojos, atragantada con el olor a amoniaco de la vejez.

Llamó tres veces, subió las escaleras de dos en dos y abrió la puerta. La abuela no la esperaba convertida en gaviota. Tropezó con una toalla que obstaculizaba la apertura de la puerta, percibió un olor metálico y se cubrió la nariz y la boca con la mano.

En la mesa de la cocina vio el esbozo de la abuela difuminado por el cristal amarillento.

Recuerdo que tocaba el cristal con las pestañas, y que con la mano derecha agarré la manilla de la puerta de la cocina, sudaba, sin hacer la fuerza necesaria para abrir la puerta. Vi la silueta de la abuela amontonada sobre la mesa. Tosió levemente, alzando un poco la cabeza. Aun con el morro metido en la boca de la manga, el gas me embriagaba. Devolví la toalla al lugar en el que estaba, mareada. Cogí las rosquillas, cerré la puerta sin hacer ruido, volví a atravesar la avenida, en el mp3 el bandoneón de Piazzolla, la mariposa gorda que estando en un *cul de sac* quisiera salir volando, como dando fuelle a sus pulmones demasiado pequeños para respirar.

Me quedé esperando, sujeta a la esfera de mi reloj, mirando al riachuelo que solamente reflejaba el temblor blanquecino del cuello de un cisne. El chico de andares bailarines estaba deshaciendo la fila. Se llevó las sillas como si estuviera en un supermercado. Me comí una rosquilla, jugueteé con una semilla de anís en la boca, imaginé las manos demasiado grandes de la abuela dándoles forma.

Su madre la llamó al móvil.

—¿Dónde estás?

—En la calle.

Sin lloros, la madre le explicó con una precisión milimétrica lo ocurrido en casa de la abuela Lucía.

—Para cuando los vecinos han notado el olor y han llamado a los municipales, ya era demasiado tarde.

Nora trató de expresar duelo.

—Ven a casa y cenamos juntas.

Se quedó durante unos instantes al borde del río, el reproductor de música en el bolsillo, escuchando el sonido del agua.

Pasó a su lado un hombre que había salido a pasear al perro, ensombreciendo con el humo del cigarro el vaho que exhalaba de la boca.

—¿Me das un cigarro?